Veröffentlicht von
DREAMSPINNER PRESS

5032 Capital Circle SW, Suite 2, PMB# 279, Tallahassee, FL 32305-7886 USA
www.dreamspinnerpress.com

Ein Ständchen für Stanley
Urheberrecht der deutschen Ausgabe © 2017 Dreamspinner Press.
Originaltitel: Serenading Stanley
Urheberrecht © 2013 John Inman.
Original Erstausgabe. Oktober 2013
Übersetzt von Anna Doe.

Umschlagillustration
© 2013 Aaron Anderson.
aaronbydesign55@gmail.com
Die Illustrationen auf dem Einband bzw. Titelseite werden nur für darstellerische Zwecke genutzt. Jede abgebildete Person ist ein Model.

Deutsche ISBN. 978-1-64080-281-0
Deutsche eBook Ausgabe. 978-1-64080-282-7
Deutsche Erstausgabe. November 2017
v 1.0

Gedruckt in den Vereinigten Staaten von Amerika.

Ein Ständchen für
Stanley

JOHN INMAN

Für E. N., der mir die Chance gab, zu sein, was ich immer sein wollte.

1

AN DEM sechsstöckigen Mietshaus hing schief eine Leuchtreklame mit dem Namen des Hauses: „BELLADONNA ARMS". Die Buchstaben bestanden aus alten Leuchtstoffröhren, die an einem rostigen Eisenrahmen befestigt waren. Neben den Stufen, die zur Eingangstür führten, steckte im verdorrten Gras ein weiteres Schild. Es war nur ein handbeschriebenes Stück Pappe, das an einen Holzpflock genagelt war. „Freistand" war auf dem Schild in grellrosa Buchstaben zu lesen. Darunter stand, etwas kleiner und freizügig mit selbstklebendem Glitter bestreut: „Bitte nur süße Bewerber".

Der junge Mann las das Schild, drehte sich dann zu einem parkenden Auto um und studierte in einem der Seitenfenster seine Erscheinung. Er überlegte, wie ein Fremder ihn wohl sehen würde in den ausgewaschenen Jeans, den Flip-Flops und einem Van Halen T-Shirt. Sein Spiegelbild war nicht sehr ermutigend. Andererseits konnte er sich noch daran erinnern, dass ihn vor längerer Zeit ein One-Night-Stand als süß bezeichnet hatte, was ein Pluspunkt war. Allerdings war der Kerl so betrunken gewesen, dass er in seine eigene Socke gekotzt hatte, weil er nicht rechtzeitig eine Tüte fand. Der Arme. Unser junger Mann drehte den Kopf nach hinten und versuchte, einen Blick auf sein Hinterteil zu erhaschen. Jawoll. Es war immer noch da. Und immer noch mit das Beste an ihm, wie er schon oft von Männern gehört hatte. Diese Arschlöcher.

Er schaute wieder in das spiegelnde Seitenfenster, leckte sich über die Handfläche und versuchte, seine Haare zu glätten, aber dieser verdammte Wirbel ließ sich nicht bändigen. Ihm blieb nicht viel mehr übrig, als wenigstens seine dämliche schwarze Brille abzunehmen und zu polieren. Er spuckte auf die Gläser, wischte sie mit dem T-Shirt ab und setzte die Brille wieder auf. So. Alles blank.

Der junge Mann hieß Stanley Sternbaum. An diesem speziellen Morgen war er zweiundzwanzig Jahre alt, gut einen Meter sechzig groß, hatte blaue Augen und rotblondes Haar (mit einem Wirbel – nein, sogar *zwei*) und wog ungefähr hundertdreißig Pfund. Komisch. Man könnte denken, er würde weniger wiegen.

Er wusste, dass er einige Pfund zunehmen sollte. Er wusste es, weil seine Mutter ihm ständig damit in den Ohren lag, wenn sie ihn sah. Aber Stanleys Mutter war ein Thema für sich.

Stanley beschloss, endlich mit der Selbstkritik aufzuhören. Er drehte sich wieder zu dem Haus um.

Wollte er wirklich hier einziehen? Es war nicht gerade heruntergekommen, aber als schick konnte man es auch nicht bezeichnen. Nicht, dass er darauf Wert gelegt hätte. Stanley selbst war auch nicht gerade schick. Das Belladonna Arms und Stanley Sternbaum hatten sogar eine überraschende Gemeinsamkeit: Sie waren beide nachweislich bekloppt. Das Arms mit seiner schiefen, alten Leuchtreklame, und Stanley mit seiner dämlichen Brille und den widerspenstigen Wirbeln im Haar. Das Belladonna Arms hatte die Form einer Kiste, absolut gerade und viereckig stand es auf der Spitze eines Hügels mitten in San Diego. Auf dem verdorrten Grünstreifen vor dem Haus stand ein zerzauster alter Eukalyptusbaum, der jederzeit vor Altersschwäche und Langeweile umzukippen drohte. Es musste einer der frühesten Einwanderer dieser Gattung sein, der aus Australien im Land der unbegrenzten Möglichkeiten eingetroffen war. Der einsame Eukalyptusbaum war das einzige Blattwerk, dessen sich das Belladonna Arms rühmen konnte.

Nicht, dass das Haus nicht farbenfreudig wäre. Die Farben kamen von den dutzenden bunter Vorhänge, die in den Fenstern zur Straßenseite hingen. Es gab vierundzwanzig Fenster, alle fein ordentlich angeordnet – sechs Fenster hoch und vier Fenster breit. Stanley zählte sie sicherheitshalber nach. Und in jedem dieser Fenster hing ein Vorhang. Es war die bunteste, verrückteste Ansammlung von Vorhängen, die er jemals gesehen hatte. An diesem glühend heißen Tag im August hingen sie allerdings schlaff und erschöpft in ihren Fenstern wie bunte Zungen, die nach frischer Luft lechzten.

Aus einem der Fenster, er konnte nicht sagen aus welchem, dröhnte Musik. Tejano. Selena sang ihre mexikanische Version eines Blues, während eine spanische Stimme im Hintergrund sie begleitete. Die Stimme konnte keinen Ton halten. Sie kreischte in einem so grauenhaften Falsett, dass die Haare auf Stanleys Armen sich empört aufrichteten wie kleine Kakerlaken-Fühler. Der unsichtbare Sänger schien außerdem beim Staubsaugen zu sein. Stanley kam es vor, als würde der Staubsauger Selenas Tonlage besser treffen als der Mann, der ihn bediente.

Er fragte sich, ob es wohl der Sänger gewesen sein mochte, der das Pappschild mit Glitter bestreut hatte. Jedenfalls hörte der Mann sich schwul genug an, um ab und zu Glitzerbomben zu werfen.

Wenn Stanley recht überlegte, sah eigentlich das ganze Haus aus wie schwulifizierter Import aus Tijuana, mit seinen grellbunten Vorhängen, die schlapp in der Morgenbrise flatterten und dem Tejano, der aus diesen bunten Öffnungen auf die in der Hitze flimmernde Straße dröhnte.

Stanley legte den Kopf in den Nacken, um sich das Neonschild anzusehen. Belladonna Arms. Er fragte sich, wer dem Haus wohl diesen Namen gegeben hatte und ob er sich wirklich auf Belladonna bezog, eine giftige, kleine Pflanze, die angeblich jeden Menschen innerhalb von zwanzig Minuten ins Jenseits beförderte. Oder hatte der Eigentümer den Namen nur gewählt, weil er sich italienisch und romantisch anhörte und weil das Schild über der Tür potenzielle Mieter anlocken sollte?

Er riss den Blick von dem Schild los und drehte sich langsam um die eigene Achse, um von diesem abgehobenen Platz die Aussicht auf San Diego zu genießen.

Im Südwesten war am Horizont grau der Pazifik zu erkennen, der an diesem heißen Sommertag behäbig vor sich hin schwappte. Gleich links davon sah man die Coronado Bridge, die Verbindung zwischen der Stadt und Coronado Island. Unter der Brücke glitt ein Zerstörer der Navy mit stolz wehenden Fahnen durchs Meer, auf dem Weg zum Pier an der 32. Straße, auf der die Schiffe der Navy zwischen ihren Einsätzen anlegten. Stanley konnte von hier oben jedes einzelne Schiff erkennen – hunderte von grauen Masten, die aus hunderten von grauen Schiffskörpern hervorragten wie die dürren Stämme eines abgestorbenen Waldes.

Auf der rechten Seite hatte man einen wunderschönen Blick auf die Skyline von San Diego. Unzählige Hochhäuser ragten stolz in den kobaltblauen Himmel, als würden sie sich nach der Sonne ausstrecken, um die Kälte der Nacht zu vertreiben. In einigen der Hochhäuser waren Luxusbüros, in anderen Luxuswohnungen untergebracht. Die Mietpreise lagen weit jenseits von Stanleys bescheidenen Möglichkeiten.

Noch etwas weiter rechts lag der Freeway, auf dem sich zu dieser Uhrzeit schon der Berufsverkehr staute. Die Verkehrsgeräusche waren bis hier oben zu hören, obwohl fast ein Kilometer Luftlinie zwischen dem Belladonna Arms und der Straße lagen. Am Horizont hinter dem Freeway waren die Museen und Haciendas und – noch weiter entfernt – die armseligen Hütten von Tijuana, die man nur nachts sah, wenn in der Stadt die Lichter angezündet wurden und das mexikanische Nachtleben begann.

Stanley atmete die heiße Luft ein und wischte sich den Schweiß von der Stirn. Jawoll. Von hier hatte man eine höllische Aussicht.

Er drehte sich nach Osten um, in die einzige Richtung, die ihm zu seinem Rundblick noch fehlte. Am Fuß des Hügels breitete sich das Gelände der Beaumont University aus, einer Elite-Universität. Stanley wünschte sich schon lange, hier studieren und forschen zu können.

Nach vier Jahren an der San Diego State University hatte er jetzt seinen Bachelor in der Tasche und war an die Beaumont gewechselt, um dort den Magister in Archäologie zu machen. Stanley wollte sich auf Mesoamerika spezialisieren. Außerdem standen auf seinem Plan noch Seminare und Ausgrabungen, die an seiner alten Uni nicht angeboten wurden. Er wollte mehr über die prähistorischen Indianerkulturen Nordamerikas lernen, vor allem über die Cahokia-Kultur am Mississippi und die Hopewell-Kultur in Ohio, zwei der am höchsten entwickelten Zivilisationen des Alten Nordamerika.

Die Nähe zur Beaumont University war der Hauptgrund dafür, dass er jetzt vor dem Belladonna Arms stand. Der zweite Grund war die Reaktion seiner Mutter – der reine Horror nämlich.

Er hörte immer noch, was sie an diesem Morgen zu ihm gesagt hatte: „Warum, in Gottes Namen, willst du in diese Bruchbude ziehen, wenn du bei mir in der Wohnung bleiben kannst? Es ist doch nicht so, dass ich dir auf die Nerven falle oder so. Hier sind übrigens fünf Dollar. Geh zum Frisör und lass dir die

Haare schneiden. Du siehst aus wie ein Penner. Und wo hast du nur dieses T-Shirt aufgetrieben? Wenn ich mich nicht täusche, muss es deinem Vater gehört haben, möge Gott seiner untreuen Seele gnädig sein. Oder auch nicht, mir ist es egal. Aber dieses Hemd ist älter als du, Stanley. Hier hast du noch fünf Dollar. Kaufe dir ein neues Hemd. Aber um Gottes willen eines mit Kragen. T-Shirts haben nichts mit Mode zu tun, verdammt. Sie sind Unterwäsche."

Oh nein, die Frau fiel ihm ganz und gar nicht auf die Nerven. Außerdem fluchte sie wie ein Matrose. Was in Ordnung wäre, würde es sich nicht um seine Mutter handeln. Er schüttelte sich.

Nachdem er sich ausgeschüttelt hatte, musste er kichern. Nur seine Mutter konnte auf die dämliche Idee kommen, dass man mit läppischen zehn Dollar zum Frisör gehen und dazu noch ein neues Hemd kaufen konnte. Die Frau lebte in einem anderen Universum, und dieses Universum drehte sich bedauerlicherweise um Stanley, ihren einzigen Sohn. Stanley liebte sie dafür, wirklich, das tat er. Aber nach zweiundzwanzig Jahren erdrückender Mutterliebe wurde es Zeit, endlich freie Luft zu atmen. Und genau das hatte er vor. Seine Mutter musste nicht mehr für die Ausbildungskosten aufkommen, wofür sie ihm eigentlich dankbar sein sollte. Aber nein, nichts dergleichen. Sie wollte ihn immer noch bemuttern und jederzeit in Reichweite haben, als wäre er eines ihrer unverzichtbaren Päckchen mit Marlboros.

Stanley hatte da ganz andere Vorstellungen.

Die letzten beiden Jahre seines Studiums hatte er mit dem Geld finanziert, das er von seinem Vater geerbt hatte. Der war schon gestorben, als Stanley noch zur Schule ging. Zwei Jahre zuvor, Stanley hatte gerade die Oberschule begonnen, war die Ehe seiner Eltern endgültig in die Brüche gegangen. Stanley konnte seinem Vater keinen Vorwurf dafür machen, ausgezogen zu sein.

Und jetzt war es für ihn ebenfalls an der Zeit, den Schürzenzipfel seiner Mutter loszulassen. Er war nicht mehr auf ihr Scheckbuch angewiesen; und das hieß, dass er endlich frei war! Gewissermaßen jedenfalls.

Natürlich war er seiner Mutter dankbar dafür, dass sie ihm durch sein Grundstudium geholfen hatte. Aber wenn er sich jetzt nicht aus ihren Klauen befreite, würde er sich seinen eigenen Grabhügel bauen und sich darin bestatten lassen, nur um ihr zu entkommen. Und er wollte die Cahokia-Kultur studieren, nicht nachahmen.

Deshalb stand er jetzt hier vor dem Belladonna Arms.

Stanley holte tief Luft und ging auf die Haustür zu. Es machte ihm eine Heidenangst, sich um eine Wohnung bewerben zu müssen, denn er litt unter einer so entsetzlichen Schüchternheit, dass er schon im normalen Alltagsleben kaum richtig funktionierte. Wahrscheinlich hatte er sich deshalb schon im zarten Alter von acht Jahren dazu entschlossen, einen Beruf anzustreben, der sich vorrangig mit bereits toten Menschen beschäftigte. Tote Menschen konnten ihn nicht mehr beurteilen.

Sich mit toten Menschen und ihrer Kultur zu befassen, war vermutlich eine der vernünftigsten Entscheidungen gewesen, die Stanley jemals getroffen hatte. Nachdem er sich in den vergangenen vier Jahren bis über beide Ohren in sein Studium der Archäologie vergraben hatte, konnte er das mit Gewissheit sagen. Er liebte es. Er liebte jeden Knochen, jeden Stein und jedes Grab. Selbst die gelassene *Stille* der Toten liebte er. Er liebte sie vor allem, weil er zweiundzwanzig Jahre mit einer Mutter verbracht hatte, die nie auch nur für eine Minute den Mund halten konnte.

Aber zurück in die Gegenwart.

Stanley stieg im Rhythmus des schrägen Gekreisches der Latinoqueen die Treppenstufen zur Tür hinauf. Sie sang immer noch zu Selenas Musik. Ihre Stimme drang wie eine quietschende Bremse aus dem Inneren des Hauses auf die Straße. Es war schon komisch, aber im Vergleich zur nervenden Stimme von Stanleys Mutter hörte sie sich beinahe nett an. Stanley musste kichern bei dem Gedanken. Vielleicht war er seiner Mutter mehr Dank schuldig, als er ahnte, weil ... Verdammt, verglichen mit seiner Mutter hörte sich nahezu *alles* besser an. Nach zwei Wochen mit ihr war das Valentinstag-Massaker wie ein Picknick, der Untergang der Titanic nicht mehr als eine Massentaufe und ein Anfall von akuter Lepra ein wunder Babyhintern.

Ja, Stanley schuldete seiner Mutter viel. Und was bewies das besser als die hoffnungsvolle Stimmung, in die ihn allein ihre simple Abwesenheit versetzte?

Stanley schaffte es, auf der letzten Treppenstufe ins Stolpern zu geraten. Er wusste schon vorher, dass es passieren würde. Manchmal kam es ihm vor, als hätte er übersinnliche Kräfte. Mit einem Schlag landete er hart auf beiden Knien und Händen. Wie von der Tarantel gebissen, schoss er wieder hoch. Hoffentlich hatte ihn keiner gesehen. Stanley war ein unverbesserlicher Tollpatsch, damit hatte er sich schon lange abgefunden. Die größte Katastrophe wurde jedoch irgendwann zur Routine, wenn sie zwanzig Mal am Tag passierte.

Er rieb sich mit seinen aufgeschürften Händen über die aufgeschürften Knie und ging weiter. Nach einem Schritt hatte er den Sturz schon wieder vergessen.

Er öffnete die Tür und betrat das Belladonna Arms.

Ihm fiel sofort auf, dass das Belladonna Arms von innen genauso deprimierend wirkte wie von außen. Die Lobby hatte zwei Reihen verrosteter Briefkästen, die zur Linken in die Wand eingelassen waren. Davor stand ein alter Papierkorb, der überquoll mit Werbebroschüren, die keiner wollte. In einer Ecke stand ein alter Polstersessel, der schon bessere Tage gesehen hatte und auf dem eine aufgeschlagene Ausgabe des *Advocate*, eines Schwulen-Magazins, lag. Selbst der *Advocate* hatte schon bessere Tage gesehen. Er war zerfleddert und voller Kaffeeflecken und diente wahrscheinlich schon seit mehr als fünf Jahren als Hauptattraktion für die Besucher der Lobby. In der anderen Ecke stand ein Ficus Benjamini aus Plastik, der bis an die Decke reichte. Der Baum war mit Lametta und anderem Weihnachtsbaumschmuck – natürlich auch aus Plastik – behängt und ignorierte ungeniert die Tatsache, dass es laut Kalender Ende August war. Das

Lametta flatterte leise in der leichten Brise, die durch die offene Haustür wehte. Das leise Rascheln vermittelte das Gefühl von Abkühlung, die sich jedoch als reine Illusion erwies. In der Lobby war es so heiß, dass man hier jederzeit eine Weihnachtsgans hätte braten können.

Dazu schien der Geruch zu passen, der von irgendwo oben in die Lobby blies. Aber vielleicht war es auch der Geruch nach Fischstäbchen. Stanley war sich nicht ganz sicher.

Auf der anderen Seite der Lobby, gegenüber der Haustür, lag ein kurzer Flur, an dessen Ende sich eine Treppe befand. Das war alles. Kein Aufzug. Nur ein Treppenhaus. Stanley ahnte intuitiv, dass die Wohnung, um die er sich bewerben wollte, im obersten Stockwerk liegen würde.

Eine kleine Klingel über der Haustür kündigte sein Kommen an.

Kurz darauf rauschte und raschelte es. Hinter japanischen Fächern verborgen, gewandet in seidene Kimonos und wehenden, orangefarbenen Taft, betrat ein Phoenix die Lobby, der offensichtlich kurz davor war, seine Schwingen auszubreiten und in Flammen auszubrechen. Es dauerte einige Sekunden, bis Stanley erkannte, dass es sich nicht um einen echten Phoenix handelte. Es war eine Dragqueen. Und sie war nicht mehr die Jüngste.

Weitere zwei Sekunden später stellte er fest, dass er die Dragqueen mochte. Bei manchen Menschen war das einfach so. Man mochte sie auf Anhieb. Manche Leute fabulierten über Liebe auf den ersten Blick. Stanley fand, es gab auch Mögen auf den ersten Blick. Es wurde nur nicht so oft darüber geredet, weil es weniger spektakulär war. Jedenfalls war das Stanleys Vermutung.

Die alte Dragqueen hatte ihr Mieder ausgestopft wie ein Florist ein Gesteck aus Narzissen. Über dem orangefarbenen Mieder aus Taft wurde eine haarige Brust sichtbar und Schultern, auf die jeder Trucker stolz sein konnte – zumindest jeder Trucker, der sich überwiegend von Fast Food ernährte. Der Mann war riesig. Er war groß, breit und rund. Und die Hände, die das Mieder zum Wogen brachten, waren die Hände eines Gorillas – riesige Pranken, über und über mit dichten, schwarzen Haaren bedeckt. Dafür waren die Fingernägel der Pranken in einem sehr lieblichen Chartreuse-Ton lackiert.

Der flammende Phoenix hätte dringend eine Rasur vertragen können, nicht nur auf der Brust und den Schultern – wenn er schon ein tief ausgeschnittenes Taftmieder trug –, sondern auch im Gesicht. Vor allem wegen der roten Perücke. Der noch rötere Lippenstift lenkte auch nur marginal von dem Bartwuchs ab, biss sich dafür farblich aber ganz fürchterlich mit den giftgrün lackierten Fingernägeln.

Stanley musste lächeln. Das arme Ding war zweifellos die hässlichste Dragqueen aller Zeiten.

„Ich hoffe wirklich, du hast nicht schon wieder die elektrischen Lockenwickler vergessen, Ramon. Ich will Ringellöckchen! *Ringellöckchen!*"

Die Queen hob den Kopf und sah Stanley an der Tür stehen.

„Du bist nicht Ramon", sagte er.

„Sorry", stammelte Stanley und das Lächeln fiel ihm aus dem Gesicht.

„Nun", sagte die Queen und nahm Haltung an. „Wenn du schon hier bist, frage ich eben dich: Findest du, das Kleid macht mich dick?" Sie führte eine Pirouette auf, die den Rock um ihre Beine wirbeln ließ und den Blick auf zwei schmutzige Tennisschuhe freigab, aus denen zwei behaarte, gut gepolsterte Waden herausragten.

„Du solltest dich wachsen", sagte Stanley und vermied es, direkt auf die Frage einzugehen.

Die Queen blieb wie angewurzelt stehen und der Rock, der ihr so schnell nicht folgen konnte, wickelte sich um ihre Beine, bevor er nach unten fiel. Dann zog sie die Augenbrauen so weit hoch, dass sie unter dem Ansatz ihrer Perücke verschwanden.

„Guter Gott, mein Sohn! Das weiß ich auch! Ich habe dich nach dem *Kleid* gefragt!"

„Das Kleid ist umwerfend", stammelte Stanley, und das fette Gesicht der Queen fing zu strahlen an, als hätten die Bartstoppeln Feuer gefangen.

Sie wimmerte so süß, wie es einem haarigen, dreihundert Pfund schweren Mann in einem Kleid nur möglich war. „Oh danke, mein Schatz! Findest du wirklich? Ich will nämlich nicht billig aussehen, weißt du? Oder einfach zusammengestoppelt."

Stanley schluckte schwer. Der Mann sah alles andere als zusammengestoppelt aus. Er sah eher aus wie eine Baustelle, an der bereits seit Jahren gearbeitet wurde. Und an der trotzdem noch nicht der kleinste Ansatz von Perfektion erzielt worden war.

Stanley fiel nichts Besseres ein, als den Versuch zu unternehmen, die Unterhaltung in neutrale Gewässer zu steuern. „Könntest du mir vielleicht helfen? Ich suche den Hausverwalter. Ich möchte mir gerne die freie Wohnung ansehen. Falls ich süß genug bin, um mich darum zu bewerben."

„Süß genug? Was zum Teufel … Oh. Steht dieses dämliche Schild immer noch vor der Tür? Ich habe ChiChi doch darum gebeten, es zu entfernen. Dieses Früchtchen hat in seinem Leben noch keinen Befehl befolgt. Er wohnt nämlich in dem Apartment neben der freien Wohnung und will sicher sein, dass er einen heißen Nachbarn bekommt. Aber du, mein Sohn, musst dir weiß Gott keine Sorgen machen, nicht süß genug zu sein. Und du hast die Jugend auf deiner Seite. Damit ist die Schlacht schon halb gewonnen."

Die Queen schlug sich hart an die Stirn. „Oh, um Gottes willen. Da rede ich über mein dummes Kleid und den dummen ChiChi und sein dummes Schild, dabei willst du doch die Wohnung mieten. Was bin ich doch für ein Trottel! Komm mit, mein Sohn. Wir sehen uns jetzt die Wohnung zusammen an, wollen wir?"

Sie drehte sich um und sah ihn über die Schulter schüchtern an. Dabei klimperte sie mit den Wimpern. „Würdest du mir bitte den Reißverschluss aufziehen, mein Lieber? Ich kann in dem Kleid unmöglich die vielen Treppen hinaufsteigen, weil es sonst verschwitzt wird. Findest du nicht auch, dass es heute viel zu warm ist?"

Stanley stellte sich der Herausforderung und zog den Reißverschluss so weit wie möglich auf. Dabei versuchte er, jeden Kontakt mit dem Pelz auf dem Rücken des Mannes zu vermeiden. Als die noch haarigere Arschritze sichtbar wurde, fand er, er wäre jetzt weit genug gegangen. Er wurde rot, wandte sich ab und tat so, als würde er den Stuck an der Decke studieren, der aussah, als würde er ihnen gleich auf den Kopf fallen. „Äh ... in welchem Stockwerk ist die Wohnung denn?", fragte er, obwohl er sich sicher war, die Antwort schon zu kennen. Und natürlich sollte er recht behalten.

„Das Penthouse", erwiderte die Dragqueen fröhlich. „Es ist eine so hübsche Wohnung. Und erst die Aussicht!"

Er ließ das orangefarbene Ungetüm zu Boden rutschen. Stanley stellte erleichtert fest, dass der Mann darunter eine Hose trug und die Hosenbeine hochgerollt hatte. Sein mächtiger Bauch war genauso behaart wie der Rücken, seine Brüste um einiges größer als die von Stanleys Mutter oder jeder anderen Frau in Stanleys unglückseliger Familie. So bezeichnete Stanley sie bei sich immer – unglückselig.

„Ich hole mir nur schnell ein Hemd", sagte der Mann errötend und hielt sich die Hände vor die Titten wie eine schüchterne Mamie Van Doren. Dann verschwand er durch die Tür, durch die er vorhin gekommen war. Eine Sekunde später tauchte er wieder auf, den Kopf hinter einem schmuddeligen, weißen T-Shirt verborgen, das er mühsam nach unten zog.

Als er das Hemd endlich über seinen Bauch manövriert hatte, streckte er die Hand aus. „Hallo, junger Mann. Es ist mir ein Vergnügen, dich kennenzulernen. Danke für die Hilfe mit meiner Garderobe. Wenn ich so angezogen bin wie jetzt, heiße ich Arthur. Mit Fummel kannst du mich Angie nennen. Angie O'Gram." Als Stanley ihn verständnislos ansah, klopfte Arthur sich auf den Bauch und kicherte fatalistisch. „Was soll ich sagen? Zwei Herzanfälle. Noch einer mehr, und ich muss meinen Dragnamen in Nita Mortician ändern. Wie auch immer ... Ich bin die Presswurst in diesen Gefilden." Er kicherte wieder.

Stanley grinste, als Arthurs Pranken seine ausgestreckte Hand verschlangen, wie in einem alten Horrorfilm mit Steve McQueen als der Blob den Kopf des Automechanikers verschlungen hatte. Dafür war Arthurs Händeschütteln wesentlich sanfter.

„Ich bin Stanley", stellte er sich vor. „Das Penthouse, ja?" Er mochte diesen Kerl wirklich gut leiden. Was er davon halten sollte, jeden Tag mehrmals die Treppen bis in den sechsten Stock zu steigen, konnte er allerdings noch nicht mit Bestimmtheit sagen.

Arthur tätschelte ihm freundlich die Hand. Dann schlug er vor Stanleys Nase die Hände zusammen. Offensichtlich befürchtete er, den potenziellen Mieter jetzt schon vergrault zu haben. „Warte nur ab, bis du die Wohnung gesehen hast!

Sie ist zum Verlieben. Wirklich. So süß und kompakt und sonnig und hell. Ich habe gerade neue, buttergelbe Vorhänge aufgehängt. Und eine passende Bettdecke hat sie auch. Sooo süß!"

Stanley musste lachen, als der dicke Mann mit den Händen wedelte wie ein überdimensionierter Schmetterling. „Dann ist sie also schon möbliert."

Arthur lachte mit. „Oh ja, mein Süßer. Mit allem, was du brauchen kannst. Das einzige, was fehlt, ist jemand, um in einsamen Nächten zu kuscheln und … Oh, vergiss es. Ich bin mir sicher, du weißt darüber besser Bescheid als ich. Ich habe mich erst spät im Leben geoutet. Vor zwei Jahren, um genau zu sein. Jetzt muss ich die verlorene Zeit nachholen."

„Das sehe ich", sagte Stanley. Der Mann hatte nämlich den Lippenstift nicht abgewischt.

„Vorwärts und immer nach oben!", rief Arthur. „Wir wollen sehen, was du von der Wohnung hältst, ja?"

Bevor Stanley auch nur nicken konnte, hatte Arthur ihn am Arm gepackt und zog ihn zur Treppe. „Etwas Bewegung stört dich doch nicht, oder? Ein so junger, hübscher Kerl wie du muss schließlich in Form bleiben. Ja, die Bewegung wird dir guttun."

Arthur warf einen nervösen Blick auf die schier endlose Treppe. Dann holte er tief Luft wie ein Mann, der sich auf den Sprung von einem Fünf-Meter-Brett vorbereitet, und machte sich mit Stanley im Schlepptau auf den Weg himmelwärts. Schon nach einem halben Stockwerk schnaufte, prustete und schwitzte er wie eine Dampfmaschine. Das T-Shirt klebte ihm am behaarten Leib wie die durchgeweichte Briefmarke auf einem verschimmelten Briefumschlag.

„Ich bin verdammt froh, dass ich das Kleid ausgezogen habe", murmelte er vor sich hin. „Schweiß ist *tödlich* für Taft."

Dann wollte er sich vermutlich von der Anstrengung ablenken, denn er fing zu erzählen an. „Weißt du, ich trage nicht oft Fummel. Aber der Große Belladonna Ball steht vor der Tür, und in diesem Jahr will ich mich richtig darauf vorbereiten. Ich mache seit einem Jahr Diät und habe schon zwei Pfund abgenommen. Zwei Pfund! Ich bin so aufgeregt. Ramon – das ist einer der Mieter und er lernt Schönheitspflege – hat mir versprochen, mich vor dem Ball zu wachsen. Wie du mir empfohlen hast! Siehst du? Dieses Jahr bin ich wirklich voll dabei."

Er blieb im zweiten Stock stehen und sah sich um. Der Schweiß lief ihm in Strömen übers Gesicht. „Sind wir bald da? Mein Gott, ich kippe gleich um."

Stanley zeigte auf das Schild mit der 2 an der Wand. „Ich glaube, wir sind erst im zweiten Stock. Wir haben noch vier vor uns."

„Oh, Jesus, Maria und Josef auf dem Trampolin. Okay. Weiter jetzt, sonst bewege ich mich gleich nicht mehr von der Stelle. Dann muss ich mir hier oben eine Wohnung nehmen und mein Leben wird nie wieder so sein wie bisher."

Stanley lachte.

Arthur lachte nicht. Er packte Stanley an der Hand und zog ihn weiter die Treppe hoch. Trotz seines Keuchens und Fluchens über die Treppe und die Hitze fand er noch genug Luft, um Stanley mehr über das Haus zu erzählen.

„Wir haben genug heißes Wasser für alle. Es gehört alles dazu und du kannst sämtliche Einrichtungen mitbenutzen. Das ist immer schön, findest du nicht auch? Im Keller stehen Waschmaschinen. Aber benutze nicht die in der Mitte, weil sie die Klamotten frisst wie eine Kuh das Gras. In jedem Stockwerk sind vier Apartments, alle mit einem Zimmer. Und soweit ich weiß, ist jeder hier so schwul." Arthur kicherte und klimperte mit den Wimpern. „Ich habe sie alle verhört, um sicher zu gehen." Er überlegte kurz. „Nun, es gibt eine Ausnahme. Ingersol. Der hinterhältige Mr. Ingersol aus dem dritten Stock. Oh Schauder! Aber der hat schon hier gewohnt, bevor ich eingezogen bin. Ich kann ihn schließlich nicht einfach auf die Straße setzen, nicht wahr? Ich wünschte, ich könnte es."

Stanley wunderte sich, was an Mr. Ingersol wohl hinterhältig war, kam aber nicht dazu, Arthur zu fragen.

Arthur schleppte sich die letzten Stufen zum dritten Stock hoch und fasste sich ans Herz, was Stanley sofort in Angst und Schrecken versetzte. Der Mann wollte doch nicht ausgerechnet jetzt seinen dritten und letzten Herzanfall bekommen? Aber anstatt tot umzufallen, fragte Arthur in ernstem Ton: „Ich nehme doch an, dass du auch schwul bist, oder? Natürlich spielt es keine Rolle, weil es vollkommen illegal wäre, dir die Wohnung zu verweigern, wenn du einer von *denen* bist. Du weißt schon ... wie der Perverse in 3B im dritten Stock." Er hielt sich die Hand an den Mund und flüsterte Stanley die letzten Worte ins Ohr. „*Heterosexuell, meine ich.*"

Stanley sah das boshafte Grinsen in Arthurs Gesicht und erkannte, dass er auf den Arm genommen wurde. Er lachte. Arthur wusste ganz genau, dass Stanley schwul war. Er boxte Arthur an den Arm, wie es sich für zwei echte Kumpels gehörte. „Ich und hetero? Oh, das war gut, wie?"

Arthur riss die Augen auf und seine geschminkten Lippen formten ein perfektes O. „Hast du gerade Odessa Goodwin gesagt? Ohh, was für ein schöner Dragname. Vielleicht nenne ich mich so, wenn ich noch einige Pfund mehr abgenommen habe. Darf ich?"

Stanley zuckte mit den Schultern. Er zuckte so lange, bis er endlich verstand, worüber Arthur eigentlich redete. „Er gehört dir", sagte er dann großzügig, nachdem endlich der Groschen gefallen war.

Arthurs dicke Finger zwickten ihn in die Wange und er lächelte freundlich. „Oh ja, Stanley, du bist süß genug. Ich denke, du wirst bei den Insassen des Belladonna Arms bald sehr beliebt sein." Er zog eine Zigarre aus der Hosentasche und schob sie sich zwischen die Lippen. Sie war schon halb abgebrannt. Das Mundstück war feucht von Spucke und die kalte Asche am anderen Ende stank zum Himmel.

„Hast du was dagegen, wenn ich rauche?", fragte er. „Es hilft mir, besser Luft zu bekommen."

„Na ja, ich bezweifle, dass es dir wirklich hilft, besser ..."

„Danke. Ich wusste doch gleich, dass es dich nicht stört." Arthur zündete die Zigarre an. Ihr höllischer Qualm verbreitete sich sofort im ganzen Treppenhaus. Stanley biss die Zähne zusammen, weil ihm davon schlecht wurde. Dann konzentrierte er sich mit sämtlichen fünf Sinnen auf die Treppenstufen, um nicht an den Gestank zu denken.

Wenn sie in dieser Geschwindigkeit weitergingen, brauchten sie vermutlich noch den ganzen Tag, bis sie endlich im obersten Stockwerk ankamen. Ups. Sorry. Im *Penthouse*. Doch wenn er Arthur bat, sich zu beeilen, musste er vermutlich den Rettungsdienst alarmieren, um den Mann wiederbeleben zu lassen. Das würde mit Sicherheit noch länger dauern. Also hielt Stanley den Mund. Arthur hielt ihn immer noch am Arm, aber er führte Stanley jetzt nicht mehr, sondern ließ sich von ihm ziehen. Stanley brach ebenfalls der Schweiß aus. Dieses verdammte Treppenhaus war heißer als die Hölle, und die stinkige Zigarre zwischen Arthurs Zähnen ließ Stanley wünschen, er hätte eine Knarre parat. Er könnte niemals einen anderen Menschen erschießen, aber er dachte mittlerweile ernsthaft darüber nach, sich selbst das Hirn rauszublasen. Natürlich würde er damit indirekt seiner Mutter rechtgeben, die ihn vor dem Belladonna Arms gewarnt hatte. Also verdrängte Stanley seine selbstmörderischen Gedanken wieder und konzentrierte sich darauf, sich von dem dreihundert Pfund schweren Anhängsel am Arm nicht zu Boden ziehen zu lassen.

Als sie im vierten Stock ankamen, schien es Arthur wieder etwas besser zu gehen. Jedenfalls nahm er seine Aufgabe als Fremdenführer wieder auf.

„In diesem Stockwerk wohnt Sylvia. 4B. Sie ist sehr lieb. Sie ist transsexuell, weißt du? Und ihre Toll House Cookies sind ein wahrer Genuss. Lass dich nur nie von ihr zum Essen einladen, weil die Plätzchen das einzige sind, was sie kann. Sylvia musste ihre nächste Operation verschieben, weil sie zurzeit kein Geld hat. Aber die Hormone haben schon gewirkt und sie hat ganz süße, kleine Brüste. Du wirst es bald selbst sehen. Sie wird sie dir wahrscheinlich sofort vorführen wollen, sobald ihr euch kennengelernt habt. Sie ist sehr stolz darauf und zeigt sie gerne ihren Freunden. Sylvia ist einer der Gründe, warum wir in diesem Jahr den Großen Belladonna Ball feiern. Wir planen eine Junggesellenversteigerung und wollen ihr den Gewinn für die Operation spenden. Oh mein Gott, wenn ich dir verrate, *wen* wir versteigern, wirst du mir *kein* Wort glauben! Kein Wort wirst du mir glauben, mein Schatz!"

Stanley wusste nicht so recht, was er darauf antworten sollte. „Die arme Sylvia", sagte er dann. „Es muss sehr hart sein für sie."

Arthur schüttelte sich. „Wenn sie erst das Geld für die letzte Operation hat, wird nichts mehr hart sein. Es wird aufgeschnitten und nach innen gestülpt, weißt du." Er schüttelte sich wieder, um die Bedeutung seiner Worte zu unterstreichen.

Dann stöhnte er laut, weil er sich offensichtlich selbst am meisten Angst eingejagt hatte.

„So hatte ich das eigentlich nicht gemeint", sagte Stanley.

Arthur hörte ihm schon nicht mehr zu. Er schleppte sich die nächste Treppe hoch und starrte dabei stur auf seine Füße. Mittlerweile kam es selbst Stanley so vor, als würden die Treppen von Stockwerk zu Stockwerk steiler und die Stufen höher. Er redete sich ein, dass es nicht mehr weit wäre bis in den sechsten Stock.

Als sie im fünften Stock ankamen, teilte Arthur ihm keuchend mit, dass hier Roger und Ramon wohnen würden. „Natürlich nicht zusammen, obwohl Ramon sicher nichts dagegen hätte. Roger ist ein echtes Traumschiff. Warte nur ab, bis du ihn siehst. Er ist Krankenpfleger. Jeder will Roger, aber der steht über allem. Götter geben sich eben nicht mit uns Normalsterblichen ab, so ist das leider. Ich kann mich nicht erinnern, wie oft ich Roger schon um ein Schwammbad gebeten habe, aber er lacht nur darüber. Ramon ist der angehende Kosmetiker, von dem ich dir schon erzählt habe. Er ist so süß und feminin. Ich liebe ihn über alles. Obwohl er mir auch kein Schwammbad geben will."

Arthur stellte eine hoffnungsvolle Miene zur Schau und klimperte wieder mit den Wimpern.

„Nein!", rief Stanley in einer Art Präventivschlag.

„Mist, Mann", sagte Arthur und drehte sich mit einem resignierten Seufzer zur Treppe um. „Bald haben wir es geschafft, mein Herz. Nur noch ein paar Stufen, dann sind wir oben. Hilfst du mir hoch?"

Also ging Stanley voraus. Arthur hing mit seinem ganzen Gewicht hinten an Stanleys Gürtel und ließ sich nach oben ziehen. Stanley gab sich alle Mühe, die dicken Finger zu ignorieren, die sich – rein zufällig? – von hinten in seinen Hosenbund schoben und – ebenfalls rein zufällig? – seinen Arsch erkundeten.

Nach einer Weile wurde es Stanley dann doch zu viel und er gab Arthur einen kräftigen Klaps auf die Hand. Arthur kicherte gutmütig und brach seine Erkundungen sofort ab. Stanley zog ihn die letzten drei Stufen hoch, und sobald sie oben angekommen waren, ließen sie sich an die Wand fallen.

„Geschafft", keuchte Arthur. Stanley nickte nur, weil er die wenige Luft, die er bekam, nicht für unnütze Worte verschwenden wollte. Seine Beine zitterten und er spürte immer noch Arthurs dicke Finger in der Unterhose. Jedenfalls bildete er sich das ein.

Arthur zeigte mit zitternder Hand auf eine Tür gleich links von ihnen.

„Apartment 6C", keuchte er und drückte sich an die Brust, als müsste er die Luft manuell in seine Lungen pumpen. Als es nicht funktionierte, beugte er sich vor und stützte sich mit den Händen auf den Knien ab. Schweiß tropfte ihm von der Stirn und hinterließ dunkle Flecken auf dem gefliesten Fußboden wie Regentropfen auf einem Bürgersteig. „Geh schon rein, es ist nicht abgeschlossen. Ich komme gleich nach. Falls ich noch lange genug lebe."

Stanley stieß sich erschöpft von der Wand ab und öffnete die Tür zu Nummer 6C, um einen Blick in die Wohnung zu werfen.

Er wusste sofort, dass sie perfekt war.

„Wow", sagte er grinsend. „Das ist prima!" Und dabei hatte er die Schwelle noch nicht überschritten.

„Sage ich doch", gurgelte Arthur glücklich. Dann blies er eine Wolke Zigarrenrauch aus und kippte um.

2

ARTHUR LAG am Ende der Treppe zum sechsten Stock auf dem Rücken. Er hatte eine verblüffende Ähnlichkeit mit einem gestrandeten Kreuzfahrtschiff. Die eklige, schwarze Zigarre, die er sich zwischen die Zähne geklemmt hatte, ragte empor wie ein einsam vor sich hin dampfender Schornstein.

Stanley erschrak. Der Mann sah mausetot aus.

„Arthur? Sir? Ma'am?" Stanley ließ sich neben Arthur auf die Knie sinken und versuchte, ihm eine Hand unter den Kopf zu schieben. Es war nicht ganz einfach, denn Arthurs Kopf hatte das Gewicht einer Bowlingkugel.

Stanley gab ihm eine kräftige Ohrfeige, um ihn wieder zu sich zu bringen, aber alles, was er damit erreichte, war, dass die Asche von der Zigarre abfiel und sich auf Arthurs Gesicht verteilte.

Stanley war kurz davor, in Panik auszubrechen, als von unten eine Stimme durchs Treppenhaus schallte. „Was ist das denn für ein Krach, zum Teufel aber auch! Ist ein Elefant aus dem Baum gefallen?"

„Oh, Gott sei Dank!", rief Stanley zurück. „Können Sie mir bitte helfen? Bitte!"

Stanley hörte lautes Poltern auf der Treppe, dann tauchte ein Kopf auf. Und dieser Kopf war so schön, dass es Stanley fast den Atem raubte. Was der Kopf nicht schaffte, gelang schließlich dem Körper, der dem Kopf folgte. Stanley blieb die Luft weg. Der Mann trug die Uniform eines Krankenpflegers – eine Uniform, die wenig der Fantasie überließ, was den Körper anging, der sich darunter verbarg. Kräftige, muskulöse Arme ragten aus den viel zu kurzen, hellblauen Ärmeln hervor. In dem V-Ausschnitt war eine breite, behaarte Brust zu erkennen. Lange Beine und schlanke Hüften steckten in Hosen aus demselben Hellblau, wie der Rest dieses Gesamtkunstwerks. Und was war es doch für ein verlockendes Kunstwerk!

Aber damit war noch nichts über das krönende i-Tüpfelchen gesagt. Stanleys Blick kehrte zu dem Kopf zurück, der oben auf diesem Turm der Perfektion saß und … Ja. Ja, in der Tat. Es war zweifelsohne der schönste Kopf, den Stanley jemals in seinem Leben gesehen hatte. Dunkles, kurz geschorenes Haar, vielleicht einen halben Zentimeter lang. Grüne, schmachtende Augen, umrahmt von dichten, dunklen Wimpern. Ein sinnlicher Mund, dessen Kuss sich Stanley in seinen wildesten Träumen nicht ausmalen konnte. Ein Kunstwerk küsst man nicht. Man starrt es nur bewundernd an und wischt sich verstohlen die Spucke vom Kinn. Der Mann hatte sich offensichtlich gerade erst rasiert, aber auf seinen Wangen und dem Kinn lag immer noch ein dunkler Schatten. Er würde wahrscheinlich einen dichten

Bart haben, sollte man den Haaren jemals erlauben, aus ihrem Hautgefängnis zu entkommen.

Stanley liebte Männer mit dunklen Haaren und Bartschatten. Er hatte sie schon immer geliebt.

Der Mann kam mit seinen langen Beinen auf sie zu und schaute nach unten, wo Stanley immer noch Arthurs Kopf stützte. Dann stemmte er die Hände in die Hüften. „Ts, ts, ts. Idiot", sagte er mit dröhnender Stimme.

„Es tut mir leid", erwiderte Stanley. Er spürte, wie ihm die Röte in die Wangen stieg. „Ich wusste nicht, was ich tun sollte."

Der Mann lachte. „Ich habe nicht dich gemeint. Ich wollte sagen, dass Arthur ein Idiot ist." Er kniete sich ebenfalls auf den Boden, zog Arthur die Zigarre aus dem Mund und warf sie zur Seite. „Er sollte mit dem Rauchen aufhören."

„Er sollte sich auch nicht wie eine Frau anziehen", sagte Stanley und verdrehte die Augen. Er war dem Mann für seine Hilfe so dankbar, dass er sogar schon wieder Witze machen konnte. „Jedenfalls nicht, solange er sich nicht einen Teil seiner Körperbehaarung abrasiert."

„Wohl wahr." Der Mann grinste. Dann brachen sie beide in kicherndes Gelächter aus.

Der Fremde zog mit den Daumen Arthurs Augenlider hoch, erst das eine, dann das andere und studierte Arthurs Augen. Stanley studierte derweil die Daumen. *Wunderschön.* Dann versuchte der Mann es mit Stanleys Vorgehensweise und versetzte Arthur eine Ohrfeige. Es war eine Ohrfeige, die einen Toten zum Leben erweckt hätte.

Arthur stöhnte und riss die Augen auf. Sie drehten sich wie die Kirschen in einem einarmigen Banditen. Nach einer Weile beruhigten sie sich wieder und fixierten den Mann, der sich über sie beugte. Ein Ausdruck der Hoffnung huschte über Arthurs Gesicht. „Schwammbad. Bitte, bitte." Dann verlor er wieder das Bewusstsein.

Der Mann schüttelte nur den Kopf. Er drehte sich zu Stanley um, der immer noch neben dem – wieder – bewusstlosen Arthur kniete und schenkte ihm seine volle Aufmerksamkeit. Hinter Stanley war die Tür zu der einzigen freien Wohnung im Haus, und diese Tür stand offen. Der Mann kniff die Augen zusammen und überlegte kurz, bevor er Stanley ansprach.

„Ziehst du hier ein?"

Stanley lächelte nervös. Er fühlte sich unwohl in der Gegenwart von schönen Menschen. Sie erinnerten ihn daran, dass er selbst nicht dazugehörte. „Ich denke darüber nach", antwortete er.

„Prima! Wir können hier gut einige normale Menschen brauchen. Ich bin übrigens Roger. Roger Jane." Stanley hatte noch nie eine Hand gesehen, die so sexy war wie die Hand, die Roger jetzt ausstreckte. Sie war braun gebrannt und einfach prächtig, mit dunklen Haaren, die den Handrücken bedeckten. Und die Haare hörten dort nicht auf, sondern gingen auf dem Arm des Mannes weiter bis zum Ellbogen. Nur der Oberarm war glatt und haarlos, als wollten die Haare nicht von dem prachtvollen Bizeps ablenken, der bei jeder Bewegung unter der Haut rollte wie ein Baseball. Und als wäre das noch nicht genug, gab es auch noch einen zweiten Arm mit einem zweiten Bizeps. Machte eine Summe von *zwei* Basebällen. Stanley blinzelte einige Male, bevor es ihm gelang, den Blick von diesen Armen abzuwenden. „Du musst der Krankenpfleger sein." Mehr fiel ihm nicht ein. Er nahm die ausgestreckte Hand an und wäre beinahe umgekippt, so heiß fühlte sie sich an. Es war eine starke, freundliche Hitze.

Jetzt war es Roger, der rot wurde. Und das war das zweitschönste, was Stanley in seinem Leben jemals gesehen hatte. „Der alte Perversling hat dir schon von mir erzählt, wie? Ja, ich bin Krankenpfleger. Seit … ohhh, drei Wochen. Und es ist mir immer noch peinlich, so angesprochen zu werden. So neu bin ich in meinem Job."

„D-das muss dir doch nicht peinlich sein", sagte Stanley und zwang sich, ruhig und gelassen zu bleiben. Wenn er nervös war, brachte er entweder kein Wort über die Lippen, oder er fing zu plappern an wie ein Wasserfall. Im Moment versuchte er, beides zu vermeiden. Er wollte einen guten Eindruck machen. Nicht, weil er bei diesem Prachtexemplar von Mann jemals eine Chance hätte, sondern weil es sich einfach so gehörte, wenn man einen neuen Nachbarn kennenlernte. „Das ist ein wunderbarer Beruf, Roger. Krankenpfleger sind das Rückgrat unseres Gesundheitssystems. Das wird dir jeder Arzt bestätigen, der ehrlich ist und etwas auf sich hält."

„Wow", sagte Roger. „Du hörst dich an, wie mein früherer Ausbilder."

Jetzt wurde Stanley wieder rot. „Mein Dad war Krankenpfleger."

Roger lächelte liebenswert und musterte Stanley noch genauer. „Ah ja. Das erklärt auch deine Ernsthaftigkeit." Er drückte Stanleys Hand, die er immer noch in seiner hielt, etwas fester, und das allein reichte, um sie beide noch röter anlaufen zu lassen. „Es freut mich sehr, dich kennenzulernen, Stanley."

„Mich auch." Stanley strahlte. Sie ließen sich los, aber jedem zufällig Anwesenden wäre sofort aufgefallen, dass sie es eigentlich nicht wollten.

Dann wurden sie abrupt wieder von der Realität eingeholt. Arthur furzte. Er hörte sich an wie eine alte, zerbeulte Trompete.

„Hmm", sagte Roger. „B Moll. Ich frage mich, was das zu bedeuten hat."

Stanley grinste. „Dass sein Herz wieder funktioniert?"

Roger schenkte ihm ein schiefes Grinsen. „Irgendetwas funktioniert auf jeden Fall. Obwohl ich mir sicher bin, dass sein Herz keine direkte Verbindung zu seinem Auspuff hat. Aber ich bin ja schließlich nur Krankenpfleger, kein Mechaniker. Trotzdem, es ist ein gutes Zeichen. Lass uns versuchen, ihn wieder auf die Beine zu bringen. Ich würde gerne vermeiden, ihm Mund-zu-Mund-Beatmung geben zu müssen. Der Lippenstift ist nicht meine Farbe. Ich ziehe Pfirsichtöne vor."

„Von dem Zigarrenatem gar nicht zu reden", meinte Stanley.

Roger nickte. „Du sagst es."

Stanley lachte.

Roger hielt einen Moment inne und genoss Stanleys Lachen. Das schien ihm öfter zu passieren. Er fuhr sich mit der Hand über die Stoppelfrisur und starrte in Stanleys lächelndes Gesicht. Ja, er war definitiv interessiert.

„Stanley-und-wie-weiter?", fragte er aus dem Blauen heraus mit leiser, nachdenklicher Stimme.

Stanley musste sich alle Mühe geben, unter dem Blick dieser grünen Augen nicht zusammenzubrechen und zu stottern anzufangen. Merkwürdigerweise gelang es ihm, und zwar außergewöhnlich gut. „Stanley Sternbaum."

Roger tätschelte Stanleys Wange. Es war tausendmal zärtlicher als die Ohrfeige, die er Arthur versetzt hatte. Stanley erstarrte bis in die Zehenspitzen.

„Du hast ein wunderschönes Lachen, Stanley Sternbaum. Ich hoffe sehr, es in Zukunft noch oft zu hören."

Stanley wusste nicht, was er darauf erwidern sollte, hoffte allerdings bei Gott, dass sein Gesicht nicht ganz so dunkelrot war, wie es sich anfühlte. In der Hoffnung, das überschüssige Blut wieder loszuwerden, riss er den Blick von Roger los und richtete seine Aufmerksamkeit wieder auf Arthur. Arthur war geradeheraus. An Arthur war nichts bedrohlich. Mit Arthur kam Stanley zurecht. Roger wiederum ... Roger war ihm ein Rätsel. Und auf Rätsel reagierte er wie auf schöne Menschen. Er wurde nervös. Roger, der sowohl schön als auch ein Rätsel war, jagte ihm logischerweise eine Heidenangst ein. Stanley hatte keine Ahnung, wie er mit Roger umgehen sollte.

Er hatte plötzlich nicht mehr die Kraft, Roger in die Augen zu sehen. *Mein Gott*, dachte er. *Was bin ich nur für ein Waschlappen.*

Roger erinnerte sich wieder an ihren Patienten und schaute Arthur ins Gesicht. Arthur war in der Zwischenzeit zu sich gekommen und beobachtete die beiden mit einem verträumten Ausdruck in seinem stoppeligen, mit Asche bestreuten und Lippenstift verschmierten Puddinggesicht. Er studierte erst Roger, dann richtete er seine ganze Aufmerksamkeit auf Stanley.

Es schien Arthur keinerlei Kopfzerbrechen zu bereiten, dass er hier im Flur des sechsten Stocks auf dem Rücken lag wie ein gestrandeter Wal. Er räusperte sich mit einem tiefen Grollen, das an einen Vulkan erinnerte, der kurz vorm Ausbruch stand. Nachdem er sich davon überzeugt hatte, dass seine Stimmbänder wieder funktionierten, sagte er höflich: „Also, junger Mann ... Bist du nun an der Wohnung interessiert?"

Stanley dachte geschlagene zweieinhalb Sekunden nach, bevor er seine Antwort gab. „Sicher. Warum nicht?"

„Goody!", riefen Arthur und Roger im Chor.

DER EINZUG war eine ziemlich unkomplizierte Angelegenheit. Stanley hatte seine Klamotten, seine Bücher und seinen Computer. Es passte alles problemlos in den kleinen Honda Civic, den er von seinem Vater kurz vor dessen Tod geschenkt bekommen hatte. Stanley musste nur einmal von der Wohnung seiner Mutter zum Belladonna Arms fahren, dann war alles erledigt. Und das war ein Segen. Je weniger er von seiner Mutter sah umso besser.

Als er ihre Wohnung in La Jolla verließ, saß sie immer noch innerlich schäumend am Küchentisch, trank Kaffee und rauchte eine Zigarette nach der anderen. Die ganze Wohnung stank zu Himmel, und der Rest von La Jolla wahrscheinlich auch. Man konnte kaum die Hand vor Augen sehen, so undurchdringlich dicht hingen die Karzinogene in der Luft. Kurz zuvor hatte sie ihm erst mit Enterbung gedroht, dann damit, sein Auto anzuzünden, das Rauschgiftdezernat zu verständigen, weil er mit Sicherheit *irgendeine* Droge genommen hätte, und ihn wegen strafbarer Dummheit ins Irrenhaus einweisen zu lassen, sollte er nicht *umgehend* seine Meinung ändern und den Umzug absagen. Sie hatte es sogar mit Tränen versucht, was ihr in der rauchgeschwängerten Luft nicht allzu schwerfiel. Doch Stanley ließ sich nicht aus der Ruhe bringen. Außerdem kannte er die Krokodilstränen seiner Mutter zu genüge. Sie flossen durchschnittlich zweimal im Jahr und hatten schon längst ihre Wirkung auf ihn verloren. Mehr als ein Augenrollen und ein „Mein Gott, Mom, die Oscars sind schon vergeben!" erreichte sie damit bei Stanley nicht mehr.

Er vermutete, dass sie unter einem besonders schweren Fall des Leere-Nest-Syndroms litt. Aber daran konnte er nichts ändern. Es war höchste Zeit, dass er flügge wurde, denn schließlich war er schon zweiundzwanzig Jahre alt. Sein Auszug von Zuhause war mehr als überfällig. Jetzt konnte seine Mutter in dem leeren Zimmer ihren Schnaps und die Marlboros lagern. Dann hatte sie im Schrank mehr Platz, um dort andere Dinge unterzubringen, beispielsweise noch mehr Schnaps und Marlboros.

Stanley hatte sein ganzes Leben mit Lernen verbracht; erst an der Schule, dann an der Universität. Das würde auch noch so bleiben, bis er an der Beaumont University seinen Magister machte. Er war schon ganz aufgeregt und freute sich auf dieses Abenteuer. Zum ersten Mal war er allein, hatte *seine eigene Wohnung.* Welcher junge Mann würde sich darüber nicht freuen?

„Bye, Ma!", rief er seiner Mutter zu, als er mit der letzten Kiste die Wohnung verließ. Seine Mutter gab keinen Ton von sich. Kopfschüttelnd schloss Stanley die Tür zwischen ihnen.

Auf dem Weg in sein neues Heim legte er einen Zwischenstopp bei der Post ein, um die neue Adresse zu hinterlegen. Er hatte dutzende von Briefen an Museen und bekannte Archäologen geschrieben, von denen er gehört hatte, dass sie vielleicht in näherer Zukunft einen Assistenten suchen würden. Stanley hoffte, nach seinem Abschluss nicht allzu lange warten zu müssen, bis er einen Job fand. Deshalb wollte er nicht riskieren, dass die Antwortschreiben durch den Umzugswirrwarr verloren gingen. Seine Mutter war ein Biest und er traute ihr durchaus zu, dass sie die Briefe in die Toilette werfen würde, sollten sie an seine alte Adresse geschickt werden.

Es dauerte eine dreiviertel Stunde, bis er alle Kisten aus dem Auto geladen und in den sechsten Stock geschleppt hatte. Ohne Arthur, der ihm wie ein Felsklotz am Gürtel hing, waren die Treppen gar nicht so schlimm. Stanley würde sich wahrscheinlich bald daran gewöhnt haben.

Als er mit der letzten Bücherkiste auf dem Weg in seine neue Wohnung war, sah er einen jungen Mann, der oben auf ihn zu warten schien. Stanley rückte seine Brille gerade und schaute ihn sich genauer an. Der Mann trug ein Etui in der Brusttasche seines Hemdes, in dem mehrere Stifte steckten. Viel mehr war nicht zu erkennen, weil der Mann direkt über Stanley hinter der Brüstung zum Flur stand. Nur die großen Ohren fielen ihm noch auf. Aber der Mann war richtig süß, daran konnten auch die Ohren nichts ändern. Da Stanley nicht winken konnte, rief er ihm zu: „Hi! Ich ziehe gerade hier ein! Ich hoffe, ich mache nicht zu viel Krach!"

Zu Stanleys Überraschung machte der Mann sich aus dem Staub, als wäre eine Kanonenkugel auf ihn abgefeuert worden.

„Hä?", sagte Stanley leicht pikiert und vergaß den Mann dann wieder.

Als er in seiner Wohnung ankam, war er verdammt froh, dass er es geschafft hatte. Die Kisten auszuräumen und sich einzurichten war kein großes Problem, weil die Wohnung möbliert war. Die Möbel waren schon ziemlich abgenutzt, aber praktisch. Und das Beste war, dass es hier nicht nach Rauch stank. Das war ein Segen, mit dem er nicht gerechnet hatte.

Im Wohnzimmer standen ein durchgesessenes Sofa und ein flacher Couchtisch mit tiefen Kratzern, die aussahen, als wäre einem der früheren Bewohner eine Fräse durchgegangen. Die Bücherregale reichten gerade für Stanleys kleine Bibliothek und der Schreibtisch in der Ecke war groß genug für seinen Computer. Was wollte er mehr?

Das Schlafzimmer war klitzeklein, doch das störte ihn nicht. Es gab ein Doppelbett und eine Kommode mit Schubladen. Auf einem Stuhl in der Ecke stand eine Nachttischlampe. Der Wandschrank war zwar auch nicht sehr groß, aber er war ausreichend für Stanleys Garderobe. Stanley hatte nicht viel und das meiste davon musste nicht aufgehängt werden.

Im Badezimmer war ein kleines Fenster, durch das man in der Ferne die Coronado Bridge sah. Die Duschkabine hatte keinen Vorhang. Stanley nahm sich vor, nachher noch einkaufen zu gehen und das zu ändern.

Die Küche war gerade groß genug für einen Kühlschrank, einen Herd und einen kleinen Tisch mit drei Stühlen. Der vierte Stuhl fehlte.

Zurück im Wohnzimmer, ging Stanley zu dem großen Fenster beim Sofa. Es war direkt hinter dem großen Eukalyptusbaum, der vor dem Haus stand. Wow! Er hatte Aussicht auf einen Baum! War das nicht toll? Und Arthur hatte die Wahrheit gesagt, als er Stanley von den neuen, buttergelben Vorhängen erzählte. Sie waren wirklich süß. Hell und freundlich.

Stanley öffnete das Fenster, was nicht einfach war, denn es war alt und schon so oft gestrichen, dass es fast zusammenklebte. Als er es endlich geschafft

19

hatte, kroch etwas frische Luft in die Wohnung. Der Luftzug war so schwach, dass sich die neuen Vorhänge kaum bewegten, aber das würde wohl nicht immer so sein. Früher oder später musste es auch wieder kühler werden. Außerdem wollte er sowieso noch den neuen Duschvorhang kaufen. Da konnte er auch gleich einen Ventilator besorgen. Das würde bestimmt helfen. Und Handtücher. Er brauchte Handtücher. Und Seife. Und Bettwäsche und ein Kissen. Und vielleicht eine kleine Mikrowelle. Mein Gott, er brauchte noch so *viel*.

Stanley öffnete den leeren Küchenschrank und stellte fest, dass er für seine kulinarischen Abenteuer mehr brauchte als nur Lebensmittel. Zuerst Pappteller, Plastikbesteck und Pappbecher. Und Servietten. Er hatte keine Lust, den Rest seines Lebens mit Geschirrspülen zu verbringen. Oh, und vielleicht noch eine Pfanne. Die könnte er sich natürlich auch von seiner Mutter besorgen, aber der wollte er die nächste Zeit lieber noch aus dem Weg gehen. Die Frau konnte wahnsinnig werden, wenn etwas nicht nach ihrem Willen ging. Es stimmte nicht, dass man sich vor der Rache einer Frau vorsehen sollte, wie ein berühmter Schriftsteller gesagt hatte. Man musste sich ganz spezifisch vor der Rache eine Lola Francesca Sternbaum vorsehen. Stanley hatte sein gesamtes Leben damit verbracht, sich aus ihrer Schusslinie zu halten.

Nachdem er alles eingeräumt hatte, beschloss er, eine kühle Dusche zu nehmen. Er hatte zwar noch keine Seife, aber beim Spülbecken stand eine alte Flasche mit Geschirrspülmittel. Das würde für den Anfang reichen. Und ein altes T-Shirt funktionierte zum Abtrocknen genauso gut wie ein Handtuch.

Wenn er dann wieder sauber und erfrischt war, wollte er zur Universität gehen und nachsehen, ob die Semesterpläne schon aushingen. Das Semester ging in zwei Wochen los und Stanley konnte es kaum abwarten. Danach hatte er noch Zeit genug, um seine Einkäufe zu erledigen.

Wie komisch. Stanley kam es vor, als würde sein Leben jetzt erst richtig beginnen.

Lächelnd zog er sich aus und ging zum ersten Mal in seinem Leben in seine eigene Dusche in seiner eigenen Wohnung.

WIE NEUGEBOREN und zu allen Schandtaten bereit, verließ Stanley zum ersten Mal in seinem Leben seine eigene Dusche in seiner eigenen Wohnung. Da es noch keinen Duschvorhang gab, hatte er sich in die Wanne gesetzt und ein *normales* Bad genommen, aber darum ging es nicht. Patschnass nahm er das T-Shirt mit dem Foto von Britney Spears auf der Brust vom Haken, das er sich als Handtuch auserkoren hatte. Es war noch neu genug, um einigermaßen Wasser aufsaugen zu können. Er trocknete sich die Haare mit Britneys Gesicht und wollte in seinem jugendlichen Überschwang gerade ein fröhliches Liedchen anstimmen, als er aus dem Wohnzimmer ein verdächtiges Geräusch hörte. Es klickte.

Klick. Und dann immer wieder: *Klick, klick, klick, klick, klick.*

Er neigte den Kopf zur Seite und lauschte. Sein Herz pochte wie rasend, aber noch lauter war das schwere Atmen, das von draußen ins Badezimmer drang. Es erschreckte ihn noch mehr als das Klicken. Jeder einzelne verdammte Horrorfilm, den er jemals gesehen hatte, lief vor seinem inneren Auge ab.

Und dabei hatte sein Leben doch gerade erst begonnen!

In einer Mischung aus Wut und Todesangst stürmte er nackt durch die Badezimmertür nach draußen ins Wohnzimmer. Über dem Kopf schwang er die einzige Waffe, die er auf die Schnelle finden konnte: Die Plastikflasche mit dem Geschirrspülmittel. Und die war auch noch halb leer.

Wohl wissend, dass er damit kein ernst zu nehmender Gegner war, fühlte er sich mehr als erleichtert, als … Nichts! Das Wohnzimmer war leer. Dann hörte er wieder das schwere Atmen, und dieses Mal kam es aus der Küche. Und es roch nach Rauch. Mein Gott, stand seine Wohnung etwa in Flammen?

Immer noch nackt und tropfnass, die Plastikflasche über dem Kopf schwenkend wie eine Keule, rannte er in die Küche und sah … seine Mutter! Sie stand vornübergebeugt vor der Spüle, die Hände auf die Knie gestützt, und japste nach Luft. Eine brennende Zigarette hing ihr im Mundwinkel. Der Rauch hüllte ihren Kopf ein und schwebte über ihr wie die Wolken über dem Gipfel des Fujiyama. Das klickende Geräusch, so stellte Stanley fest, musste ihr Feuerzeug gewesen sein. Er hätte es sich denken können. Er war mit diesem Klicken aufgewachsen. Sie hielt das Feuerzeug immer noch in ihrer zitternden Hand. Die Treppen hatten ihren Tribut gefordert.

„Heilige Mutter Gottes!", japste sie, als sie Stanley in der Tür stehen sah. „Vielleicht sollte ich doch auf Marlboro Light umsteigen."

Stanley hielt sich das T-Shirt vor seine männlichen Körperteile. „Vielleich solltest du *ganz* mit der Raucherei aufhören!", schrie er. „Was zum Teufel willst du hier überhaupt? Und mach die Kippe aus! Hier ist Nichtraucherzone!"

Seine Mutter klopfte sich an die Brust. „Oh, puh!", keuchte sie. „Sei kein Idiot. Wie soll ich dich denn besuchen, wenn hier Nichtraucherzone ist? Und wieso hat dieses Haus so viele Treppen? Wo sind wir hier eigentlich, im neunten Stock? Kann man von hier aus Peking sehen? Und warum ist es so verdammt warm? Bin ich hier auf der Sonne gelandet? Guter Gott, ich hatte schon mit meinem Leben abgeschlossen!"

„Ich auch!", schrie Stanley.

„Du bist nackt", sagte sie und richtete sich schwerfällig auf.

Stanley zog das T-Shirt in die Breite, um sich besser dahinter verstecken zu können. „Vielleicht, weil ich gerade aus der Dusche komme? Und wie bist du eigentlich in die Wohnung gekommen?"

Sie zuckte mit den Schultern. „Mit einer Haarnadel. Warum benutzt du ein T-Shirt als Handtuch?"

„Na ja, ich …"

„Und warum benutzt du dieses billige Geschirrspülmittel?"

„Mein Gott, Ma, ich …"

„Nenn mich nicht Ma! Und warum riechst du nach Geschirrspülmittel? Hast du das etwa zum Duschen benutzt?"

„Ja, aber …"

„Gib mir ein Glas Wasser. Ich verdurste. Diese Treppe gehört verboten!"

„Ich kann dir kein Glas Wasser geben, weil ich keine Gläser habe. Du musst mit den Händen aus der Leitung trinken."

„Wie ein Bauer? Niemals. Was bist du nur für ein Junge, deine Mutter zu verlassen ohne ein einziges Wasserglas? Und warum bist du immer noch nackt?"

Stanley sackte zusammen. „Das weiß ich auch nicht."

Er war geschlagen, und das wusste er auch. Stanley trottete ins Badezimmer zurück, um sich anzuziehen. Er war schon halb durchs Wohnzimmer gegangen, als ihm einfiel, dass er sich das T-Shirt jetzt hinten vor den Arsch halten musste.

Kaum hatte er das getan, öffnete sich vor ihm die Wohnungstür. Ein junger Kerl, ganz in schwarzes Leder gekleidet, streckte den Kopf durch die Tür, als wäre er hier zuhause. Er trug Stiefel mit Ketten, eine Hose mit Ketten, und hatte Riemen über die nackte Brust gespannt. Mit Ketten. Eine kleine Lederkappe saß schief auf seinem Kopf. Es fehlten eigentlich nur noch die Peitsche und Handschellen.

Der junge Mann sah Stanley nackt in der Mitte des Zimmers stehen und grinste, als hätte er gerade in der Lotterie gewonnen. Während er Stanley musterte, hob er die Hand an die Brust und zwickte sich in einen Nippel. Sein Blick verschleierte sich und er sah Stanley verträumt an. „Hallo, Nachbar."

Stanley zog das nasse T-Shirt wieder nach vorne und hielt es sich vor den Schwanz. Dann besann er sich anders. *Vergiss es!*, dachte er und warf das T-Shirt quer durchs Zimmer. Es flog klatschend an die Wand.

Der Nippelzwicker in der Tür duckte sich. „Ohh."

„Du musst ChiChi sein", sagte Stanley. Er bebte vor Wut. „Der Typ, der das Schild gemalt hat."

ChiChis verträumtes Grinsen wurde noch breiter. „Das bin ich." Er hatte einen trägen, schweren mexikanischen Akzent. Er hörte sich an wie Frito Bandito nach einer Überdosis Muskelrelaxans.

Stanleys Selbstbewusstsein erreichte einen neuen Tiefpunkt. So hatte er sich nicht mehr gefühlt, seit seine Mutter ihn beim Masturbieren erwischt hatte. Und damals war er dreizehn. Stanley breitete die Arme aus und präsentierte sich *in toto*, weil sowieso schon alles zu spät war. „Nun, ChiChi? Bin ich süß genug, um in eurer geschätzten Behausung aufgenommen zu werden?"

Bevor ChiChi antworten konnte, wurde der Gestank nach Zigarettenrauch wieder stärker. Stanleys Mutter schlich sich von hinten an. Gott, diese Frau war eine Nervensäge. „Stell mich doch deinem Lederfreund vor, Stanley. Mein Himmel, in diesem Haus gibt es nichts, was es nicht gibt."

In diesem Augenblick warf Stanley das Handtuch. Oder hätte es geworfen, wenn er eines gehabt hätte.

Immer noch nackt, aber mittlerweile vollkommen gleichgültig, stapfte er in sein Schlafzimmer, um sich anzuziehen.

Als er hinter sich die Tür zuschlug, hörte er seine Mutter noch sagen: „Mir gefällt dein Kostüm, junger Mann. Es ist Rinderleder, nicht wahr? Hat es mit Bondage zu tun oder bist du nur allergisch gegen Baumwolle?"

STANLEY STAND, immer noch nackt, in seinem Schlafzimmer vor dem großen Garderobenspiegel. Aus dem Wohnzimmer drangen leise Stimmen durch die Tür. Sie gehörten seiner Mutter und ChiChi. Guter Gott, der Lederfreak und die größte Nervensäge der Welt plauderten miteinander. Was hatte seine Mutter nur vor? Und warum war ChiChi in dieser merkwürdigen Aufmachung erschienen? War er ein Prostituierter? Ein Dom? Ein kolumbianischer Guerillero?

Stanley ging näher an den Spiegel und musterte sich intensiv von oben bis unten. Er war schlank und groß genug, zumindest vermutete er das. Sein Schwanz hatte ebenfalls respektable Dimensionen. Seine Schultern waren etwas schmal, aber gerade und wohlgeformt. Die Brustmuskeln waren nicht sonderlich ausgeprägt, aber die rotblonden Haare, die von seinem Bauchnabel nach unten in das Dickicht um seinen Schwanz führten, waren recht hübsch. Seine Beine waren leicht behaart und wohlgeformt. Jedenfalls für einen so dürren Kerl wie ihn.

Es war der Kopf, an dem er noch arbeiten musste. Das schmale Gesicht mit der dämlichen, schwarzen Brille, ohne die er so gut wie blind war, und die kleinen, eng am Kopf anliegenden Ohren. Stanley wünschte, er könnte sich neu erfinden. Selbst ChiChi, dieser Spinner, der da draußen mit seiner Mutter tratschte, war ein Augenschmaus im Vergleich zu Stanley. Um ehrlich zu sein, die dunklen Haare auf ChiChis Brust und der süße Bauchnabel über der Lederhose – die übrigens wie angegossen saß – machten Stanley mehr als neidisch. Es war einfach unfair, was sich Mutter Natur bei Stanley F. Sternbaum herausgenommen hatte.

Dann stellte er sich vor, wie es aussehen würde, wenn er nackt neben einem ebenfalls nackten Roger Jane stand. Und damit verflog das bisschen Selbstbewusstsein, das er mühsam zusammengekratzt hatte, in alle vier Himmelsrichtungen.

Roger Jane war wunderbar. Und nett noch obendrein. Roger Jane wäre der perfekte Freund, der perfekte Geliebte, der perfekte *Alles*. Und Roger Jane spielte in einer anderen Liga. Bei dem Gedanken daran brach Stanley das Herz.

Verdammt, dann durfte er eben nicht an ihn denken. Nein. Schluss damit.

Stanley drehte sich entschlossen um und zog sich – Kommando-Style – eine Chino über, dazu ein ordentliches Hemd. Er rollte die langen Ärmel hoch und steckte das Hemd nicht in die Hose. Mit etwas Glück würde ein Lüftchen wehen, in dem es flattern konnte. Zum Schluss schlüpfte er noch in seine Hush Puppies.

Stanley steckte sich einige Geldscheine und den Schlüsselbund ein und ging ins Wohnzimmer zurück, um seinen hereingeplatzten Nachbarn und seine neugierige

Mutter zu konfrontieren. Die beiden saßen, in eine nahezu undurchdringliche Rauchwolke gehüllt, in der Küche und plauderten wie alte Bekannte.

„Wenn ihr beiden hier fertig seid mit eurem Tête-à-tête und wieder geht, zieht bitte die Tür ins Schloss!", rief er ihnen zu und verließ die Wohnung. Dabei summte er fröhlich vor sich hin, um seine Mutter zu ärgern. Als er im Hausflur ankam und sich umdrehte, um die Tür zu schließen, hörte er ChiChi sagen: „Dein Sohn ist etwas überempfindlich, stimmt's? Aber er hat einen süßen Arsch."

„Danke", erwiderte Mrs. Sternbaum und wackelte Stanley zum Abschied mit den Fingerspitzen zu. Sie wusste genau, dass er das hasste. „Sein Vater hatte auch einen recht ansehnlichen Arsch. Und den hat er gerne zur Schau gestellt. Er musste nur den Mund aufmachen und ... pfft! Er ist an Lungenkrebs gestorben."

„Wahrscheinlich durch Passivrauchen", bemerkte ChiChi trocken und fächelte sich mit seiner Lederkappe Luft zu.

Und dann, als hätte sie ihn nicht schon genug blamiert, übertraf sich Stanleys Mutter selbst: „Mein Sohn ist schwul, weißt du."

„Mann, wer ist das nicht?", erwiderte ChiChi und rutschte den Lederriemen gerade, damit er nicht länger mit dem Nippelring kollidierte.

Mit dieser freundlichen Feststellung in den Ohren knallte Stanley die Tür hinter sich zu und lief die Treppe hinab.

Das Treppenhaus war so brütend heiß, dass es fast eine Erleichterung war, das Haus zu verlassen und sich der grellen Sonne auszusetzen. Stanley warf einen Blick die Straße entlang, um sich davon zu überzeugen, dass sein Honda noch da war. Dann drehte er sich um und machte sich auf den Weg zum Campus. Das Uni-Gelände lag nur zwei Querstraßen entfernt. War das nicht praktisch?

Stanley ging am Campus-Theater, der Biologischen Fakultät und einigen Parkplätzen für Uni-Angehörige und Studenten vorbei. Mittlerweile hatte er sich wieder einigermaßen beruhigt und nahm seine Umgebung mit Interesse wahr. Es waren nur wenige Studenten unterwegs. Wenn in zwei Wochen das Herbstsemester begann, würde sich das schlagartig ändern. Stanley war schon ganz aufgeregt vor Vorfreude. Bald würde der letzte Teil seiner Reise beginnen und wenn er sie abgeschlossen hatte, war er endlich ein richtiger Archäologe. Er wollte jetzt noch nicht darüber nachdenken, wohin ihn eine seiner vielen Bewerbungen führen würde. Er war zu Allem bereit, um sich seinen Traum zu erfüllen. Ausgrabungen in den Cliff Dwellings von New Mexico. Ein Museumsjob in New York. Knochen und Schätze freilegen in Yukatan. Für Stanley machte es keinen Unterschied. Er wollte einfach nur als Archäologe arbeiten. Wollte endlich *arbeiten*.

Wie so oft ging auch jetzt seine Fantasie mit ihm durch. Er schüttelte den Kopf und rief sich in die Realität zurück.

Der Campus war sehr schön gestaltet. Es gab große Rasenflächen und schattige Areale, wo man zwischen den Seminaren die Pause verbringen und lesen oder essen konnte. Er entdeckte einen Buchladen und nahm sich vor, am nächsten Tag seine Kreditkarte einzustecken und hierher zurückzukommen. Er brauchte noch Fachliteratur für seine Seminare. Die Fakultät hatte ihm schon vor Wochen eine Liste der Bücher zugeschickt, die für das nächste Semester verlangt wurden.

Im zweiten Stock des Verwaltungsgebäudes fand er vor der Tür des Dekans endlich das, was er suchte – den Veranstaltungsplan für das Herbstsemester. Normalerweise informierte sich Stanley online, aber er hatte seinen Computer in der neuen Wohnung noch nicht eingerichtet. Eine weitere Aufgabe, die er dringend erledigen musste, bevor das Semester begann.

Stanley notierte sich die wichtigsten Seminare und machte sich dann auf die Suche nach einem Getränkeautomaten. In einer Nische zwischen zwei Gebäuden wurde er fündig. Er warf die passenden Münzen ein, zog eine Limonade und legte sich im Schatten einer Trauerweide auf den Rasen, um sich etwas abzukühlen. Er wollte nicht in die Wohnung zurückkehren und riskieren, dort immer noch seine Mutter und die Bondage-Queen anzutreffen.

Er musste unbedingt ein Schloss für die Wohnungstür besorgen. Ein muttersicheres Schloss. Falls es das gab. Stanley war verdammt froh, von seinem Vater etwas Geld geerbt zu haben. Es war nicht viel, aber wenn er sparsam damit umging, reichte es bis zum Examen.

Stanley schloss die Augen. Die langen Äste der Weide wehten raschelnd in der sanften Brise. Das letzte, woran er dachte, bevor der Schlaf ihn übermannte, war das Gefühl von Rogers Hand in seiner.

Und dann – in einer eklatanten Missachtung seines festen Vorsatzes, nicht mehr an Roger zu denken – fragte er sich, welche Schätze wohl hinter Rogers hellblauer Uniformhose zum Vorschein gekommen wären, wenn er den Schnürverschluss aufgezogen hätte und sie wäre nach unten gerutscht.

3

STANLEY RICHTETE sich in Apartment 6C von Belladonna Arms ein. Er war so glücklich darüber, zum ersten Mal im Leben auf eigenen Füßen zu stehen, dass selbst die ständigen Anrufe seiner Mutter seiner Zufriedenheit keinen Abbruch taten. Glücklicherweise war die Treppe, die sie bei ihrem ersten Besuch beinahe umgebracht hätte, abschreckend genug, um weitere Besuche auf ein Minimum zu beschränken. Und wenn sie es auf sich nahm, dann brachte sie ihm immer Geschenke mit. Sechs Trinkgläser. Porzellanteller und Besteck. Daunenkissen. Einen elektrischen Ventilator fürs Schlafzimmer.

Mit der Zeit ließen auch die Anrufe nach und Stanley wusste, dass sie sich auf ihre eigene, schwerfällige Weise damit abfand, dass er sich von ihr abgenabelt hatte. Es fiel ihr offensichtlich nicht leicht, doch sie versuchte es, so gut es eben ging. Damit ließen auch Stanleys Schuldgefühle nach und er konnte seine neue Freiheit zum ersten Mal richtig genießen.

Im August war es so brütend heiß, dass selbst der zweite Ventilator, den Stanley sich zulegte, nicht allzu viel dazu beitrug, die Wohnung tagsüber erträglich zu machen. Also machte er Spaziergänge. Er verbrachte die beiden Wochen bis zum Semesterbeginn damit, die Stadt neu zu entdecken. Er besuchte den Zoo und die Parks, die in Fußnähe zu seiner Wohnung lagen. Am besten gefielen ihm die Museen im Balboa Park. Hier verbrachte er viele Stunden und studierte die verstaubten Sammlungen, die Archäologen vor ihm zusammengetragen hatten. Er bestaunte mit großen Augen präkolumbische Schätze und ägyptische Artefakte und fragte sich, ob seine Funde wohl auch eines Tages in einem der großen Museen oder einem der altehrwürdigen Institute landen würden, wo auf einer kleinen Karte in der Ecke *sein* Name stand – Stanley F. Sternbaum hat dieses Stück zu unserer Sammlung beigetragen. Wäre das nicht wunderbar?

Und während er Tag um Tag und immer wieder die lange Treppe zu seiner Wohnung hinauf- oder hinabging, entwickelte er eine merkwürdige Angewohnheit. Er konnte sich selbst nicht erklären, wie es dazu kam. Na gut, er *könnte* es sich erklären, aber es war ihm so peinlich, dass er es lieber sein ließ. Diese Angewohnheit bestand nämlich darin, zwischen dem dritten und dem sechsten Stockwerk besonders leise aufzutreten, um nicht versehentlich Roger Jane zu begegnen, der im fünften Stock wohnte. Der Mann hatte etwas an sich, das Stanley beunruhigte. Vermutlich war es mehr Eifersucht als alles andere. Denn wer wäre nicht eifersüchtig auf einen Mann, der so aussah wie Roger Jane? Allein der Gedanke an Rogers Schönheit stürzte Stanley in stundenlange Depressionen. Natürlich lag es nicht an Roger, dass Stanley sich so schlecht fühlte. Nein, es war sein eigener Mangel an Schönheit, der ihn depressiv werden ließ. Stanley war großzügig genug, Roger keine Vorwürfe zu machen. Der Mann war weder dafür verantwortlich, so gut auszusehen, noch war er dafür verantwortlich, dass Stanley deswegen Minderwertigkeitskomplexe bekam. Oder dafür, dass Stanley sich überhaupt mit Roger verglich. Aber trotzdem – es war Stanley so unangenehm, dass er jedes Mal auf Zehenspitzen durchs Treppenhaus schlich. Er konnte es einfach nicht ändern.

Und selbst die Tatsache, dass er sich dabei wie ein kompletter Idiot vorkam, änderte daran nichts.

Oder die Tatsache, dass Roger Jane ihn persönlich darauf ansprach.

Es geschah an Stanleys erstem Samstag im Belladonna Arms. Er war gerade am fünften Stock vorbeigeschlichen und wäre beinahe in Sicherheit gewesen, als er hinter sich eine Stimme hörte.

„Hallo, kleine Maus. Hast du dich schon eingelebt?"

Stanley erkannte die Stimme sofort. Sein Herz fing zu pochen an, und das lag nicht an der Treppe, sondern am Klang dieser Stimme. Stanley drehte sich um und schaute nach unten, wo er gerade hergekommen war.

Roger Jane lehnte lässig an einem Treppenpfosten und sah ihn an. Er trug keine Krankenhausuniform. Er trug verwaschene Jeans und ein schneeweißes T-Shirt, das nagelneu aussah. Das weiße Shirt betonte Rogers braun gebrannte Haut. Dass Roger barfuß war, machte ihn nur noch umwerfender. Stanley musste sich am Geländer festhalten, um nicht vornüber zu fallen.

„Hallo." Mehr brachte er nicht heraus.

Und Roger lächelte. „Von dir ist nie etwas zu hören, kleine Maus. Meine Wohnung ist direkt unter deiner und ich höre keinen Pieps. Keine Musik, keinen Fernseher, nichts. Was treibst du da oben eigentlich? Meditieren?"

Stanley zwang sich zu einem leisen Lachen. „Nö. Ich lese. Ich bereite mich auf das Semester vor. Es fängt in einigen Tagen an." Als er mit seinem Gestammel aufhörte, breitete sich eine peinliche Stille aus. Stanley erinnerte sich schnell an seine Manieren. „Hattest du einen schönen Tag?"

Roger schien sich über die formale Frage zu amüsieren, fand Stanleys Schüchternheit aber offensichtlich charmant. Er zuckte mit den Schultern, lehnte sich noch weiter an seinen Pfosten zurück und lächelte Stanley freundlich an. „Ich habe endlich keine Nachtschicht mehr und dachte mir, ich könnte meine Rückkehr in die Welt feiern, indem ich dich auf einen Drink einlade. Vielleicht heute Abend, falls du nichts vorhast."

„Oh."

Roger schien durch Stanleys lauwarme Reaktion verunsichert. „Ich meine … natürlich nur, wenn du willst. Nicht offiziell oder so. Nur ein ‚Willkommen im Belladonna Arms'-Drink. Ich will dich nicht vom Lernen abhalten."

Stanley fühlte, wie ihm die Röte ins Gesicht stieg. Roger erkannte offensichtlich, dass Stanley sich zurückzog, denn er wurde verlegen und reagierte ebenfalls mit Rückzug.

Er steckte eine Hand in die Hosentasche und fuhr sich mit der anderen über den Kopf. Die grünen Augen schauten überall hin, nur nicht auf Stanley. „Na ja, ich will dich nicht aufhalten. Ich wollte nur … du weißt schon … Hallo halt."

Er hob die Hand zum Abschied und ging zurück zu seiner Wohnung. Stanley sah ihm nach, bis er in der Wohnung verschwunden war und die Tür mit einem leisen Klacken hinter ihm ins Schloss fiel.

Stanley schloss die Augen und versuchte, nicht mehr daran zu denken, wie dämlich er sich aufgeführt hatte. Er ging in seine Wohnung und schloss die Tür genauso behutsam, wie Roger es gerade getan hatte.

Er blieb hinter der Tür stehen und betrachtete seine Hände. Dann schaute er auf den Fußboden und überlegte, was Roger jetzt wohl direkt unter ihm machte. Stand Roger auch so dumm hinter der Tür und fragte sich, was gerade passiert war?

Stanley hätte sich am liebsten in den Hintern getreten. Was war nur mit ihm los? Der Mann war doch nur freundlich gewesen. Oder vielleicht hatte er auch Mitleid mit Stanley, der hier noch keine Freunde hatte. Bei dem Gedanken fühlte Stanley sich noch schlechter. Es ging ihm gut! Er brauchte Rogers Mitgefühl nicht! Jawoll! Aber warum weckte Roger Jane immer diese Paranoia in ihm? Lag es wirklich nur daran, dass der Mann so gut aussah? War Stanley wirklich so unsicher, dass er nicht einmal einen freundschaftlichen Drink mit einem Mann nehmen konnte, der besser aussah als er selbst? Stanley wusste, dass er schüchtern war. Er kämpfte schon sein ganzes Leben lang dagegen an. Und er hatte sich von seiner Schüchternheit noch nie zurückhalten lassen. Nicht wirklich. Schließlich arbeitete er an seinem Magister-Abschluss. So schlimm konnte es also nicht sein.

Und dann – in einem kurzen Moment der Klarheit – erkannte er plötzlich, warum er die Treppen hoch- und runterschlich, warum er die unschuldige Einladung zu einem Drink abgelehnt hatte und warum er sich jetzt wegen der Geschichte den Kopf zerbrach.

Es lag nicht an Roger. Stanley vertraute sich selbst nicht. *Er hatte Angst, sich in den Kerl zu verlieben.* Das war's. Roger Jane war einfach zu unwiderstehlich. Zu perfekt. Das letzte, was Stanley jetzt brauchen konnte, war die Aussicht auf Herzschmerz. Und der war vorprogrammiert, weil Stanleys armes, unschuldiges Herz gegen einen Mann wie Roger keine Chance hatte. Nicht die allergeringste. Nur ein freundliches Wort von diesem Mann, und Stanley wäre verloren.

Oh nein. Er mochte zwar nicht gerade höflich zu Roger gewesen sein, aber als Akt der Selbstverteidigung war es das Klügste, was er hätte tun können.

Und mit diesem Gedanken im Kopf kämpfte er dagegen an, die Tür aufzureißen, in den fünften Stock zu rennen und sich zu entschuldigen. Es war besser, die Dinge so zu belassen, wie sie waren. Jedenfalls für Stanley.

Roger Jane war unerreichbar. Besser, er blieb auch unerreicht.

Es GAB andere Freundschaften im Haus, denen Stanley *nicht* auswich. Zum Beispiel Sylvia. Und das lag nicht nur an ihren Toll House Cookies, obwohl die auch eine Rolle spielten.

Es war an einem Donnerstagnachmittag, als er nach Hause kam. Sylvia stand mit einem Teller Kekse vor der Tür und wartete auf ihn. „Ich bin gekommen, um dich zu mästen", sagte sie.

Die Kekse waren offensichtlich frisch gebacken, denn sie waren noch warm und rochen so himmlisch, dass Stanley nicht im Traum daran dachte, Sylvias Angebot abzulehnen.

„Nun, dann komm rein und walte deines Amtes", sagte er grinsend.

Sylvia war klein und zierlich und sehr hübsch. Ihre Stimme war ein zartes Flüstern voller Hoffnung und Unschuld. Was Stanley am meisten an ihr bewunderte, war ihre furchtlose Kontaktfreude. Sie war das genaue Gegenteil von ihm selbst. Schüchterne Menschen tendieren dazu, die gegenteilige Eigenschaft in anderen Menschen zu bewundern. Sie würden sie gerne nachahmen, aber es gelingt ihnen nie.

Sylvia war nicht größer als einen Meter sechzig, wenn sie keine Schuhe trug, und so stand sie jetzt vor Stanleys Tür – barfuß. Ihre schwarzen Haare waren zu einem einfachen Pagenkopf geschnitten, ihre kurzen Fingernägel farblos lackiert. In ihrem freundlichen Gesicht war nicht die Spur von Make-up zu erkennen. Sie trug Shorts und ein Männerhemd, das sie vor dem Bauch verknotet hatte. Zwischen dem Hemd und den Shorts war einige Zentimeter nackter Haut sichtbar, und in dem Hemd steckten ihre jungen, neu erworbenen Brüste. Sie waren nicht allzu groß und sehr hübsch. Wenn Arthur es ihm nicht verraten hätte, wäre Stanley nie auf die Idee gekommen, dass Sylvia noch nicht das war, was sie zu sein schien – eine hübsche, junge Frau. Mit Schminke, einem sexy Kleid und den passenden Schuhen würde sie wahrscheinlich reihenweise Männer vom Hocker reißen. Falls sie das überhaupt nötig hatte, denn sie war so schon umwerfend.

Ihre Augen waren lavendelfarben. Stanley hatte noch nie Augen in dieser Farbe gesehen. Er konnte den Blick kaum abwenden.

Als Stanley darüber nachdachte, stellte er zu seiner Überraschung fest, dass sie keine der harten, männlichen Kanten hatte, die bei vielen transsexuellen Frauen noch zu erkennen waren. Von dem jungen Mann war nichts übrig geblieben, obwohl sie – wenn man Arthur Glauben schenken durfte – teilweise noch einer war.

Für Stanley war sie jetzt schon eine Frau, und zwar eine sehr hübsche. Und sie war – mit ihrem Selbstbewusstsein und ihrer eleganten Haltung – viel zu klassisch, um zu einem Haus wie dem Belladonna Arms zu passen.

Stanley hoffte, dass Sylvia sich dessen bewusst war, aber sicher konnte er sich nicht sein.

Denn unter der weiblichen Schönheit lag immer noch eine Spur von Verletzlichkeit verborgen, die in Sylvias lavendelfarbenen Augen sichtbar wurde. Eine Spur von Unsicherheit, von Wachsamkeit und verlegener Zurückhaltung.

Es dauerte einen Moment, bis er erkannte, dass es genau diese letzte Spur von Zurückhaltung war, die den Charme Sylvias ausmachte.

Er winkte sie zum Sofa und bat sie, Platz zu nehmen. Dann ging er in die Küche, um eine Erfrischung zu holen.

„Ist es nicht viel zu heiß, um Plätzchen zu backen?", fragte er sie, während er Eiswürfel und kalte Cola in zwei der neuen Gläser füllte, die seine Mutter ihm geschenkt hatte.

Sylvias lachte ihr glockenhelles Lachen und klopfte neben sich aufs Sofa. „Für Plätzchen ist es nie zu heiß. Setz dich doch. Lass uns Freunde werden."

Und Stanley setzte sich. Er fühlte sich Sylvias Charme hilflos ausgeliefert, aber das störte ihn nicht. Er merkte schnell, dass sie einer der seltenen Menschen war, in deren Gegenwart er sich von Anfang an wohlfühlte. Mit ihr befreundet zu sein, wäre bestimmt eine schöne Erfahrung. Und die gelegentlichen Plätzchen waren eine zusätzliche angenehme Begleiterscheinung.

Stanley nahm sich einen der Kekse vom Teller und steckte ihn in den Mund. Sie waren tatsächlich noch warm und – mein Gott! – sie waren köstlich.

„Essbar?", fragte Sylvia, obwohl sie die Antwort schon kannte.

Stanley nickte nur, die Augen geschlossen und genießerisch kauend. Noch bevor er das erste Plätzchen verschluckt hatte, tastete er – die Augen immer noch geschlossen – blind nach dem Teller, um sich ein zweites zu nehmen.

Sylvia kicherte. „Das war wohl ein Ja."

Während Stanley über die Plätzchen herfiel, nippte Sylvia an der Cola, die er ihr aus der Küche mitgebracht hatte. Dann stellte sie das Glas vorsichtig wieder auf dem Untersetzer ab. Neben dem Tisch stand ein Ventilator, der die warme Luft durchs Zimmer wirbelte. Sylvia drehte sich lächelnd zu Stanley um und wischte sich einen Tropfen Schweiß aus dem Nacken. „Ich nehme an, ich muss dir nicht mehr viel über mich erzählen. Das hat Arthur schon übernommen, nicht wahr?"

„Nun, er hat dich erwähnt."

Sylvia ließ lachend den Kopf in den Nacken fallen. Der leichte Ansatz eines Adamsapfels war in der eleganten Linie ihres Halses zu erahnen. Es war der erste Hinweis darauf, dass die schöne Sylvia nicht ganz das war, was sie zu sein schien.

„Ich bin sicher, dass Arthur dir alles erzählt hat, bis hin zum letzten Detail. Ist es dir unangenehm, dass ich … noch im Bau befindlich bin?"

„Nein", sagte Stanley ehrlich. „Nein. Für mich bist du schon ein abgeschlossenes Bauwerk. Und ein sehr gelungenes noch dazu."

Sylvia streichelte ihm mit den Fingerspitzen über die Wange. „Vielen Dank, Stanley. Wie süß du bist. Ich habe schon davon gehört."

„Was? Von wem?", fragte Stanley überrascht.

Sylvia zeigte genug Anstand, um rot zu werden. „Äh … Arthur. *Arthur* hat mir gesagt, dass du süß wärst."

„Oh."

„Nimm doch noch ein Plätzchen", sagte sie. „Sie sind alle für dich." Sie blies sich eine Strähne aus den Augen und machte den Eindruck einer Frau, die verzweifelt nach einem neuen Gesprächsthema suchte. Stanley, der sich wieder ganz den Toll House Cookies widmete, bekam davon nichts mit. „Deine Wohnung ist die heißeste im ganzen Haus, wusstest du das? Ich kann mir nicht vorstellen, dass Arthur dir *das* gesagt hat. Es liegt daran, dass sie direkt unterm Dach ist. Hier wechseln ständig die Mieter. Der Rest von uns wohnt schon ewig hier. Na ja, ewig ist natürlich relativ. Ich bin schließlich erst vierundzwanzig. Wie alt bist du denn?"

„Zwei", murmelte Stanley, den Mund voller Ambrosia.

Sylvias Lachglöckchen klingelten wieder. „Ich nehme an, du meinst zwei*undzwanzig.*"

Stanley nickte schluckend. Nachdem er seinen akuten Anfall von Plätzchengier befriedigt hatte, trank er einen Schluck Cola und stellte sich auf einen netten Plausch mit Sylvia ein. Er konnte immer noch nicht ganz verstehen, was mit seiner Schüchternheit passiert war. Er wünschte, er wüsste Sylvias Geheimnis und warum er sich in ihrer Gegenwart so unverkrampft fühlte. Es war eine Gabe, die manche Leute hatten, andere nicht. Eine Erklärung dafür schien es nicht zu geben.

„Und hast du auch einen Freund, Stanley? Und wenn nicht, warum?"

Stanley zuckte mit den Schultern. Das Thema war ihm etwas unangenehm. „Ich bin vermutlich zu sehr mit meinem Studium beschäftigt. Man muss Prioritäten setzen, verstehst du? Man muss …"

„Du bist zweiundzwanzig, Stanley. Findest du nicht, es wäre an der Zeit, dass du dich Hals über Kopf verliebst? Ich finde sogar, du bist schon reichlich spät dran. Wahrscheinlich läuft dort draußen irgendwo jemand rum, der dich liebend gerne kennenlernen möchte. Vielleicht solltest du die Augen aufmachen und dich umsehen. Man weiß nie, was man findet, wenn man erst zu suchen beginnt."

„Äh … danke? Ich werde darüber nachdenken. Aber mein Studium ist wirklich ein Ganztagsjob und …"

„Du studierst also?" Sylvia schien seinen Entschuldigungen nicht allzu viel Wert beizumessen.

Stanley nickte. „Beaumont. Ich arbeite an meinem Magister in Archäologie."

Sylvia legte ihm die Hand aufs Knie. „Das ist ja wunderbar. In diesem Haus wohnen noch mehr Studenten, nicht nur die üblichen Spinner und Exzentriker, an die Arthur normalerweise vermietet. Und da schließe ich mich persönlich keineswegs aus."

„Erzähle mir mehr von den anderen Spinnern", sagte Stanley lachend. Er war froh, sie endlich von seinem Liebesleben – beziehungsweise dem Mangel an einem solchen – ablenken zu können. „Ich habe noch niemanden kennengelernt. Außer ChiChi, dem Lederfreak."

Sylvia warf wieder den Kopf in den Nacken und lachte. Dieses Mal fiel Stanley der Adamsapfel nicht auf, weil er wie gebannt war von dem liebreizenden Gesicht, das sich darüber befand.

„ChiChi studiert auch. Er will Physiotherapeut werden. Und er gibt Privatmassagen, um seine Ausbildung zu finanzieren. Manche davon sind sogar legal."

„Und was sind die anderen?", fragte Stanley und ein laszives Grinsen breitete sich auf seinem Gesicht aus.

Sylvia faltete sittsam die Hände und legte sie auf den Schoß. „Nun, das mit dem Leder erklärt sich von selbst. Ich möchte es so formulieren: Solltest du merkwürdige Geräusche aus der Wohnung nebenan hören – und ich meine damit *glückliche, männliche Geräusche* –, würde ich dir nicht unbedingt raten, der Geräuschquelle auf den Grund zu gehen. Einige der Massagen sind etwas intensiver als andere, falls du verstehst, was ich meine. Und ChiChi liebt seine Arbeit. Er liebt sie fast so sehr, wie seine Kunden sie lieben. So. Mehr habe ich dazu nicht zu sagen."

„Dann ist er also ein Prostituierter."

Sylvia zuckte diskret mit den Schultern. „Wie immer man es nennen will."

„Ich sollte also besser ablehnen, wenn er mir eine Massage anbietet."

Sylvia zwinkerte ihm zu. „Das hängt von dir ab."

„Hmm. Und wer wohnt noch so alles hier?"

Sylvia legte nachdenklich den Zeigefinger an die Wange. „Lass mich nachdenken … Da ist natürlich Ramon. Er lernt Schönheitspflege, aber lass dir um Gottes willen niemals von ihm die Haare schneiden! Er hat gerade erst mit der Ausbildung angefangen, hält sich aber schon für Vidal Sassoon. Wenn man ihm eine Schere in die Hand gibt, verliert er jede Hemmung. Deshalb sollte man ihm niemals seine Haare überlassen."

Stanley fuhr sich mit der Hand über die rotblonden Locken. Sie waren so voller Gel, dass sie sich kaum rührten. „Ich glaube nicht, dass er bei diesem Mopp viel Schaden anrichten könnte."

Sylvia zog eine ihrer perfekten Augenbrauen hoch. „Das glaubst auch nur du." Sie trank einen Schluck Cola und stellte das Glas wieder sorgsam ab, bevor sie weitersprach.

„Und dann ist da Charlie. Er wohnt im dritten Stock. Du erkennst ihn sofort, wenn du ihn siehst. Er hat karottenrote Haare. Charlies Problem sind seine Klebefinger. Er nimmt alles mit, was nicht niet- und nagelfest ist, ob er es braucht oder nicht. Ich mag Charlie. Er arbeitet für UPS und bringt oft Päckchen mit nach Hause. Ich frage mich manchmal, wie viele Menschen dort draußen vergeblich auf ihre Päckchen warten. Wenn er etwas stiehlt, das er nicht will oder nicht braucht, verschenkt er es früher oder später. Charlie ist eine sehr interessante Persönlichkeit. Man könnte ihn als freigiebigen Dieb bezeichnen. Er hat Ramon zu Weihnachten seinen Toaster zurückgeschenkt. War eines Morgens zum Frühstück bei Ramon und hat den Toaster mitgehen lassen. Ramon fand es so süß, wie Charlie sich nicht mehr daran erinnern konnte, wem er den Toaster gestohlen hatte. Daran erkennst du, was für ein lieber Mensch Ramon ist. Er ist vielleicht nicht der hellste Stern im Universum, aber er ist so lieb, wie ein Mensch nur sein kann."

Stanley lachte. „Und wen gibt es noch?"

„Nun, du hast Arthur in Drag erlebt. Über ihn muss ich dir also nicht mehr viel sagen."

„Nein, musst du nicht. Arthur kenne ich von beiden Seiten."

Sylvia schlug die Hände zusammen und legte sie unters Kinn. „Oh! Da ist noch mein größter Liebling im ganzen Haus … Roger Jane. Er wohnt direkt unter dir, wusstest du das? Er ist Krankenpfleger und hat sich vor einem Monat um mich gekümmert, als ich eine Erkältung hatte. Damals hat er noch gelernt, aber … Oh, er war so lieb und nett und sanft zu mir. Du musst ihn unbedingt kennenlernen. Auf jeden Fall!"

Stanley spürte, wie ihm die Röte ins Gesicht schoss. „Ich kenne ihn schon. Er hat mir geholfen, als Arthur im Hausflur umgekippt ist. Er ist … sehr nett."

Sylvia tätschelte seine Hand wie eine Lehrerin, die einen leicht zurückgebliebenen Schüler aufmuntern will. „Er ist mehr als nur nett. Er ist süß und ehrlich und lieb und lustig. Und er ist das prächtigste Exemplar von Mann, das ich jemals in meinem Leben gesehen habe. Gott, ist er schön!" Sie klimperte mit den Wimpern. „Findest du nicht auch?"

Stanley stopfte sich noch ein Plätzchen in den Mund, während er sich eine Antwort zurechtlegte. „Vermutlich schon. Wenn man auf den Typ Hugh Jackman steht."

Sylvia lachte. „Und wer steht *nicht* auf den?"

Sie schaute auf die Uhr. „Oh, mein Schatz! Ich muss bald zur Arbeit. Ich arbeite als Kellnerin in dem Deli an der Ecke Broadway und 4. Straße. Jimbo's. Komm doch mal vorbei, ich lade dich ein. Roger kommt übrigens auch oft dorthin. Er liebt das Corned Beef." Sie sprang auf die Füße und blies sich wieder die Haare aus dem Gesicht. „Du brauchst wirklich einen größeren Ventilator, Stanley. Sonst endest du hier noch als Brathähnchen."

Sylvia gab ihm zum Abschied einen Kuss auf die Wange. „Guten Appetit noch!", trällerte sie und war so schnell verschwunden, wie sie gekommen war. Stanley blieb mit offenem Mund stehen. Atemlos und satt.

Er war allerdings nicht satt genug, um nicht sofort wieder nach einem Plätzchen zu greifen. Seine Hand bewegte sich auf den Teller zu, als hätte sie ihren eigenen Willen. Und während er sich das Plätzchen in den Mund schob, fragte er sich, warum Sylvia ihm nicht ihre neuen Titten gezeigt hatte, wie Arthur es ihm angekündigt hatte.

Merkwürdigerweise war er darüber enttäuscht. Er hätte sie wirklich gerne gesehen.

Natürlich nur aus rein ästhetischen Gründen. Sie waren wirklich liebreizend.

4

NACH ZWEI schier endlosen Wochen des Wartens begann endlich das Semester. Stanleys Taktik, zwischen dem dritten und dem sechsten Stock die Treppe hochzuschleichen, hatte Wirkung gezeigt. Er war Roger Jane nicht mehr begegnet. Aber jedes Mal, wenn er ihn *nicht* sah, packte ihn das schlechte Gewissen, weil er Roger offensichtlich verletzt hatte, als er die Einladung zu einem Willkommens-Drink ablehnte. Er überlegte hin und her, wie er seine Unhöflichkeit wiedergutmachen konnte, ohne eine *weitere* Einladung zu riskieren. Ihm fiel nichts ein und er fand sich damit ab, dass es wohl am besten wäre, Roger Jane nicht mehr zu begegnen.

Der Semesterbeginn war hektisch, doch das war Stanley gewohnt. Er war begeistert über den interessanten Lehrplan, aber mehr noch über die erfreuliche Tatsache, dass die Seminarräume mit Klimaanlagen ausgestattet waren. Die Professoren und Kommilitonen waren sehr nett, sodass er sich ohne große Schwierigkeiten einlebte. Seine Schüchternheit löste sich natürlich nicht wie von Zauberhand in Luft auf, behinderte ihn aber auch nicht, weil er sich auf seine Studien konzentrierte. Und wenn Stanley sich auf etwas konzentrierte, dann war er mit Leib und Seele dabei. Dann vergaß er oft alles andere um sich herum. Vermutlich war das einer der Gründe, warum er so oft ins Stolpern geriet. Er war in Gedanken immer weit weg und sah oft nicht, wo er hintrat.

So erging es ihm auch jetzt. Er war häufig so abgelenkt, dass er mehr und mehr vergaß, auf der Treppe leise zu sein. Und er merkte es noch nicht einmal. Ständig war er in Gedanken bei lange untergegangenen Zivilisationen, bei deren Vorfahren aus der paläolithischen Periode, bei Höhlenmalereien oder Steinwerkzeugen, sodass ihm gar nicht auffiel, in welchem Stockwerk er sich gerade befand. Für einen Archäologen konnte er manchmal erstaunlich unaufmerksam sein. Wenn er nicht im obersten Stockwerk wohnen würde, wäre er vermutlich ständig zu weit gelaufen.

So geschah es, dass er am Montag der zweiten Semesterwoche in Roger Jane hineinstolperte. Jawoll. Er stolperte wortwörtlich in ihn hinein. Er kam gerade von der Uni und war auf dem Weg nach oben, als ihm Roger Jane mit einem gewaltigen Wäschekorb in den Händen entgegenkam. Roger war auf dem Weg in den Wäscheraum im Keller und konnte Stanley nicht sehen, weil der Korb mit einem riesigen Stapel schmutziger Wäsche gefüllt war. Und Stanley sah Roger nicht kommen, weil er den Kopf voller prähistorischem Müll hatte.

Der unvermeidliche Zusammenstoß riss sie beide von den Füßen. Eine Lawine aus Schmutzwäsche und Fachbüchern rollte die Treppe hinab, und hätten sich Rogers und Stanleys Beine nicht hoffnungslos ineinander verheddert, wären sie wahrscheinlich beide hinterhergefallen.

Nachdem sie sich wieder gefangen und davon überzeugt hatten, dass sie zwar auf dem Hintern gelandet waren, sich aber glücklicherweise keinerlei Knochen gebrochen hatten, entschuldigten sie sich erst – gleichzeitig – und brachen dann in heftiges Kichern aus – ebenfalls gleichzeitig.

„Es tut mir leid", sagte Stanley kichernd und rückte sich die Brille gerade. Roger lachte. „Mir auch."

„Ich habe nicht aufgepasst, wo ich hingehe."

„Ich auch nicht."

„Hast du dir wehgetan?"

„Nein. Du?"

„Nein."

Dann fingen sie wieder zu kichern an.

„Dann bist du also eine *tollpatschige* kleine Maus", sagte Roger. Seine Augen glänzten amüsiert und seine weißen Zähne blitzten.

Stanley beobachtete Rogers Zunge, die über den lachenden Mund fuhr. Wie sie wohl schmeckte? „Es sieht fast so aus", erwiderte er fasziniert.

Stanley nahm die Situation in Augenschein. Er befreite seine Beine aus dem Wirrwarr und rappelte sich auf. Dann streckte er die Hand aus, um Roger beim Aufstehen zu helfen. Roger nahm das Angebot an und ließ sich hochziehen. Immer noch leise lachend, klopften sie sich den Staub aus der Kleidung.

Dann machten sie sich daran, Stufe um Stufe ihre verstreuten Sachen aufzusammeln. Stanley gab Roger eine Unterhose und erhielt im Gegenzug dafür ein Buch über aztekische Rituale zurück.

„Äh …", sagte Roger. „Meine Wäsche ist schmutzig und deine Bücher sind sauber. Was hältst du davon, wenn jeder seine eigenen Sachen aufliest? Es wäre mir höchst unangenehm, wenn du dich durch den Kontakt mit meiner verdreckten Unterwäsche mit Denguefieber infizierst. Obwohl es sein könnte, dass ich die Gefahr überschätze, weil Denguefieber normalerweise durch Moskitostiche übertragen wird. Ich bin mir auch nicht sicher, ob es wirklich zu Erblindung führt oder warum ich soviel schwätze. Übrigens lese ich gerne über die Azteken. Wenn wir vor einigen hundert Jahren in Tenochtitlán gelebt hätten, wären jetzt unsere Köpfe die Treppe runtergerollt, nicht unsere Bücher und unsere Schmutzwäsche."

„Nur, wenn wir Gefangene gewesen wären, die dazu auserkoren wurden, die Götter zu besänftigen", belehrte ihn Stanley und hob eines von Rogers T-Shirts auf. Er wünschte, er wäre jetzt allein hier. Dann könnte er sich das verschwitzte T-Shirt vor die Nase halten und den Geruch nach Roger einatmen. Bei dem Gedanken zuckte Stanleys Schwanz in der Hose. Aber vielleicht lag es auch daran, dass Roger die aztekischen Opferpraktiken angesprochen hatte. Das war auch nicht ohne, obwohl Stanley zugeben musste, dass er mit dieser Einschätzung vermutlich sehr allein dastand. Von einigen verstorbenen Azteken abgesehen, die der Vorstellung ebenfalls einen gewissen Reiz abgewonnen haben mochten.

Stanley betete innerlich zu sämtlichen Göttern, dass Roger nichts von dem zuckenden Dilemma in Stanleys Hose bemerkt hatte. Um sich abzulenken, fing er an, Unsinn zu plappern. Dass es Unsinn war, merkte er allerdings erst, als er seine eigenen Worte hörte.

„Wenn du dich für die Azteken interessierst, kann ich dir mindestens ein dutzend Bücher ausleihen. Sie sind wahnsinnig spannend. Die Azteken hatten eine faszinierende Zivilisation und wenn du willst, kannst du gerne vorbeikommen und ..." Er blinzelte. Er wusste genau, was er beinahe gesagt hätte. Er wusste aber auch, dass es jetzt zu spät war, um noch einen einigermaßen glaubwürdigen Rückzieher zu machen. Oder? Und ... *wollte* er das überhaupt?

Roger warf ihm einen rätselhaften Blick zu und sein strahlendes Lächeln feierte Wiederauferstehung. „Ich kann gerne vorbeikommen und ... Was genau?"

Stanley holte tief Luft und überlegte, ob seine Bettlaken für eine Strickleiter ausreichten. Dann könnte er in Zukunft sein Apartment durch das Wohnzimmerfenster erreichen und der Treppe – und Roger Jane – aus dem Weg gehen. Andererseits war er kein Gecko mit Saugnäpfen an den Fingern. „Du kannst vorbeikommen und sie dir jederzeit ausleihen", sagte er hastig.

Und das war's. Erst machte er sich drei Wochen lang darüber Gedanken, Rogers Einladung ausgeschlagen zu haben, und dann ... dann fiel ihm nichts Besseres ein, als den Mann selbst einzuladen. Und da kam er jetzt wirklich nicht mehr raus. Sackgasse ohne Wendehammer. Mist.

Roger war ein wunderschöner Anblick – die Augen weit aufgerissen und einen Berg Schmutzwäsche an die Brust gedrückt, der ihm bis unters Kinn reichte. Seine Bartstoppeln waren dunkler und stoppeliger, als sie Stanley jemals zuvor gesehen hatte. So sah Roger also aus, wenn er nicht zur Arbeit musste. In Jeans, barfuß und leger. In einem Wort: atemberaubend.

Roger neigte den Kopf zur Seite und starrte Stanley auf eine Art an, die der nur zu gut kannte. So starrte er selbst im Museum immer auf die Artefakte, die er so sehr bewunderte. Der Blick von Rogers grünen Augen brannte sich so tief in Stanley ein, dass er geschworen hätte, die Hitze auf seiner Haut zu spüren. Roger wirkte vollkommen perplex, obwohl sich der Hauch eines Grinsens auf sein Gesicht stahl.

Stanley wünschte, er könnte sich an ihn lehnen und diese köstlichen Lippen küssen und ... Mann, allein der Gedanke ließ Stanleys Schwanz schon wieder ins Schlingern geraten. Stanley zuckte erschrocken zusammen.

„Ich will dir keine Mühe machen", erwiderte Roger leise, aber so betont und überdeutlich, als würde er mit jemandem reden, der des Englischen nicht mächtig wäre.

Stanley hörte ihn kaum, denn er war vollauf damit beschäftigt, sich auszumalen, wie sich Roger Janes Stoppelfrisur unter seiner Hand anfühlen würde. Wäre sie stachelig und würde ihm über die Haut schaben? Oder wäre sie daunenweich und würde ihn streicheln?

Roger packte seinen Wäscheberg unter einen Arm und wedelte mit der freien Hand vor Stanleys Gesicht hin und her.

„Erde an Stanley. Ich habe gesagt, ich wollte dir keine Mühe machen. Jetzt bist du dran. Die korrekte Antwort lautet: Oh, das macht mir doch keine Mühe."

„Oh, das macht mir doch keine Mühe", plapperte Stanley nach und blinzelte verwirrt.

Roger lachte. „Pfft! Da bin ich aber froh."

Stanley wurde rot und riss sich wieder zusammen. „Dann will ich dich nicht länger aufhalten."

Roger schenkte ihm ein strahlendes Lächeln, das Stanley noch mindestens drei Tage durch den Kopf geistern würde. Dann wuschelte er ihm mit seiner starken Hand durch die Haare. „Okay, kleine Maus. Ich überlasse dich dann deinen Studien. Und mach dir keine Sorgen – ich rufe an, bevor ich vorbeikomme."

Was Stanley darauf antwortete, sollte die Sache nicht leichter machen. „Oh, das ist nicht nötig. Komm einfach vorbei, wann immer es dir passt."

Roger neigte wieder den Kopf zur Seite. Auch das küssenswerte Zucken in den küssenswerten Mundwinkeln wiederholte sich, wie Stanley zu seiner Freude feststellte.

„Wenn du meinst", sagte Roger, und aus dem Zucken wurde ein richtiges Lächeln mit allem drum und dran, inklusive der weiß blitzenden Zähne. „Ich freue mich schon darauf, dich zu besuchen."

Stanley nickte wortlos, weil er genau wusste, dass er keinen zusammenhängenden Satz über die Lippen bringen würde. Und bevor er noch mehr Unsinn redete, den er anschließend bereute, wollte er lieber ganz den Mund halten.

Zwei Minuten später hatte Roger die Wäsche wieder in den Korb gepackt, wo sie hingehörte. Barfuß und fröhlich vor sich hin summend machte er sich mit seinem Korb auf den Weg in den Keller.

Stanley hatte seine Bücher zusammengerafft und drückte sie mit einem Arm an die Brust, um die Tür zu seiner Wohnung zu öffnen. Da klang von unten Rogers Stimme durchs Treppenhaus: „Bis später, kleine Maus!"

Stanley rollte mit den Augen, verschwand in seiner Wohnung und schloss hinter sich die Tür. Er war so glücklich – und so durcheinander – wie noch nie in seinem Leben. Und das alles nur, weil ein Mann sich ein Buch ausleihen wollte.

War das nicht erbärmlich?

Und warum hatte er immer noch einen Ständer in der Hose? Als ob er das nicht wüsste.

MIT DEM Ständer verging auch die Euphorie, die Stanley nach dem kurzen Intermezzo im Treppenhaus erfasst hatte.

Es dauerte keine zehn Minuten, bis er seine mentalen Barrikaden wieder errichtet hatte. Er konnte zwar nicht sagen, warum ihm das so wichtig war, vermutete allerdings, es könnte mit seinem Überlebensinstinkt zusammenhängen. Roger spielte in einer anderen, einer höheren Liga als Stanley. Und wenn bei dem Spiel ein Herz gebrochen wurde, dann wäre es nicht das von Roger, sondern – selbstverständlich – das von Stanley.

Es war nicht zu leugnen, dass Roger sich aus unerfindlichen Gründen darauf kapriziert hatte, Stanley kennenzulernen. Stanley bezweifelte allerdings, dass Roger dabei auch an Sex dachte. Wer so aussah wie Roger, konnte jeden Menschen dieser Welt im Bett haben. Warum in Gottes Namen sollte sich Roger also mit einem schüchternen, dürren Bücherwurm mit Brille und zwei Haarwirbeln abgeben? Was hätte er davon? Warum sollte er sich mit einem Hamburger zufriedengeben, wenn er genauso gut jeden Tag ein Steak haben konnte?

Stanley schüttelte resigniert den Kopf, während er über Rogers Motive nachgrübelte. Es frustrierte ihn, dass sein eigener Minderwertigkeitskomplex offensichtlich so tief in seiner Psyche verwurzelt war, dass er sich nicht zutraute, Rogers Aufmerksamkeit würdig zu sein. Stanley war nicht interessant. Stanley hatte kein Geld. Stanley konnte kaum funktionieren, wenn er sich in Gesellschaft anderer Menschen befand. Selbst wenn Roger nur an einer Freundschaft interessiert war, gab es dafür bessere Kandidaten als Stanley F. Sternbaum.

Diese Erkenntnis öffnete ihm die Augen. Und es war deprimierend. Aber ... verdammt, Stanley war schon mit Depressionen geboren worden. Es war nicht so, dass er sich nicht mittlerweile daran gewöhnt hätte.

Anstatt diese deprimierende Erkenntnis seiner eigenen Minderwertigkeit zu bekämpfen, akzeptierte Stanley seine Analyse. Er beugte sich der Macht der Argumente und handelte danach. Roger würde bald aus dem Wäscheraum zurückkommen. Ihm blieben nur wenige Minuten, um sich vorzubereiten.

Stanley zog zwei Bücher über aztekische Geschichte aus dem Regal und steckte sie in eine leere Einkaufstüte. Dann schlich er sich mit der Tüte (dieses Mal wieder auf Zehenspitzen) wie ein Ninja in den fünften Stock. Dort schlich er weiter zu Rogers Wohnung und hängte die Tüte leise an den Türgriff, weil er nicht sicher war, ob Roger nicht doch schon aus dem Keller zurückgekommen war. Danach huschte er (immer noch auf Zehenspitzen) in seine eigene Wohnung zurück und verschloss hinter sich die Tür. Er ließ sich an die Tür fallen und atmete erleichtert durch, weil er nicht erwischt worden war.

Die Erleichterung über seine Flucht hielt noch zwei Stunden an. Er war dem Risiko, sich in Roger zu verlieben, noch einmal entkommen, auch wenn er zugeben musste, dass er sich schon in den Mann verschossen hatte. (Und wem würde das bei Roger *nicht* so gehen?) Aber – verdammt – Stanley musste sich um sein Studium kümmern, musste lernen und sich auf seine Karriere vorbereiten, vielleicht noch einige Bewerbungen schreiben, seine Mutter ertragen und um seinen Vater trauern. Und außerdem – und das war der *wichtigste* Grund von allen – hatte er *Angst*. (Und er war ehrlich genug, auch das zuzugeben.) Er hatte Angst davor, sein Leben durch die Liebe bestimmen zu lassen. Er hatte Angst davor, sich zum Narren zu machen. Angst davor, sich einem Mann wie Roger Jane anzuvertrauen, der ihn mit wenig mehr als einem Blick aus seinen wunderschönen, grünen Augen vernichten konnte.

Stanley fragte sich, ob Roger sich der Macht bewusst war, die er auf andere Menschen ausübte. Aber wenn das so wäre, würde er vermutlich sorgsamer damit umgehen. Roger Jane spielte mit seiner Schönheit, wie ein ahnungsloses Kind mit der Waffe seines Vaters – den Finger am Abzug, nicht wissend, ob die Waffe geladen war oder nicht, aber Menschen wie Stanley damit in Angst und Schrecken versetzend. Wen diese grünen Augen einmal angesehen hatten, der konnte sich genauso gut ein Fadenkreuz aufs Herz malen. Und das konnte Stanleys Herz nicht brauchen. Ihm hatte schon die Scheidung seiner Eltern schwer zugesetzt. Mehr wollte und konnte er nicht ertragen. Zu seiner Überraschung ließ ihn dieses Argument plötzlich innehalten.

Er saß am Küchentisch vor seinen Büchern, wie erstarrt durch diese neue Erkenntnis, die ihm so unvermittelt durch den Kopf geschossen war. Mein Gott, woher rührte eigentlich diese lähmende Angst davor, sich zu verlieben? Sich verwundbar zu machen, indem er einem anderen Menschen vertraute? Lag es wirklich daran, dass Roger Jane in einer anderen Liga spielte? Oder lag es nicht vielmehr an der schmutzigen Scheidung seiner Eltern, die er als Fünfzehnjähriger miterleben musste?

Er hätte gerne länger über diese Frage nachgedacht – als ob er nicht andere, wichtigere Probleme hätte! –, doch ein leises Klopfen an der Tür brachte ihn in die Wirklichkeit zurück. Er hielt die Luft an und hoffte, der Besucher würde aufgeben und wieder verschwinden. Dann wünschte er sich, er hätte einen Spion in der Tür und könnte nachsehen, wer da draußen im Hausflur stand. Es nutzte alles nichts.

Es klopfte wieder und Stanley wusste, er konnte nicht einfach hier sitzenbleiben und sich verstecken. Guter Gott, er war ein erwachsener Mann! Und erwachsene Männer gingen an die Tür, wenn jemand anklopfte. So war das. Sie gingen an die Tür und sahen nach, wer da draußen stand und anklopfte. Also ging Stanley an die Tür.

Er öffnete die Tür und lunzte vorsichtig um die Ecke. Es wunderte ihn nicht sonderlich, einem lächelnden Roger gegenüberzustehen. Was ihn aber sehr wohl wunderte, waren die ersten Worte, die aus Rogers Mund kamen.

„Ich komme wegen der Bücher. Ist das okay?"

Stanley blinzelte. „Warst du noch in deiner Wohnung, nachdem du aus dem Keller zurückgekommen bist?"

„In der guten alten 5A? Ja. Warum?"

„Hast du die Bücher nicht gesehen, die ich an den Türgriff gehängt habe?"

Roger kniff die Augen zusammen. „Nein. Wieso?"

Dann fiel bei Roger ein Groschen. Seine Miene verdüsterte sich, und das gefiel Stanley gar nicht. Nicht, weil es ihm Angst machte, nein. Sondern weil es höllisch sexy war. Ein gut gelaunter Roger Jane war schon eine Bedrohung, aber ein angepisster … Der war eine Naturkatastrophe.

Stanley musste sich durch seine Reaktion verraten haben, denn Roger packte ihn am Hemd und zog ihn auf den Hausflur. Aber er zog nur sehr sanft und vorsichtig, sodass Stanley zwar erschrak, aber merkwürdigerweise keinerlei Bedürfnis verspürte, gegen die Behandlung zu protestieren.

„Komm mit", befahl Roger. „Sei so lieb. Wir müssen einen Freund besuchen", fügte er hastig hinzu, als er merkte, dass er sich wie ein Rüpel angehört haben musste.

„Müssen wir?", fragte Stanley und schaute auf Rogers Hand, die immer noch sein Hemd gepackt hielt.

„Entschuldige", sagte Roger und ließ das Hemd los. Dann strich er es vorsichtig wieder glatt.

Stanley hielt die Luft an, als Rogers Hand in die Nähe seiner Gürtelschnalle kam und ihm über den Hosenschlitz strich. Er konnte sich gut vorstellen, wie sein Schwanz da unten schläfrig ein Auge öffnete, um zu sehen, was los war. Und dann den Hals reckte, um besser sehen zu können. Und ihn dann noch etwas weiter reckte. Mist. Schon war es wieder passiert. Ein Ständer.

„Sicher", sagte Roger, ohne die langsam anschwellende Beule in Stanleys Hose aus den Augen zu lassen. Sein hübsches Gesicht nahm einen nachdenklichen Ausdruck an und er sah aus wie jemand, der in Las Vegas an einen einarmigen Banditen tritt und feststellt, dass er nur noch die Münzen aus dem Schacht fischen muss.

Stanley zog sein Hemd nach unten. Aber die Katze war schon aus dem Sack. Das wusste Stanley, und das wusste auch Roger. Stanley konnte es an dem zärtlichen Lächeln erkennen, mit dem Roger ihn ansah.

„Jetzt weiß ich nicht mehr, worüber wir gesprochen haben", sagte Roger grinsend.

Stanley errötete. Die Naturkatastrophe hatte ihn eingeholt. „Du hast davon gesprochen, einen Freund zu besuchen."

Roger fuhr sich mit der Hand über den Kopf. Er musste sich offensichtlich Mühe geben, Stanley ins Gesicht zu sehen, anstatt seinen Blick wieder in Richtung Äquator wandern zu lassen. „Oh, richtig. Das war's."

Und dann nahm er Stanley an der Hand und zog ihn zur Treppe. „Komm mit."

„Okay." Von Rogers warmer Hand gehalten, wäre Stanley dem Mann bis ans Ende der Welt gefolgt. Jedenfalls solange, bis er diese gottverdammten Barrikaden wieder aufgerichtet hatte. Aber im Moment hatte er keine Zeit für Barrikaden. Roger schien es eilig zu haben, denn er zog ihn entschlossen hinter sich her die Treppe hinunter.

Wie eine Spielzeugente auf Rädern wurde Stanley bis in den dritten Stock gezogen. Dort bogen sie nach rechts ab und gingen bis zum Ende des Hausflurs. Vor einer Tür mit der Aufschrift 3A blieben sie stehen. Roger klopfte mit der linken

Hand an die Tür, während er mit der rechten immer noch Stanleys Hand festhielt. Es schien ihm zu gefallen, und Stanley hatte auch nichts dagegen, obwohl er nicht den Hauch einer Ahnung hatte, warum sie hier waren und was eigentlich los war.

Stanley fiel auf, dass diese Tür einen Spion hatte. Er fragte sich, ob Arthur bei ihm auch einen einbauen lassen würde, wenn Stanley ihm dafür ein Schwammbad versprach. Dann entschied er, dass der Spion das nicht wert wäre.

Da niemand zur Tür kam, klopfte Roger erneut, dieses Mal allerdings wesentlich fester.

Endlich ließ sich eine Stimme hören. Stanley vermutete, dass der Bewohner von 3A durch den Spion schaute, denn die Stimme schien nur Zentimeter von ihnen entfernt. „Sorry!", rief sie. „Ich bin nicht angezogen! Kommt später wieder!"

„Blödsinn, Charlie! Mach die Tür auf!" Das war Roger. Wenn Roger das vor *seiner* Tür gesagt hätte, und dann noch mit diesem Kommandoton in der Stimme, Stanley hätte mit Sicherheit wieder einen Ständer bekommen.

„Idiot", grummelte Roger vor sich hin. Dann drehte er sich mit einem strahlenden Lächeln zu Stanley um und zeigte mit dem Daumen seiner freien Hand auf die Tür. „Hier wohnt Charlie", sagte er. „Ein extraordinärer Dieb mit Geschick und Begabung. Oder auch nicht. Wann immer im Belladonna Arms etwas vermisst wird, sollte man zuerst hier nachsehen."

„Hey! Ich habe jedes Wort gehört!", rief die Stimme hinter der Tür, offensichtlich empfindlich getroffen von Rogers harschen Worten.

„Gut!", rief Roger zurück. „Das solltest du auch! Und mach jetzt die Tür auf!"

Die Tür öffnete sich einen kleinen Spalt und eine spitze, von Sommersprossen übersäte Nase schob sich um die Ecke wie eine Brechstange. Ihr folgten sommersprossige Wangen, eine sommersprossige Stirn und die karottenrotesten Haare, die Stanley jemals gesehen hatte. Der Bürstenhaarschnitt stand senkrecht nach oben ab und das Gesicht darunter war so lang, dass Charlie aussah, wie ein zu dick geratener Bleistiftstummel mit einem roten Radiergummi am Ende. Er erinnerte fatal an Beaker aus der Muppet Show. Stanley musste sich ein Lachen verkneifen. *Der arme Kerl*, dachte er und seine eigenen körperlichen Unzulänglichkeiten erschienen ihm urplötzlich in einem freundlicheren Licht. Nicht *viel* freundlicher, aber immerhin.

Charlie war beim besten Willen nicht der Typ Mann, den man auf Anhieb sympathisch fand. Er war eher ein Beispiel für jemanden, den man auf Anhieb *un*sympathisch fand. Er sah hinterhältig und – was noch schlimmer war – ungewaschen aus.

„Ja?", fragte Charlie, der extraordinäre Dieb, mit einer Stimme, die so normal war, dass der Vergleich mit dem quiekenden Beaker wieder zu hinken anfing. Dann musterte er Roger und Stanley misstrauisch, als wären sie Zeugen Jehovas, die ihm den Tag vermiesen wollten, indem sie seine schwarze Seele retteten. „Wie kann ich den Herren behilflich sein?"

„Lass den Scheiß", sagte Roger und zog Stanley hinter sich her in die Wohnung, ohne auf Charlie Rücksicht zu nehmen.

„Hey, einen Augenblick!", rief Charlie. „Was glaubst du denn, wer du bist?" Roger drehte sich zu ihm um und musterte ihn von oben bis unten. „Ich dachte, du wärst nicht angezogen?"

„Also ..."

Und dann fragte Roger zu Stanleys Überraschung: „Wann hast du das letzte Mal deine Medikamente genommen?"

Während Charlie unverständlich vor sich hin druckste, sah Stanley sich in der Wohnung um. Sie sah aus wie ein Warenhaus. Es gab zwar Möbel, aber die waren unter den vielen Kisten und anderen Sachen kaum zu erkennen. Toaster, Küchenmixer, Telefone, Kleidung, Basketbälle und dutzende Schachteln und Kisten unbekannten Inhalts waren überall aufgestapelt.

Ein extraordinärer Dieb, in der Tat.

Roger sah sich jetzt ebenfalls um. „Du hast wieder aus deinem Lieferwagen gestohlen. UPS wird dich feuern."

„Das haben sie schon", sagte Charlie und schaute verlegen zu Boden. „Sie haben mich gestern rausgeworfen."

Roger schnaubte resigniert. „Ich habe es geahnt. Und was willst du jetzt machen?"

„Na ja, ich habe noch einige Sachen, die ich verkaufen kann und ..."

Roger sah sich wieder um. „Das sehe ich. Und jetzt beantworte meine Frage, Charlie. Wann hast du das letzte Mal deine Medikamente genommen? Das Naltrexon. Wo ist es?"

Charlie hob eine sommersprossige Hand und zeigte mit seinem dünnen Finger auf den Couchtisch. Auf dem Tisch stand ein Glas mit Pillen.

„Ich wusste gar nicht, dass es Pillen gegen Diebstahl gibt", murmelte Stanley mehr zu sich selbst als zu den anderen.

Roger hatte offensichtlich kein Problem damit, über Charlie zu reden, als ob der gar nicht anwesend wäre. Stanley vermutete, dass *jeder* über Charlie sprach, als wäre er nicht anwesend. „Charlie ist kein normaler Dieb, Stanley. Er hat Kleptomanie. Und die wird mit Pillen behandelt. Die Pillen heißen Naltrexon. Sie sind allerdings nur dann wirksam, wenn man sie auch *schluckt*. Und zwar *täglich*. Was Charlie offensichtlich *nicht* getan hat."

„Ich bekomme davon Kopfschmerzen", jammerte Charlie.

Roger stemmte die Hände in die Hüften wie eine Mutter, der gerade der letzte Geduldsfaden gerissen ist. „Und Arbeitslosigkeit verursacht dir *keine* Kopfschmerzen?"

Stanley zeigte auf eine Einkaufstüte, die auf einer nagelneuen Boombox lag. „Hey! Da sind meine Bücher!"

„Nimm sie dir", sagte Roger. „Ich gebe Charlie die Medikamente, und wenn ich ihn würgen muss, damit er sie schluckt. Es ist so ähnlich, wie wenn man eine

Katze eine Pille gibt. Man muss darauf achten, dass sie das Ding nicht wieder rauswürgt, sobald man ihr den Rücken zudreht. Es ist zu schade, dass es keine Pillen gegen Dummheit gibt."

„Die würden sich bestimmt nicht mit Naltrexon vertragen", sagte Charlie sofort. Roger und Stanley lachten. Wenigstens wusste Charlie, dass er die Pillen gegen die Dummheit brauchen könnte. Aber unter den gegebenen Umständen wäre es auch vermessen gewesen, das zu leugnen.

Charlie sah sie überrascht an. Er schien sich zu freuen, dass die beiden über seinen Witz lachen konnten, obwohl er selbst nicht so recht wusste, was an seiner Bemerkung komisch war.

Aus seiner Zufriedenheit wurde schnell Abwehr, als er sah, dass Roger das Glas vom Couchtisch holte und eine Pille herausnahm. Roger hielt Charlie die Pille mit einer so todernsten Miene vor die Nase, dass Stanley schon wieder befürchtete, einen Ständer zu bekommen. Mittlerweile überraschte ihn das nicht mehr, weil einfach *alles*, was Roger Jane machte, höllisch sexy war. Selbst wenn er *nichts* machte, war er sexy. Er brauchte nur rumzustehen wie ein abgestorbener Baumstumpf, und schon war er sexy.

Charlie schien gegen Rogers Sexysein gefeit. Er grummelte, als er Roger die Pille abnahm und in den Mund steckte. Dann riss er die Augen auf und die Hände hoch, als wollte er sagen: „Siehst du? Ich habe sie geschluckt. Bist du jetzt zufrieden?"

Stanley musste sich ein Lachen verkneifen. Jeder Idiot konnte sehen, dass Charlie die Pille in der Backe deponiert hatte.

Roger seufzte resigniert und ging einen Schritt auf Charlie zu. Bevor Charlie reagieren konnte, hielt Roger ihm die Nase zu, sodass er nicht mehr atmen konnte. Mit der anderen Hand hielt Roger ihm den Mund zu, sodass auch in dieser Richtung nichts mehr ging.

„Ich habe es dir doch gesagt, kleine Maus", sagte Roger seelenruhig. „Wie bei einer Katze."

Charlie hüpfte aufgeregt auf und ab, während sein Gesicht immer röter wurde. Er wedelte mit den Armen wie ein Vogel, der abheben wollte und nicht konnte.

Stanley nahm die Gelegenheit wahr, die himmlischen Bizepse zu bewundern, die aus Rogers Ärmeln herausragten. Mein Gott, waren die massiv. Sie rollten, als hätten sie ein Eigenleben, während sie den armen Charlie festhielten, der gegen die Ohnmacht ankämpfte. Stanley fragte sich, wie sie wohl schmecken würden, wenn man sie ableckte. Er musste kurz die Augen schließen, sonst wäre es ihm ergangen wie Charlie. In einem flüchtigen Augenblick der Klarheit stellte er sich vor, dass sie beide im gleichen Moment umkippten – Charlie, weil er erstickt war, er selbst aus Lust. Da würde sich Roger aber wundern. Oder auch nicht.

Kurz darauf war ein übertriebenes „Gulp!" zu hören. Roger ließ den langen, sommersprossigen Kopf los, und Charlie schnappte hechelnd nach Luft. Er hielt sich die Hände an die Kehle und alle Farbe verließ sein Gesicht. Als er wieder halbwegs atmen konnte, fing er zu fluchen an.

Roger wackelte mahnend mit dem Zeigefinger. „Sei brav! Ich habe dir nur einen Gefallen getan."

„Hrrmmmpf", grummelte Charlie und seine Sommersprossen strahlten leuchtend rosa.

„Gern geschehen", erwiderte Roger. „Und vergiss nicht, morgen deine Pille zu schlucken! Und nicht nur morgen, sondern *jeden* Tag! Jeden. Einzelnen. Tag." Er drehte sich zu Stanley um. „Hast du deine Bücher? Gut. Dann können wir jetzt gehen."

Stanley wackelte mit den Fingern zum Abschied. „Schön, dich kennengelernt zu haben", sagte er zu Charlie.

Charlie grummelte einen weiteren Fluch, während Stanley und Roger erleichtert die Wohnung verließen. Sie waren froh, Charlie, dem extraordinären Dieb, entkommen zu sein. Er war nicht gerade das, was man als angenehme Gesellschaft bezeichnete.

Im Hausflur reichte Stanley die Einkaufstüte an Roger weiter. „Hier sind deine Bücher über aztekische Geschichte. Viel Spaß. Jetzt muss ich mich aber entschuldigen, weil ich noch lernen muss."

Stanley lief zum Treppenhaus, ohne Roger noch eines Blickes zu würdigen. Er traute sich nicht. Er wollte Rogers Gesicht nicht sehen, der schon wieder einfach stehengelassen wurde. Aber dann drehte sich Stanley doch noch einmal um. Er konnte es nicht verhindern.

Roger Jane stand vor der Tür von 3A, die Tüte mit den Büchern vor die Brust gepresst, und sah Stanley nach. Und er grinste übers ganze Gesicht.

Und hinter Roger stand der extraordinäre Dieb und grinste ebenfalls.

5

„ER IST ein wunderbarer Mann. Wirklich, das ist er. Findest du nicht auch, dass er ein wunderbarer Mann ist?"

Es war ChiChi, Stanleys Nachbar aus der Wohnung nebenan. Er stand in der Tür, in seinen üblichen Ché Guevara-Fummel gekleidet – Leder von Kopf bis Fuß und zwei breite Ledergurte, die sich auf seiner nackten Brust kreuzten. Am linken Nippel baumelte glänzend ein silberner Ring. Fehlten nur die Uzi und einige Handgranaten, vielleicht noch ein kleiner Raketenwerfer, und das Ensemble wäre perfekt. ChiChi ließ sich vor einem sowieso schon bis über beide Ohren verschossenen Stanley Sternbaum über Roger Janes unübersehbare Qualitäten aus.

„Da rennst du bei mir offene Türen ein", wollte Stanley sagen, aber natürlich hielt er den Mund. Was er aber sagte, war: „Spiel nicht ständig mit dem Nippelring. Es macht mich nervös." Um ehrlich zu sein, machte ChiChis Spielerei ihn weniger nervös, als dass sie ihn geil machte. Aber das hätte er niemals offen zugegeben. ChiChi sah in seinem Lederoutfit wirklich süß aus, aber Stanley hatte noch nie für Sex bezahlt und wollte daran auch nichts ändern. ChiChi mochte sich Masseur nennen, doch Stanley wusste es besser. Er hatte die Geräusche gehört, die aus ChiChis Schlafzimmer durch die Wand in Stanleys Küche drangen.

ChiChi wurde rot, ließ die Hände nach unten fallen und faltete sie züchtig vor seinem Schritt wie eine Nonne. „Sorry", sagte er verlegen. „Es ist mir gar nicht aufgefallen."

Stanley glaubte ihm kein Wort. Er warf einen erschöpften Blick an die Zimmerdecke. „Sicher doch. Und jetzt reibst du an deinem Schwanz. Nimm die Hände da weg!"

„Junge, Junge", sagte ChiChi. „Mit etwas Druckmassage an den richtigen Stellen könnte ich viel gegen deine sexuelle Anspannung tun."

„Da bin ich mir sicher. Und mir gleichzeitig neue beschaffen."

ChiChi kicherte. „Mag sein. Aber du bist verkrampft. Ich habe da so ein kleines, batteriebetriebenes Gerät, da rollen sich dir die Zehennägel hoch, wenn ..."

„Ich bin nicht verkrampft", verkündete Stanley nicht allzu überzeugend. Und dann zerstörte er auch noch den letzten Rest an Glaubwürdigkeit, indem er hinzufügte: „Na ja, vielleicht doch. Nein, bin ich nicht. Ein bisschen möglicherweise."

„Na sicher", sagte ChiChi grinsend. „Ja. Nein. Vielleicht. Ein bisschen. Du stehst vollkommen neben dir, Stanley."

Bevor Stanley die passende Antwort einfiel, hörten sie Schritte auf der Treppe und drehten sich um. „Ah", sagte ChiChi. „Sechs Uhr. Mein Termin. Wir unterhalten uns später weiter, Stanley." Er zwinkerte Stanley zum Abschied zu und verschwand wieder in seiner Wohnung. Dabei wackelte er aufreizend mit seinem kleinen Hintern. Stanley war sich nicht sicher, ob es für ihn gedacht war oder für den Kunden, der den Flur entlangkam.

Stanley blieb noch an der Tür stehen, bis der Kunde in ChiChis Wohnung verschwunden war. Gott, was für ein Bär von einem Mann! Er war durchaus attraktiv, aber auf eine raue, machohafte Art. Wie ein Überbleibsel aus der Zeit der Neandertaler. Stanley nickte ihm wortlos zu. Der Mann schien ihn vor Aufregung gar nicht wahrzunehmen. Er war in Gedanken vermutlich schon bei ChiChis lederbekleidetem Arsch. Als es nichts mehr zu sehen gab, schloss Stanley leise die Tür. Einige Minuten später hörte er die unmissverständlichen Geräusche einer Lederpeitsche, die auf nackte Haut klatschte. Entweder das, oder ChiChi und der Neandertaler machten einen Wettbewerb im Pfannkuchenwenden.

Lange hat das nicht gedauert, dachte Stanley und schaute auf die Uhr. Wahrscheinlich hatte ChiChi einen engen Terminkalender. Stanley hätte zu gerne gewusst, wer da drüben wen klatschte. Er wollte ja nicht pervers erscheinen, aber er wünschte sich trotzdem, er hätte nicht nur an der Wohnungstür einen Spion, sondern auch in der Küchenwand.

Stanley wusste immer noch nicht, warum ChiChi vorhin überhaupt bei ihm an die Tür geklopft hatte. Vielleich wollte er nur freundlich sein. Stanley wusste auch nicht, wie ihre harmlose Unterhaltung den Schwenk zu einer öffentlichen Lobpreisung des unvergleichlichen Roger Jane genommen hatte. Außer Charlie, dem rothaarigen Dieb aus dem dritten Stock, schien jeder hier im Haus jede sich passende Gelegenheit wahrzunehmen, Rogers Loblied zu singen. Stanley war insgeheim nicht viel besser, aber er redete wenigstens nicht öffentlich darüber. Er war ohnehin schon viel zu anfällig für Rogers Reize und würde vor Scham im Erdboden versinken, wenn jemand erfuhr, wie sehr er den Prachtkerl anhimmelte, der im Stockwerk unter ihm wohnte. Wie Arthur ihm bei ihrem ersten und einzigen Zusammentreffen schon versichert hatte, gab es nichts erbärmlicheres, als einen Sterblichen, der sich in einen Gott verguckte. Götter – und das war allgemein bekannt – hatten nämlich besseres zu tun, als sich mit Sterblichen abzugeben.

Nein. Stanley kannte seine sterblichen Grenzen. Und Roger Jane stand ganz oben auf der göttlichen Liste. Verdammt aber auch.

WENN STANLEY Wäschetag hatte, waren die sechs Stockwerke des Belladonna Arms nicht das schlimmste für ihn. Das schlimmste war, dass der Wäscheraum im Keller lag und er *sieben* Stockwerke hoch und runter laufen musste.

Da ganz in der Nähe ein extraordinärer Dieb zuhause war, hielt Stanley es für das klügste, seine Wäsche nicht aus den Augen zu lassen. Er wollte nicht riskieren, dass sie auf geheimnisvolle Weise in Charlies Wohnung migrierte, wo sie in einer Ecke landete und darauf wartete, verkauft zu werden. Nicht, dass man für Stanleys Klamotten noch viel bekommen hätte.

Um seine schmutzige Wäsche auch heute im Blick zu behalten, hatte er sich ein kleines Buch zwischen die schmutzigen Unterhosen und stinkigen Socken gesteckt. Es trug den verheißungsvollen Titel: *Vilcabamba: The Last Stronghold of the Incan Empire.*

Nachdem er die Wäsche sortiert hatte und sie – in einer reichhaltigen Schaummischung – in der alten Waschmaschine jaulend und ruckelnd neuer Respektabilität entgegenschleuderte, machte Stanley es sich auf einem Stuhl bequem und widmete sich den Abenteuern von Hiram Bingham. Richtig: dem weltbekannten Hiram Bingham, der 1911 im Dschungel von Peru dem Reich der Archäologie zu neuen Glanzlichtern verhalf. Da Hiram Bingham eines von Stanleys größten Vorbildern war, vertiefte er sich sofort in die Geschichte. Er versetzte sich ganz in Binghams Gedankenwelt, sah durch Binghams Augen, hörte tief unter sich den Rio Urubamba rauschen und spürte den kalten Andenwind, der aus dem Norden heranbrauste, während über ihm ein Kondor kreischend seine Kreise zog. Dann schweiften seine Gedanken noch weiter ab und er stellte sich einen armen, jungen Mann vor (so wie er selbst), der in hundert Jahren vor einer alten Waschmaschine saß und die Abenteuer des weltbekannten Stanley Sternbaum studierte, der ein unermüdlicher Forscher gewesen war und für seine Entdeckung von Was-auch-immer großen Ruhm erlangt hatte. Was, wie Stanley zugeben musste, das Pferd von hinten aufzäumte, da er ja noch nicht einmal sein Examen gemacht hatte.

Zurück also zu Hiram Bingham. Stanley rückte seine Brille gerade und hielt sich das Buch vor die Nase. Dann konzentrierte er sich wieder auf den Mann, der vor einem Jahrhundert Vilcabamba entdeckt hatte, die letzte Festung der Inka, die später unter dem Namen Machu Picchu weltberühmt werden sollte. Der Erfolg des waghalsigen Unternehmens sicherte ihm in den Lehrbüchern der Archäologie einen Platz für die Ewigkeit. Stanley würde so ziemlich alles dafür geben, es Bingham gleichtun zu können. Natürlich musste er dazu seinen Magister-Abschluss machen und sich einen Namen verschaffen in dem unendlichen Heer der Archäologen, von denen jeder einzelne den gleichen Traum träumte wie Stanley F. Sternbaum. Das Aufregende an der Archäologie war, dass sie als eines der wenigen wissenschaftlichen Betätigungsfelder immer noch ein großes Maß an reinem Glück erforderte, um auch nur einen bescheidenen Erfolg zu erzielen. Deshalb war Stanley fest davon überzeugt, dass seine Chancen auf Ruhm und Erfolg mindestens genauso gut standen, wie die seiner Kollegen.

Stanley war Optimist. Für ihn war das Glas immer halb voll. Nur sein Liebesleben blieb die große Ausnahme von der Regel.

Er las gerade das Kapitel, in dem Bingham mit seinem barfüßigen indianischen Führer, einem Mann namens Arteaga, den tosenden Rio Urubamba überquerte und sich Vilcabamba näherte, als aus dem Flur ein Schatten auf das Buch fiel.

Er zuckte zusammen und ließ es vor Schreck fallen. Diese alten Häuser waren manchmal höllisch unheimlich.

Die Waschmaschine hinter ihm machte immer noch einen ohrenbetäubenden Lärm und übertönte damit beinahe das wilde Stakkato von Stanleys Herz, das wie eine Kriegstrommel dröhnte. Glücklicherweise wurde ihm in diesem Augenblick nicht bewusst, wie wenig seine Reaktion zu einem unerschrockenen Entdecker unbekannter Welten passte. Es hätte sein halb volles Glas der Hoffnung vorzeitig geleert.

Stanley stand langsam auf und ging zur Tür. Er sah im Moment mehr wie ein ängstlicher Teenager aus, als wie ein weltbekannter Archäologe, der an der Schwelle zur Entdeckung des Jahrhunderts stand. Vorsichtig streckte er den Kopf durch die Tür und schaute nach links und nach rechts. Dort, am rechten Ende des Flurs, einem Teil des Kellers, den Stanley noch nicht erkundet hatte, schloss sich leise eine Tür.

Neugierig schlich Stanley die sechs oder sieben Meter durch den Flur zu der Tür. Als er ankam, hielt er das Ohr an die Tür und lauschte.

Hinter der Tür war Weinen zu hören. Leises, gedämpftes Weinen.

Stanley öffnete vorsichtig die Tür und sah einen leeren Raum vor sich. Nur durch einige Fenster, die sich oben an der Außenwand befanden, fiel etwas Licht. Die Fensterscheiben waren vor langer Zeit übermalt worden und das wenige Licht, das durch die Farbe drang, war diffus und düster. Die Schatten des leeren Raumes wurden von farbigen Streifen durchschnitten. An der Decke flatterte es bunt, die Farben stumpf und in der Dunkelheit kaum zu unterscheiden. Stanley blinzelte. Was war das denn?

Er tastete neben der Tür an der Wand, bis er einen Lichtschalter fand. An der Decke erwachten alte Neonröhren flimmernd zum Leben. Sie summten und bitzelten, lösten das Geheimnis der Farbstreifen und beruhigten Stanleys Nerven.

Es war Kreppapier – lange, ausgebleichte Girlanden aus Krepppapier, die von der Decke und den Wänden hingen. Sie schmückten den Raum von einem Ende bis zum anderen. An den Wänden standen leere Klapptische mit bunten Papiertischdecken, die bis auf den Boden herabhingen und die abgestoßenen Tischbeine verbargen. Die Papiertischdecken waren genauso alt und verstaubt wie die Girlanden. In der Mitte der Decke hing eine Diskokugel, groß genug für einen Raum, der mindestens die doppelte Größe hatte. Sie hing bewegungs- und glanzlos in der staubigen Luft wie der Todesstern, der nur den passenden Moment abwartete, um das ahnungslose Alderaan auszulöschen.

Stanleys Ausflug in die Welt der Fantasie wurde durch eine Stimme unterbrochen, die er sofort erkannte, obwohl er die Sprecherin nicht sehen konnte, weil sie sich in einer Ecke des Raums verkrochen hatte.

Es war Sylvia. Ihre Worte wehten durch den leeren Raum auf ihn zu wie ein Phantomschmerz.

„Setz dich zu mir", sagte sie und er konnte hören, wie sie mit der Handfläche neben sich auf den Boden klopfte. Dann hörte er ihr Schluchzen und wusste, woher das Weinen gekommen war.

Stanley ging auf die Stimme zu und fand Sylvia hinter einem der Tische auf dem Boden hockend, die Arme um die Knie geschlungen und das Gesicht tränenüberströmt. Ihre Haare waren zu einem kurzen Pferdeschwanz zusammengebunden, der sie noch jünger aussehen ließ als sie ohnehin war. Sie begrüßte Stanley mit einem matten Lächeln, als wollte sie sich über ihren depressiven Gefühlsausbruch lustig machen.

„Du hast mich erwischt", sagte sie.

Stanley setzte sich neben ihr auf den Boden. Er drehte sich zu ihr um und wischte ihr mit dem Daumen eine Träne aus dem Gesicht. „Was ist los? Warum bist du hier unten ganz allein und weinst?"

Sylvia gab ihm keine Antwort, sondern schaute sich in dem Raum um. „Hier wollen sie mir eine Party geben. Hast du schon von der Party gehört?"

Stanley nickte. „Arthur hat mir davon erzählt. Sie wollen Geld sammeln für ... Du weißt schon. Für deine Operation."

Sylvia schüttelte schüchtern den Kopf. „Es wird keinen großen Unterschied machen. Diese Party nicht und auch sonst nichts. Ich brauche viele Tausende. Es ist lieb, dass Arthur und die andern sich so viel Mühe geben, aber ..." Sie biss sich in die Unterlippe. „... es wird keinen Unterschied machen. Ich brauche viel zu viel Geld."

Stanley nahm Sylvias Hand und streichelte sie wie ein kleines Kätzchen. „Das kannst du nicht wissen", sagte er so zärtlich und leise, dass seine Stimme in der stickigen, verstaubten Luft des Kellers kaum zu hören war. „Vielleicht hat jemand eine Idee, wie man dir noch besser helfen kann. Und dann noch besser und noch besser. Wenn man sich etwas wirklich von ganzem Herzen wünscht, wird das Schicksal einen Weg finden."

„Meinst du wirklich?" Stanley konnte sehen, dass sie ihm glauben wollte, aber ihre Zweifel saßen zu tief. Er beobachtete fasziniert, wie eine glitzernde Träne für eine Sekunde in ihren Wimpern hängenblieb, bevor sie nach unten fiel und ihr über die Wange floss. Am Kinn blieb sie wieder hängen, glänzend wie ein Diamant, bis Sylvia sie schließlich ungeduldig abwischte.

Stanley fragte sich, ob ihre Zweifel wohl begründet waren. Er hoffte es nicht. Manche Dinge passierten einfach, weil sie richtig und gut waren. Oder nicht? Doch. Es musste so sein, weil die Menschen sonst keinen Grund zur Hoffnung mehr hätten.

„Du wünschst es dir wirklich sehr", sagte Stanley. Es war keine Frage, denn er kannte die Antwort schon.

Sie nickte. „Ich habe es mir gewünscht, seit ich noch ein Kind war. Seit ich ein ... ein *Junge* war. Mein ganzes Leben war immer nur auf dieses eine Ziel ausgerichtet. Und ich habe darüber alles verloren, Stanley. Meine Familie hat mich verstoßen, mein Geliebter hat mich verlassen. Jetzt habe ich nichts mehr als eine Handvoll verrückter Freunde in dieser Bruchbude von Mietshaus."

„Das Belladonna Arms ist keine Bruchbude", widersprach Stanley. „Na ja, vielleicht doch", fügte er dann grinsend hinzu.

Sylvia lächelte zurück, aber es fiel ihr sichtlich schwer.

Stanley beschloss unter diesen Umständen für sie beide zu lächeln. Er ballte die Faust und gab ihr einen spielerischen Hieb unters Kinn. „Manchmal sind gute Freunde genug, meinst du nicht auch? Und manchmal sind sie sogar *mehr* als genug."

Sie neigte den Kopf in Anerkennung seiner weisen Worte, während sie gleichzeitig über Stanleys Naivität lächelte. „Ich weiß, dass ich Freunde habe, die für mich da sind. Aber manchmal braucht man auch Liebe." Sie drückte Stanleys Hand und hob sie dann – zu seiner Überraschung – an den Mund und küsste sie. Als sie weiterredete, spürte er die Bewegung ihrer Lippen an der Haut. Es waren die Lippen und die Hand von zwei Freunden. Mehr nicht. „Ich möchte eine Frau sein, Stanley. Eine richtige Frau. Das ist alles, was ich mir jemals gewünscht habe."

Sie ließ Stanleys Hand auf ihren Schoß fallen und studierte mit traurigem Lächeln sein Gesicht. Es war fast, als würde sie ihn zum ersten Mal sehen. „Was wünschst du dir Stanley? Wovon träumst du?"

Stanley zuckte mit den Schultern. Der Themenwechsel war ihm peinlich. Sylvias Bedürfnisse waren viel wichtiger als seine. Er wusste, wenn sich sein Traum zerschlug, ein berühmter Archäologe zu werden, würde er trotzdem überleben. Aber wenn man Sylvia ihren Traum nahm, war das eine andere Sache. Er konnte sich nicht vorstellen, dass sie es überleben würde. Dass sie es überhaupt überleben *wollte*. Und das war eine herzerschütternde Erkenntnis.

Er zwang sich zu einem Grinsen, um die Stimmung wieder aufzuhellen. „Ich träume davon, dass du eine Frau wirst."

Sylvia schlug sich kichernd die Hände vors Gesicht. „Oh, bitte", sagte sie verlegen.

„Aber soweit es mich betrifft, bist du schon eine Frau", sagte er, um das Thema noch weiter von sich wegzulenken. „Du bist eine wunderschöne Frau."

Sylvia nahm die Hände vom Gesicht und drehte sich mit glänzenden Augen zu ihm um. Sie nahm seine Hände und drückte sie. „Ich kann mich noch daran erinnern, wie meine Mutter mir sagte, ich wäre viel zu hübsch für einen Jungen. Ich muss sechs oder sieben Jahre alt gewesen sein. Ich frage mich, ob sie sich heute noch daran erinnert. Sie scheint jedenfalls ihre Meinung darüber im Laufe der Jahre geändert zu haben. Und mein Vater ist noch schlimmer. Er spricht meinen Namen nicht mehr aus. Für meine Eltern bin ich krank, ein … ein Perverser oder so."

„Das tut mir leid", sagte Stanley. „Du darfst nicht an sie denken. Schau auf die Kugel dort oben." Er grinste. „Na ja, das war vielleicht keine gute Idee." Jetzt mussten sie beide lachen.

„Ja", kicherte Sylvia. „Lass uns nicht mehr über Kugeln, Bälle oder Eier reden. Das gehört sich nicht für eine Dame."

„Stimmt", sagte Stanley lachend. „Das gehört sich nicht."

Zu Stanleys Erleichterung hörte sich Sylvias Stimme jetzt nicht mehr so traurig an. Vielleicht hatten sie diese Klippe für heute umschifft. „Ich habe eine Freundin, die schon operiert worden ist. Sie ist Kubanerin", erzählte Sylvia. „Sie hieß früher Juan, aber jetzt ist sie Joanna. Sie besucht mich manchmal im Deli bei der Arbeit." Sie streichelte Stanley über die Wange. Ihre Augen glänzten und die Tränen waren endgültig versiegt. „Du solltest sie sehen! Sie ist so wunderschön. Und sie ist *verheiratet*. Sie hat einen wunderbaren Mann geheiratet. Er ist Handwerker und heißt Carl. Und er ist verrückt nach ihr." Sie kicherte. „Du solltest sie zusammen sehen. Sie wollen ein Baby adoptieren. Ich hoffe so sehr, dass es klappt. Joanna hat immer davon geträumt, eines Tages ein Kind zu haben."

„Weiß ihr Mann von der ...?"

„Von der Operation? Sicher. Sie hat ihm alles gesagt. Ist das nicht wunderbar, Stanley? Dass er sie so akzeptiert, wie sie *jetzt* ist und nicht darüber nachgrübelt, wie sie *vorher* war? Sie ist eine sehr glückliche Frau."

Stanley lächelte, als er ihre glänzenden Augen sah. Sie strahlte übers ganze Gesicht. Sylvia war eine sehr mitfühlende, selbstlose Frau. In diesem Moment dachte sie nicht mehr an sich selbst. Sie freute sich nur noch für ihre Freundin. Dazu gehörte ein sehr großes Herz. Stanley musste auch darüber lächeln, wie sie das Wort ‚Frau' ausgesprochen hatte – so voller Respekt und Ehrfurcht, wie nur eine andere Frau es sagen konnte. Voller Verständnis, voller *Wissen*. Wissen darüber, was es hieß, eine Frau zu sein.

Stanley suchte nach den passenden Worten. Schließlich sagte er einfach das, was er fühlte. Es waren Worte, an die er glaubte und die von Herzen kamen.

„Für mich bist du schon eine Frau."

Sie neigte den Kopf und sah ihn an, ließ seine Worte in sich eindringen, bis sie in ihrem Herzen angelangt waren. „Bin ich das?"

Stanley zog sie in die Arme. „Ganz und gar. Wenn ich nicht schwul wäre, hättest du jetzt ein großes Problem."

Sie kicherte. „Ohh, das hört sich aber gut an."

„Und weißt du was?", fragte Stanley.

„Nein. Was?"

„Eines Tages bekommst du deinen eigenen Handwerker."

Und jetzt stahl sich doch wieder eine Träne in ihre Wimpern.

Stanley schaute sie wie verzaubert an und wartete darauf, dass sie fiel.

SPÄTER KAM Sylvia mit ihm in den Wäscheraum und half ihm, die getrocknete Wäsche aus der Maschine zu nehmen und zu falten. „Puhh", meinte sie, als er dagegen Einspruch erheben wollte, dass sie seine Wäsche faltete.

„Nur eine Schwuchtel spricht von Wäsche, Stanley. Oder eine Frau."

„Aha", bemerkte er. „Ein kleiner, aber feiner Unterschied."

„Ohne Scheiß", sagte Sylvia und sie mussten beide lachen.

Sylvia drehte sich zu ihm um und legte ihm eine kalte Hand auf den Arm. „Hast du schon gehört, was Roger gemacht hat?"

Stanley überlegte. „Wasser in Wein verwandelt? Die hungernden Massen mit einer Packung Fischstäbchen und eine Diät-Cola gespeist? Übers Meer nach Coronado Island gewandelt? Was?"

„Er hat Charlie seinen alten Job wiederbeschafft."

„Nein."

„Doch! Er ist zu Charlies Vorgesetztem bei UPS gegangen und hat dem Mann die ganze Geschichte erzählt. Er hat seine Krankenhausuniform angehabt und ausgesehen, als hätte er einen medizinischen Auftrag. Hat ihm erzählt, dass Charlie für einige Tage vergessen hat, seine Medikamente zu nehmen und dass er nur deshalb gestohlen hätte. Und dann hat er noch etwas übertrieben und gelogen und nicht ausgeschlossen, dass UPS gerichtliche Konsequenzen von Seiten des staatlichen Behindertenbeauftragten und der ACLU befürchten müsste, wenn Charlie deswegen gekündigt würde. Danach hat der Mann Charlie seinen Job zurückgegeben, nur sein Gehalt ist jetzt etwas niedriger. Natürlich fährt er keine Pakete mehr aus, sondern arbeitet im Lager. Roger meinte, es könnte gut sein, dass Charlies Vorgesetzter ihn versehentlich für einen Arzt hielt, aber das sei nicht Rogers Absicht gewesen und dafür könne er nichts."

„Das möchte ich wetten", meinte Stanley.

Sylvia grinste. „Ja."

Stanley dachte darüber nach und stöhnte leise. „Dir ist doch auch klar, dass es in einem Lager noch viel *mehr* zu stehlen gibt als in einem Lieferwagen. Mein Gott, jetzt laufen die Paketsendungen der ganzen *Welt* durch seine klebrigen Finger! Der UPS-Typ hat einen an der Nuss."

„Könntest du bitte aufhören, über Nüsse zu reden?"

„Nein. Ihr könnt ja auch nicht aufhören, über Roger Jane zu reden. Warum eigentlich?"

Sylvia drückte ihm einen Süßen aufs Kinn. „Weil er ein wunderbarer Mensch ist?"

„Wenn du meinst."

„Hör auf zu grummeln, Stanley Sternbaum. Und bring mich nach Hause. Ich habe plötzlich das unwiderstehliche Bedürfnis, Plätzchen zu backen."

„Es ist über fünfunddreißig Grad heiß. Im Schatten."

„Und in meiner Küche vermutlich über vierzig Grad. Na und?"

Stanley fiel dazu nichts mehr ein. Außerdem erinnerte er sich noch gut daran, wie köstlich Sylvias Plätzchen schmeckten.

„Bekomme ich auch was ab?", fragte er.

Als ihre Augenbrauen überrascht in die Höhe schossen, spezifizierte er seine Frage sicherheitshalber. „*Plätzchen*. Bekomme ich auch von deinen Plätzchen ab?"

Sylvia wischte sich mit dem Handrücken theatralisch den Schweiß von der Stirn und schnickte ihn auf den Boden. „Oh, Gott sei Dank. Ich dachte schon ... Ach, vergiss es. Und um deine Frage zu beantworten, Stanley: Ja, du bekommst auch von den Plätzchen ab. Vielleicht bekommst du sie sogar alle. Schließlich backe ich sie nur für dich."

„Wirklich? Warum?"

„Weil ich dich mag und du mich wieder aufgemuntert hast und sich bei dir immer alles rosig anhört, selbst wenn du Scheiß erzählst."

Stanley kniff die Augen zusammen. „Weißt du was? Wenn du hoffentlich bald eine richtige Frau wirst, solltest du an deinem Wortschatz arbeiten. Er bedarf dringend der Anpassung."

„Sei nicht so prüde, Sternbaum."

Sie scherzte natürlich. Selbst Stanley war das nicht entgangen. Aber trotzdem – er fragte sich, ob er vielleicht tatsächlich prüde sein könnte.

Sylvia erkannte die Unsicherheit in seinem Gesicht und drückte ihm noch einen schwesterlichen Kuss auf die Wange. Dann ließ sie das letzte Paar saubere Socken in seinen Wäschekorb fallen.

„Du wirst eines Tages auch deinen Handwerker finden, Stanley."

Stanley wurde rot. „Glaubst du wirklich?"

Sylvia strahlte ihn geheimnisvoll an. „Ich weiß es aus allererster Hand."

6

STANLEY KÄMPFTE sich mit zwei vollen Einkaufstüten in der Hand, einem mit fünfzig Pfund Büchern gefüllten Rucksack auf dem Rücken und einer Wassermelone unterm Arm die Treppe hoch. Er bedauerte mittlerweile, auf dem Rückweg von der Uni noch einkaufen gegangen zu sein. Und vor allem bedauerte er, diese gottverdammte Wassermelone gekauft zu haben. Was hatte er sich dabei nur gedacht?

Seine Knie zitterten, sein Rücken tat höllisch weh und der Schweiß lief ihm in die Augen und brannte wie Säure, als er im fünften Stock ankam und eine nur allzu bekannte Stimme hörte. Sie kam aus einer der Türen und verbreitete sich im Treppenhaus wie Sumpfgas im Moor. Und genauso willkommen war sie ihm auch.

Die Stimme gehörte seiner Mutter. Und – Schrecken über Schrecken – sie lachte. Stanley konnte sich nicht erinnern, wann er sie das letzte Mal lachen gehört hatte, aber er tippte auf die Feier zu seinem vierten Geburtstag, als Jimmy Rawlings auf einem Stück Kuchen ausrutschte und auf dem Hintern die Treppe hinabschlitterte. Seine Mutter lachte nicht oft, aber *wenn* sie lachte, dann war es meistens auf Kosten anderer.

Seine beiden Haarwirbel wackelten wie kleine Antennen und richteten sich nach dem Geräusch aus. Es kam aus der Wohnung hinter der letzten Tür. 5D. Ramons Wohnung. Jedenfalls war er sich einigermaßen sicher, dass es Ramons Wohnung war. Er hatte den Kerl noch nicht kennengelernt.

Aber darum ging es jetzt nicht. Die Frage war doch: Was wollte seine Mutter in Ramons Wohnung? Und warum lachte sie? Hatte sich Ramon versehentlich mit der Brotmaschine einen Finger abgeschnitten?

Da er mit zwei Einkaufstüten, einem Rucksack und der verdammten Wassermelone beladen war, verzichtete er auf die üblichen Höflichkeitsgesten und klopfte mit dem Fuß an die Tür. Hart.

Ramon antwortete nach dem zweiten Tritt. Er riss die Tür auf und grinste über beide Ohren.

Stanley konnte seine Mutter im Hintergrund immer noch kichern hören.

Ramon war ein niedlicher kleiner Mexikaner mit braunen Augen und süßen Grübchen in den Wangen. Er trug einen schwarzen Kittel, in dem er aussah wie ein Apotheker im Gothic Look. In der einen Hand hielt er einen Kamm und eine Schere, in der anderen eine Flasche Scotch. Seine Haare waren grellpink gefärbt. Wenn man davon absah, dass er stockbesoffen war, sah er aus wie ein typischer Frisörlehrling, der nicht merkte, dass er sich übernommen hatte.

„Oh!", rief Ramon strahlend, als er Stanley erkannte. „Jetzt ist die ganze Familie hier versammelt!" Mit der Hand, in der er die Flasche mit dem Scotch hielt, stieß er Stanley vor die Brust und sagte: „Nimm doch noch kurz Platz. Du bist als nächster dran."

Dann wirbelte er auf dem Absatz herum wie eine Primaballerina, versprühte dabei mindestens eine halbe Flasche Scotch im Zimmer, und rannte eilig zurück in die Küche. Dort kündigte er seinen neuen Gast an. „Es ist die Frucht deiner Lenden, meine Liebe. Gekommen, um seine Wirbel zähmen zu lassen."

„Nein, das bin ich nicht!", brüllte Stanley.

Er streckte vorsichtig den Kopf in Ramons Küche und sah dort seine Mutter am Tisch sitzen. Vor ihr stand ein Glas Scotch. Na ja, ein Glas war es nicht gerade. Eher ein Einmachglas. Um ihre Schultern hing einer dieser Umhänge, wie Friseure sie benutzen. Und das Ding war so lang, dass es sie bis zu den Zehenspitzen bedeckte.

Ramon sah aus, als wäre er mächtig stolz auf sich. „Ich habe deine Mutter zufällig im Treppenhaus getroffen. Sie hat gejapst wie ein Goldfisch, der aus seinem Glas gesprungen ist. Wir sind ins Gespräch gekommen und das eine führte zum anderen … Wir wollen sie komplett neu stylen. Ich habe das noch nie gemacht!"

Was du nicht sagst, dachte Stanley.

Der kleine Kopf seiner Mutter ragte aus dem Umhang heraus wie ein Pilz. Er wirkte noch kleiner als sonst und Stanley erkannte sofort, woran es lag. Ihre kastanienbraunen Locken, die ihr normalerweise bis auf die Schultern reichten und eigentlich recht hübsch waren, lagen in dicken Büscheln auf dem Boden. Ramon hatte sie geschoren, als wäre sie ein Schaf.

Die Küche war total verraucht. Man kam sich vor wie an einer nebligen Straßenecke in London. Stanley hätte sich nicht gewundert, wenn – mit Zylinder und Cape – Jack the Ripper aus dem Nebel aufgetaucht wäre.

„Verdammte Scheiße", schoss es ihm durch den Kopf, während er auf das klitzekleine Köpfchen seiner Mutter starrte.

Ihre Augenlider hingen auf Halbmast und sie grinste ihn an. „Mein kleines Baby!", sprudelte es aus ihr hervor, als sie ihn sah.

Stanley zuckte zusammen. Seine Mutter ‚sprudelte' nicht. Sie grinste auch nicht. Und sie nannte ihn schon gar nicht ihr ‚kleines Baby'.

Stanley drehte sich auf dem Absatz um. „Was hast du mit meiner Mutter gemacht?", schrie er Ramon an. „Du hast sie *ruiniert!*"

Mrs. Sternbaum nippte an ihrem Whiskyfass. Dabei streckte sie zierlich den kleinen Finger aus wie ein tuntiger Hillbilly mit einer Flasche Schwarzgebranntem. Stanley betete zu Gott, dass sie nicht mit einem vollen Fass begonnen hatte, weil es jetzt so gut wie leer war.

Seine Mutter stellte das Einmachglas übertrieben vorsichtig auf den Tisch zurück und tätschelte sich an der Schläfe, als wäre sie Mae West höchstpersönlich.

„Wieso?", fragte sie. „Gefällt es dir nicht? Ramon meint, ich sollte es mit pink versuchen."

„Punk", korrigierte Ramon.

„Oh ja. Punk." Sie bemerkte die Melone unter Stanleys Arm. „Eine hübsche Wassermelone hast du da."

Sie zog einen Handspiegel mit den Ausmaßen einer Wagentür unter dem Umhang hervor, der sie gefangen hielt. Dann studierte sie ihr Spiegelbild. Sie drehte den Kopf nach rechts und nach links, um ihren neuen Stil zu begutachten. Stanley konnte es kaum glauben, aber sie schien mit dem Ergebnis von Ramons Styling tatsächlich zufrieden zu sein.

Der Scotch muss sehr hochprozentig sein, dachte er.

Ramon hatte sich zwischenzeitlich wieder an die Arbeit gemacht. Er stand hinter Stanleys Mutter, betrachtete sie von allen Seiten und überlegte, was er als nächstes anrichten sollte. Schließlich zog er – wie ein Zauberer ein Kaninchen aus dem Hut – eine Dose aus der Tasche seines Kittels. Er schraubte sie auf und tauchte die Finger in eine Art Gel oder Schmiere, das er sorgfältig in die verbliebenen Haare von Stanleys Mutter rieb. Dann formte er aus ihren Haaren kleine, abstehende Spitzen, jede einzelne ein Kunstwerk für sich.

„Ungewöhnlich." Mehr fiel Stanley dazu nicht ein.

„Oh danke!", quiekte seine Mutter.

Stanleys neues Bild seiner Mutter wurde um eine weitere Facette ergänzt. Er hatte sie noch nie quieken gehört.

„Ist das nicht lustig?", sagte Ramon, der immer noch Spitzen produzierte. Sie ähnelte mehr und mehr einem Igel. Ramon tränten die Augen, weil der Qualm der Zigarette, die in ihrem Mundwinkel hing, direkt nach oben stieg und ihn einhüllte. Stanley fing wieder zu beten an. Dieses Mal betete er darum, dass die Zigarette nicht aus dem Mund seiner Mutter in das Einmachglas fiel und ein flammendes Inferno auslöste, das sie alle vernichtete.

Sie hielt ihren Handspiegel vors Gesicht, um Ramon bei seiner Arbeit zuzusehen. Als Ramon fertig war, schnipste er grazil mit den Fingern. Stanleys Mutter quiekte wieder.

„Ich liebe es! Oh Ramon, du wirst der beste Frisör aller Zeiten werden! Du hast aus mir eine neue Frau gemacht!"

„Du bist keine Frau", grummelte Stanley. „Du bist ein Sputnik."

„Schhh, Stanley." Sie hob das Einmachglas und kippte sich einen gesunden Schluck Scotch hinter die Binde. „Wenn dir nichts Netteres einfällt, solltest du wenigstens den Mund halten."

Jetzt war Ramon mit dem Quieken an der Reihe. Er sprang auf und ab wie ein Cheerleader. „Oh, oh, oh! Das hat Klopfer zu Bambi auch gesagt! Ich *liebe* diesen Film! Natürlich bis auf die Stelle, als Bambis Mutter erschossen wird. Die Arme. Es war so traurig."

„Traurig." Mrs. Sternbaum kicherte. *Komisch*, dachte Stanley. *Sie sieht alles andere als traurig aus. Mehr wie ein Kräutertopf fürs Küchenfenster.*

Während ihr Mund noch lächelte, funkelte sie ihn mit den Augen wütend an. Es wirkte etwas schizophren – als hätte man zwei verschiedene Fotos desselben Gesichts zusammenmontiert, das einmal freundlich und einmal zornig in die Kamera blickte. „Stanley, wenn dir meine Frisur nicht gefällt, kannst du jederzeit deine Wassermelone nehmen und wieder gehen. Ramon und ich haben sehr viel Spaß. Du bist immer ein solcher Spaßverderber."

Stanley blinzelte. „Bin ich das?"

Aber seine Mutter war schon wieder damit beschäftigt, sich in ihrem Handspiegel zu bewundern.

Stanley klemmte sich seine Wassermelone etwas bequemer unter den Arm und ging zur Tür. *Bin ich wirklich ein Spaßverderber?*, fragte er sich.

Bevor ihm eine Antwort auf seine selbstgestellte Frage einfiel, hörte er hinter sich wieder die Stimme seiner Mutter: „Ich hätte gerne dieselbe Haarfarbe wie du, Ramon. Knallpink. Und schenke mit noch etwas von dem Scotch ein, mein süßes Häschen."

Ramon überschlug sich fast vor Begeisterung. „Oh, prima! Ich habe noch nie Haare gefärbt! Hier ist die Flasche! Lass mich nachsehen … oh! Ich habe noch grüne Farbe! Willst du nicht lieber grün? Oder Streifen! Wir könnten sie streifig färben!"

Stanley spürte die drohende Katastrophe bis in die Knochen. Er betete zu Gott, dass er weit, weit weg sein möge, wenn seine Mutter wieder nüchtern wurde und sah, dass sie in einen stacheligen, grünen Igel mit einem rosa Streifen auf dem Kopf verwandelt worden war.

Er schloss hinter sich die Tür und ging zur Treppe.

Er ahnte noch nicht, dass seinem Leben eine dramatische Wende bevorstand.

DIE WENDE in Stanleys Leben kam in Gestalt einer Tüte Brownies, die an seinem Türgriff hing. Offensichtlich wollte Sylvia Abwechslung in ihr Angebot bringen und hatte sich deshalb mit einem neuen Rezept versucht. Wow! War das nicht toll? Stanley vergaß jeden Gedanken an seine Mutter und freute sich darüber, dass er sich kein Abendessen kochen musste.

Während er die Wassermelone auf den Esstisch legte und sich aus seinem Rucksack schlängelte, schob er sich den ersten Brownie in den Mund. Den zweiten aß er, während er die Tüten mit seinen Einkäufen auspackte. Und da es schon dunkel wurde, schaltete er sämtliche Lichter in seiner Wohnung an, während er den dritten Brownie aß.

Die Brownies schmeckten köstlich. Es war schon komisch, aber je mehr er davon aß, umso hungriger wurde er.

Er nahm sich noch einen Brownie aus der Tüte und ließ ihn sich auf der Zunge zergehen, während er sich auszog und unter die Dusche ging, um sich den Schmutz und die Mühsal des Tages abzuwaschen. Wie er da so unter dem Wasserstrahl stand musste er an Roger Jane denken. Und es waren keine *alltäglichen* Gedanken. Nein, es waren *romantische* Gedanken. Man könnte sogar sagen, es waren *amouröse* Gedanken.

Sie waren so amourös, dass er seinem Ständer ins Auge blickte, als er an sich herabsah. Es war zwar nur sein eigener, aber trotzdem … da war er! Und es war ein sehr beachtlicher Ständer. Stanley war versucht, sein Baby einzuschäumen und mit ihm auf eine kleine Reise zu gehen, widerstand aber der Versuchung. Ihm wäre noch eine ganze Menge anderer Dinge eingefallen, die er liebend gerne mit seinem Ständer unternommen hätte. Leider wollte ihm niemand die Chance dazu geben. Aber wer sagte eigentlich, dass Stanley darauf warten musste, dass man ihm eine Chance gab? Er musste doch nur seine flatternden Nerven beruhigen und … plötzlich flatterten seine Nerven aus einem ganz anderen Grund.

Roger Jane war in diesem Moment direkt unter ihm, nur wenige Meter entfernt. Vielleicht stand der Mann sogar auch gerade unter der Dusche und betrachtete seinen Ständer, genauso wie Stanley. Und – Junge, Junge! – war das eine aufregende Vorstellung.

Guter Gott, dachte Stanley, erschrocken über sich selbst. *Sind das wirklich meine eigenen Gedanken? Was ist nur in mich gefahren?*

Und dann dachte er, dass er vielleicht noch einen Brownie essen sollte.

Also sprangen Stanley und sein Ständer aus der Dusche und gingen in die Küche. Tropfnass und steinhart standen sie dort am Tisch und aßen *zwei* Brownies. Und dann musste Stanley kichern. *Verdammt*, dachte er. *Diese Brownies sind richtige Glückskekse und Kichererbsen.* Und dann musste er noch mehr kichern.

Er schaute in die Tüte, um nachzusehen, wie viele Brownies noch übrig waren. Und fand einen kleinen Zettel.

Oh Gott, dachte er kichernd. *Ich hätte vielleicht früher nachsehen sollen.*

„Viel Spaß mit den Brownies", stand auf dem Zettel. „Ich habe eine Geheimzutat ausprobiert. Dein Nachbar."

War das nicht nett von ihr? Immer noch nackt und kauend stand Stanley da und faltete den Zettel zusammen – erst so und dann so. Er arbeitete sehr sorgfältig. Seine Zungenspitze lugte rosa zwischen den Lippen hervor, und als er endlich fertig war mit Falten und Auffalten und wieder Falten, hatte er ein perfektes kleines Papierflugzeug. Er ging zum Wohnzimmerfenster, immer noch zusammen mit seinem Ständer, der vor ihm auf und ab wippte, und warf das kleine Scheißerchen in den Himmel. Das Flugzeug, nicht den Ständer. Er sah ihm nach, wie es erst Höhe gewann, dann einen Bogen schlug und schließlich eine perfekte Drei-Punkt-Landung auf dem Bürgersteig hinlegte. Wow, war das cool!

Stanley war so aufgeregt über den Erfolg seines Prototyps, dass er noch einen Brownie aß. Er kicherte vor sich hin und gab seinem Ständer einige aufmunternde

Pumpbewegungen, um ihn noch stolzer aufragen zu lassen. Dann fiel sein Blick auf die Wassermelone.

Hmm.

Stanley drehte sich auf dem Absatz – also der Ferse, weil er immer noch nackt war – um und ging zurück ins Badezimmer. Dort trocknete er sich ab, putzte die Zähne und fuhr sich mit den Fingern durch die Haare, um nicht ganz so verrückt auszusehen, bevor er sich eine Shorts und ein T-Shirt überzog.

Barfuß und ein fröhliches Liedchen summend, die Wassermelone wieder fest unter den Arm geklemmt und den Ständer – Gott sei Dank – im Ruhezustand, verließ er seine Wohung. Er war so aufgeregt wie ein kleines Schulmädchen. Sorry. Wie ein Schul*junge*.

Es war ein merkwürdiges Gefühl so aufgeregt zu sein. Stanley war fast nie aufgeregt, jedenfalls nicht auf die positive Art. Vielleicht lag es an der vielen Schokolade, die er gegessen hatte. Oder seine jahrelange Ausbildung machte sich endlich bemerkbar und hatte ihn wirklich um den Verstand gebracht. Mann, würde sich seine Mutter ärgern. Es war, als hätte man in eine beschissene Fabrik investiert, die dann in die Luft flog, bevor sie die Produktion aufnehmen konnte.

Stanley war etwas überrascht über diesen Gedankengang, weil er normalerweise beim Denken nicht fluchte. Und beim Reden auch nicht.

Als er das dritte Mal an Roger Janes Tür trommelte, hatte er schon wieder vergessen, worüber er eben noch nachgedacht hatte. Kurz bevor sich die Tür öffnete, besaß er noch die Geistesgegenwart, sich mit einem Blick nach unten vom andauernden Ruhezustand seines Ständers zu überzeugen. Das war glücklicherweise der Fall. Und glücklicherweise war er immer noch nicht nervös geworden. Stanley, nicht der ruhende Ständer. Doch dann sah er plötzlich direkt vor sich die unglaublich grünen Augen von Roger Jane.

„Hi", sagte Stanley.

„Hi auch", erwiderte Roger und lächelte ihn fragend an. Dann bemerkte er die Wassermelone, die unter Stanleys Arm klemmte. „Sprießen sie schon wieder?"

„Hä?"

Roger klopfte auf die Melone. „Deine Wassermelone. Was willst du mit der?"

Stanley geriet etwas aus dem Tritt. Er wurde rot. „Es war ein Spontankauf."

„Und jetzt führst du sie aus? Ist sie dein neues Haustier?"

„Du redest Unsinn", sagte Stanley. „Lass mich rein."

Roger trat einen Schritt zurück. Er verbeugte sich langsam und präzise und winkte Stanley zu, doch einzutreten.

Sobald Stanley die Schwelle überschritten hatte, präsentierte er Roger die Wassermelone, wie eine Hebamme das neugeborene Baby seiner stolzen Mutter präsentierte. „Die ist für dich. Ein Willkommensgeschenk zum Einzug."

„Ich bin doch gar nicht eingezogen. Das warst du."

„Ja. Stimmt."

„Aha. Nun … Danke, Stanley." Roger nahm die freundliche Gabe an und grunzte. „Wow. Das Ding ist echt schwer. Ich liebe Wassermelonen. Woher wusstest du das?"

Stanley zuckte mit den Schultern und schaute sich in der Wohnung um. Er fragte sich, warum Rogers Möbel so viel schöner waren als seine. Dann sah er wieder Roger an und fragte sich, wie der Mann in seiner ausgeleierten Jogginghose, die schon bessere Tage gesehen hatte, und dem verwaschenen Unterhemd, in dem die prächtigsten Schultern aller Zeiten steckten, immer noch so verdammt gut aussehen konnte. Der himmlische Bizeps trat auch schon wieder so verführerisch hervor, weil Roger die zwei Tonnen Wassermelone in den Armen hielt. Und aus dem Hemd oben lugten dunkle Brusthaare! Es war wirklich ein reizender Anblick, oh ja.

Um sich abzulenken, sagte Stanley: „Ich esse auch gern Wassermelonen. Was hältst du davon, wenn wir sie uns teilen?"

Roger beugte sich vor, bis sich ihre Nasen beinahe berührten. Stanleys Herz legte einen kleinen Stepptanz hin, weil er mit einem Kuss rechnete. Unglücklicherweise täuschte er sich.

„Deine Pupillen sind geweitet", sagte Roger. „Du hast ein absolut dämliches Grinsen im Gesicht und das Hemd falschrum angezogen. Falschrum *und* linksrum, um genau zu sein." Er zog an dem Etikett unter Stanleys Kinn. „Siehst du?"

Stanley kicherte.

„Und du kicherst", sagte Roger grinsend.

„Und was willst du mir damit sagen?" Stanley stemmte die Hand in die Hüfte und schaute nach unten. Dann tastete er mit der anderen Hand unterm Arm nach der Wassermelone, bis ihm auffiel, dass Roger das verdammte Ding jetzt hatte. „Oh. *Da* ist sie also!"

Roger lachte. „Guter Gott, mein Sohn! Du bist ja so was von stoned!"

Die Bemerkung verletzte Stanley zutiefst. „Nein, das bin ich nicht. Ich habe nur zu viel Schokolade gegessen."

„Ich verstehe. Und was genau hast du gegessen? Waren es vielleicht Brownies mit Marihuana?"

Stanley blinzelte. Und blinzelte wieder. Und wieder. *Mein Gott, habe ich …?*

Roger brachte den Gedanken für ihn zu Ende. „Mein Gott, das hast du."

Stanley starrte ihn mit großen Augen an. „Mein Gott, das habe ich."

„Wo hast du sie denn her?"

„Ich habe sie an meinem Türgriff gefunden."

„*Und du hast sie gegessen?*"

„Na ja, sie waren von Sylvia."

Jetzt war es Roger, der die Hand in die Hüfte stemmte. „Sylvia würde niemals Brownies mit Marihuana an deine Tür hängen. Außerdem kann sie nur Tollhouse Cookie backen, aber keine Brownies."

„Woher sind dann …"

„Sie müssen von ChiChi sein. Er versucht in deine Hose zu kommen."

„Auch gut. Dann versucht es wenigstens *einer*." Und nach kurzer Pause: „Das hätte ich jetzt vielleicht nicht sagen sollen."

Roger fuhr ihm schmunzelnd durch die Haare. Er hätte Stanley am liebsten umarmt und an sich gezogen, aber er unterdrückte diesen Impuls. Stattdessen fasste er Stanley an der Hand und zog ihn hinter sich her in die Küche. Dort zeigte er auf einen Stuhl. „Setz dich."

Roger hatte einen schönen Esstisch aus Eichenholz mit passenden Stühlen dazu. Stanleys Tisch war ein rostiges Chromgestell mit Resopalplatte und stammte wahrscheinlich noch aus den Fünfzigerjahren. Und die Stühle passten auch nicht dazu.

„Hübscher Tisch."

„Danke. Ich habe ihn von meinem ersten Gehalt gekauft."

„Oh."

Roger legte die Wassermelone auf eine Zeitung in der Mitte des Tisches. Dann holte er ein großes Brotmesser und wollte sie gerade aufschneiden, als Stanley sich laut räusperte.

Roger, das Messer vor sich in die Luft haltend, sah Stanley überrascht an. Eine einsame Träne lief langsam über Stanleys Wange nach unten.

„Was ist denn los mit dir?", fragte Roger.

„Du willst sie umbringen", sagte Stanley unglücklich.

Roger schaute erst Stanley an, der so süß aussah mit seinem bebenden Kinn. Und so stoned. Guter Gott, der arme Kerl war vollkommen hinüber. Dann schaute er nachdenklich auf die Wassermelone.

„Soll ich ihr ein Schälchen mit Wasser füllen, sie Frankie nennen und die Adoption beantragen?"

„Das würdest du tun?"

Das war's. Roger konnte sich keine Sekunde mehr zurückhalten. Er legte das Brotmesser auf den Tisch, packte Stanley an seinem falschrum-linksrum T-Shirt, zog ihn hoch und über den Tisch. Ganz langsam und zärtlich und mit offenen Augen drückte er seine Lippen auf Stanleys Mund. Es war faszinierend zu sehen, wie Stanley die Augen schloss, den Kuss akzeptierte und genoss wie ein Mann, der das erste Gummibärchen seines Lebens naschte.

Roger beendete den Kuss und überlegte, was jetzt passieren würde. Es wusste es nicht. Er wusste nur, dass Stanley unter diesen Shorts sexy Beine hatte, braun gebrannt und mit goldenen Haaren bedeckt. Roger konnte den Blick kaum abwenden.

Stanley leckte sich den Rest von Rogers Kuss von den Lippen. Die beiden ließen sich wieder auf ihre Stühle fallen. Als Stanley dann die Augen öffnete, sahen sie sich über den Tisch hinweg an.

„Oh Mann", sagte Stanley. „Du schmeckst noch viel besser, als ich mir vorgestellt habe."

Roger streichelte die Wassermelone, als wäre sie ein kleines Hündchen. Seine Augen waren immer noch auf Stanley gerichtet, seine Knie zitterten und er war ziemlich erregt. Er fragte sich, ob es Stanley wohl auch so ging. „Du hast dir vorgestellt, wie ich schmecke?"

Stanleys Herz dotzte durch seinen Brustkasten wie ein Basketball. Aber es hatte keine Angst, es war nur aufgeregt. Und Stanleys Ständer war auch wieder aufgewacht. Der Kleine war so aufgeregt. Gott sei Dank versteckte er sich unter dem Tisch.

„Vielleicht", sagte er und fuhr sich wieder mit der Zunge über die Lippen, weil er hoffte, noch Reste von Rogers Kuss zu finden. „Bin ich deswegen seltsam?"

„Nein, Stanley, das bist du nicht. Jedenfalls hoffe ich das. Weil ich mir nämlich dasselbe vorgestellt habe."

„Du hast dir vorgestellt, wie du schmeckst?"

Roger lachte. „Nein, du Spinner. Ich habe mir vorgestellt, wie *du* schmeckst."

Stanley riss die Augen auf. Seine Pupillen waren so geweitet, dass sie Roger wie zwei große, schwarze Billardkugeln vorkamen.

„Wirklich?", fragte Stanley ungläubig. „*Das* hast du dir vorgestellt?"

„Wirklich."

„Aber warum solltest du an mich denken? Du bist so wunderschön. Ich bin nur … ich."

Roger griff nach Stanleys Hand und zog sie über den Tisch. Dann nahm er sie fest zwischen beide Hände, als hätte er Angst, sie wollte ihm entkommen. „Sag nicht, dass ich wunderschön wäre, Stanley."

„Aber warum nicht?"

Jetzt war es Roger, der Stanleys Blick auswich. Er schaute auf Stanleys Hand und streichelte sie mit seinem Daumen. Er spürte Stanleys Finger an seiner Hand, so warm und weich und nachgiebig. „Weil es dir morgen peinlich sein wird, wenn du dich daran erinnerst. Dann schleichst du wieder durchs Treppenhaus, damit ich dich nicht hören kann. Und das hat mir gar nicht gefallen."

„Wirklich nicht?"

„Nein."

„Warum nicht?"

„Weil ich dich mag."

„Wirklich?"

„Ja. Gott, Stanley, du bist wirklich ein Nimrod."

„Danke."

„Das war nicht als Kompliment gemeint."

„Oh."

Roger hob Stanleys Hand an die Lippen und sah ihm in die Augen. „Ich hole dir jetzt ein großes Glas Milch, damit du die Brownies runterspülen kannst. Dann setzen wir uns aufs Sofa und unterhalten uns etwas. Ist dir das recht, Stanley?"

Stanley dachte über die Frage nach. „Es ist doch fettarme Milch, oder?"

Rogers Mundwinkel zuckten. Stanley konnte es fühlen, weil sie immer noch an seine Hand gedrückt waren. Es war das erste Mal, dass er ein Lächeln *fühlen* konnte, wenn man von seinem eigenen absah.

„Nein Stanley. Sie ist nicht fettarm."

Stanley brauchte eine Minute, um diese Information zu verarbeiten. Irgendwo in seinem Kopf musste ein Kurzschluss passiert sein. Vermutlich, weil sich das ganze Blut auf den Weg nach unten begeben hatte, wo es seinen Schwanz füllte. „Gut", sagte er schließlich, und dann: „Ich kann mich nicht erinnern, worüber wir gesprochen haben."

Roger warf lachend den Kopf in den Nacken. „Oh Gott!"

„Wo?", fragte Stanley und sah zum Fenster. Roger stand kopfschüttelnd auf und zog Stanley aus seinem Stuhl hoch. Dann legte er seine starken, muskulösen Arme um Stanley, zog ihn an sich und führte ihn ins Wohnzimmer. Stanleys Wange presste sich an Rogers warmes Hemd und die harte Brust darunter. Jetzt war er es, der lächeln musste.

„Du riechst so gut", sagte Stanley.

„Du aber auch", erwiderte Roger. Seine Lippen waren jetzt in Stanleys Haaren. Er war froh, dass sie heute ausnahmsweise ganz weich waren und Stanley sie nicht mit dem unvermeidlichen Gel eingerieben hatte. „Ich mag deine Haare, wenn sie natürlich sind, Stanley. Du bist so sexy. Hör auf damit, sie immer mit dem Zeug einzureiben, damit sie abstehen." Dann fiel Roger sein Befehlston auf und fügte schnell noch hinzu: „Natürlich nur, wenn du es auch willst."

Da Roger einen halben Kopf größer war als er musste Stanley zu ihm aufschauen. „Du findest mich sexy?"

Rogers Atem roch so süß. Stanley hätte den ganzen Tag hier stehenbleiben und ihn riechen können. „Ja, ich finde dich sexy. Ich mag nette, süße Menschen. Und so bist du, von oben bis unten. Nett und süß. Und sogar deine Schüchternheit ist sexy, auch wenn du darüber vermutlich nicht allzu glücklich bist."

„Du hältst mich für schüchtern?"

Roger lachte. „Deshalb nenne ich dich kleine Maus. Immer huschst du auf Zehenspitzen die Treppe rauf und runter, damit ich dich nicht höre. Jedenfalls nehme ich an, dass du es meinetwegen tust. Habe ich recht?"

„Ja. Aber ich werde damit aufhören."

„Versprochen?"

Und jetzt endlich raffte Stanley all seinen Mut zusammen und legte die Arme um Rogers breiten, starken Rücken und erwiderte Rogers Umarmung. Er legte den Kopf an Rogers Brust und schloss die Augen. Stanley genoss die Nähe. Er genoss es, den Mann in den Armen zu halten und von ihm gehalten zu werden.

„Ja", sagte er. „Ich verspreche es. Kein Huschen mehr. Keine Zehenspitzen mehr."

„Du bist erregt. Ich kann es fühlen", sagte Roger leise und Stanley konnte seinen warmen Atem in den Haaren spüren.

Er musste einige Male schlucken, bevor er ein Wort über die Lippen brachte. „Ich weiß. Du aber auch", sagte er dann.

Roger legte – oh, so zärtlich – einen Finger unter Stanleys Kinn, hob seinen Kopf und küsste ihn. Es war das zweite Mal in ihrem Leben, und dieses Mal war Stanley darauf vorbereitet. Er war darauf vorbereitet und mit Leib und Seele dabei.

So standen sie in der Küche, eng umschlungen, und küssten sich. Und küssten sich und küssten sich. Zehn Sekunden ... zwanzig ... dreißig ...

Als Stanley endlich den Kopf zurückzog, wollte Roger ihn nicht gehenlassen. Es war so schön, diesen verrückten kleinen Kerl endlich in den Armen zu halten. Wirklich, das war es. Roger konnte sich nicht erinnern, wann er das letzte Mal so erregt gewesen war. Er dachte gerade über die moralischen Implikationen nach, einen Mann zu verführen, der total stoned und für seine Handlungen nicht verantwortlich war, als Stanley ihn fragte: „Wo bleibt meine Milch? Du hast mir Milch versprochen."

Roger lachte und schenkte ihm einen resignierten Blick. Aber selbst Stanley konnte erkennen, dass es nur gespielt war. Er wusste es, weil sie sich immer noch umarmten – der eine mit Unschuldsmiene, der andere mit Leidensmiene – und ihre steifen Schwänze sich irgendwo weiter unten High-Fives gaben.

Roger nahm Stanleys Kopf zwischen die Hände und schaute ihm tief in die Augen. Jawoll. Immer noch stoned. Er nahm Stanley an der Hand, führte ihn ins Wohnzimmer und zeigte auf die Couch.

„Setz dich da hin", sagte er. „Ich hole deine Milch. Und komm gar nicht erst auf den Gedanken, dich wieder aus dem Staub zu machen. Es wird Zeit, dass wir uns endlich besser kennenlernen."

Stanley fragte sich, ob Roger das wohl so meinte, wie er selbst dachte, dass Roger es meinen müsste. Gott, er hoffte es wirklich sehr.

Oder etwa nicht?

ROGER REICHTE Stanley einen großen Becher Milch und setzte sich zu ihm auf die Couch. *Sehr* nahe zu ihm. So nahe, dass sich ihre Beine berührten und Roger den Arm beiläufig, aber nicht *allzu* beiläufig, über Stanleys Schultern legen konnte. Und wieder fiel es Roger schwer, ihm nicht mit der Hand – ganz und gar nicht beiläufig – übers behaarte Bein zu streicheln.

Er beobachtete fasziniert, wie Stanley innerhalb von fünf Sekunden den Becher mit einem viertel Liter Milch austrank. Stanley musste sehr durstig gewesen sein. Als er rülpste, hätte Roger beinahe gelacht. Höflich nahm er Stanley den leeren Becher aus der Hand und stellte ihn auf den Tisch, bevor Stanley ihn fallenlassen konnte. Der Mann hatte definitiv Koordinationsprobleme. Roger fragte sich, wie lange es wohl dauern würde, bis Stanley wieder nüchtern wurde. Und wie er selbst, wenn es soweit war, reagieren würde. Roger hoffte sehr, dass Stanley nicht sofort die Flucht ergriff, sobald sein Kopf wieder halbwegs klar war. Es war schon Monate her, seit Roger sich so köstlich amüsiert hatte.

Und er mochte Stanley sehr. Wirklich sehr.

Er hatte es aber ernst gemeint, als er Stanley sagte, sie müssten sich unterhalten.

Roger drehte sich zu Stanley um und fasste ihn an der Hand. Er hielt sie in seiner und schaffte es, dabei unverfänglich den Unterarm auf Stanleys Bein abzustützen. Ihm wurde ganz schwindelig, als er mit dem Arm über Stanleys warme Haut und die stacheligen Haare fuhr. Es fiel ihm schwer, sich noch an die Worte zu erinnern, die er Stanley sagen wollte. Nach einigen Sekunden war es dann soweit.

„Du hast dich vorhin selbst sehr niedergemacht, Stanley. Nachdem du mir gesagt hast, wie wunderschön ich wäre, hast du über dich selbst gesagt, du wärst nur du. Es wäre mir lieb, du würdest nicht mehr so über dich reden. Um ehrlich zu sein, wäre es mir sogar lieb, du würdest nicht mehr so über *mich* reden. Ich möchte nicht nur danach beurteilt werden, wie ich aussehe. Ich will, dass du mich siehst für das, was ich bin. Dass du mich magst für das, was ich bin. Und ich will nicht hören, wie du dich selbst schlechtmachst, weil du denkst, du wärst keine Konkurrenz in irgendeinem eingebildeten, intergalaktischen Schönheitswettbewerb. Du bist sexy. Du weißt gar nicht, *wie* sexy du bist. Ich weiß, dass du mir das nicht glauben willst, aber es ist die Wahrheit."

Roger wartete gespannt ab, was Stanley darauf erwidern würde. Und wie immer schaffte Stanley es, ihn total zu überraschen.

„Du redest zu viel. Hat dir das schon einmal jemand gesagt?"

„Ja", sagte Roger lächelnd. „Das höre ich ständig."

„Und hast du wirklich Charlie seinen alten Job wiederbeschafft?"

Das kam jetzt komplett unerwartet. „Wer hat dir denn das erzählt?"

„Sylvia."

„Oh. Na ja, wenn du es schon unbedingt wissen musst … Ja, das habe ich. Charlie ist ein guter Kerl. Er darf nur nicht vergessen, seine Medikamente zu nehmen. Kleptomanie ist eine Krankheit. So ähnlich wie deine Schüchternheit. Nur, dass Charlie nicht die Treppe rauf und runter schleicht, um mir aus dem Weg zu gehen. Er tut es, weil er gerade wieder was geklaut hat und nicht erwischt werden will."

„Wer sagt denn, dass ich schüchtern bin?", wollte Stanley wissen.

Roger war baff. „Du musst doch wissen, dass du schüchtern bist. Oder etwa nicht?"

„Und du musst doch wissen, dass du wunderschön bist. Oder etwa nicht?"

Sie mussten beide lachen.

„Wie viele von den Brownies hast du eigentlich gegessen, Stanley? Ich frage aus rein medizinischen Gründen. Ich wüsste nämlich gerne, ob ich Grund habe, die Ambulanz zu verständigen und dir den Magen auspumpen zu lassen."

„Neun. Glaube ich jedenfalls. Ich war noch nie stoned. Aber es gefällt mir irgendwie. Sonst wäre ich schließlich nie zu dir gekommen."

„Das stimmt. Gott segne ChiChi."

„Und seine Geheimzutat", fügte Stanley hinzu.

Ohne jede Vorwarnung hob er die Hand und legte sie auf Rogers Kopf. Er fuhr ihm durch die Haare, erst von Ohr zu Ohr, dann von der Stirn in den Nacken.

„Das wollte ich schon tun, als ich dich das erste Mal gesehen habe."

„Wolltest du?", fragte Roger. „Und wie fühlt es sich an?"

„Gut. Weicher, als ich erwartet habe. Und warm."

„Das ist nur die normale Körperwärme. Kein großes Geheimnis."

„Es ist mehr als nur die Körperwärme", sagte Stanley. „Ich glaube, du bist irgendwie ... magisch."

Roger blinzelte verblüfft und dachte über Stanleys Worte nach. „Und ich glaube, aus dir spricht das Marihuana", meinte er dann.

„Nein", widersprach ihm Stanley. „Das Marihuana hilft mir nur, zu sagen, was ich sagen will. An dir ist wirklich etwas Magisches. Und das liegt nicht nur daran, dass du so aussiehst, wie du aussiehst. Du weißt schon, was ich meine. Das Wort mit W. Alle hier im Haus reden über dich. Wusstest du das?"

„Sie sind Freunde, Stanley. Freunde. Freunde sagen gute Dinge über andere Freunde. So ist das."

„Bin ich ein Freund?", fragte Stanley und sah ihn mit großen Augen an.

Diese unschuldige Frage – die Ehrlichkeit des Mannes, der sie ihm gestellt hatte, und die Sehnsucht, die in diesen vier Worten lag – berührte Roger zutiefst.

Roger schaute in Stanleys offenes, kleines Elfengesicht und lächelte. Die Grübchen in seinen Wangen vertieften sich. Stanley hätte sie am liebsten ausgeleckt.

„Ja, Stanley, du bist mein Freund. Ich mag dich seit wir uns das erste Mal begegnet sind. Du warst so erschrocken, als Arthur wie ein gestrandeter Wal vor dir auf dem Boden lag. Nicht, dass ich dir dafür einen Vorwurf machen könnte. Es wäre jedem so gegangen."

„Er ist zu fett. Und er sollte nicht rauchen. Meine Mutter ist auch Kettenraucherin. Mein Vater ist daran gestorben."

„Das tut mir leid. Das mit deinem Dad wusste ich nicht. Es ist eine schlimme Angewohnheit. Es wundert mich, dass dein Dad geraucht hat. Du hast mir doch gesagt, er wäre auch Krankenpfleger gewesen. Man sollte meinen, er hätte es besser gewusst."

Stanley zuckte mit den Schultern. Er redete nicht gerne über seinen Vater, weil es ihn immer noch schmerzte. Aber er war stoned, dadurch war es nicht so schlimm. „Er hat die letzten Jahre seines Lebens damit verbracht, aufhören zu wollen. Aber ich glaube, der Schaden war schon angerichtet. Es war längst zu spät. Er war ein guter Mann. Ich vermisse ihn."

„Das tut mir leid."

Stanley lächelte sein schüchternes Lächeln. „Ich weiß. Und weißt du was?"

„Was?", fragte Roger und die Grübchen wurden wieder tiefer, als er den Humor in Stanleys Augen aufblitzen sah.

„Ich bin mir immer noch nicht sicher, ob es wirklich seine Raucherei war, die ihn umgebracht hat. Manchmal glaube ich, das Leben mit meiner Mutter ist für seinen Tod verantwortlich. Einfach nur deshalb, weil sie so ist, wie sie ist. Sie ist schwer auszuhalten."

Roger lachte. „Eine schwierige Persönlichkeit, ja?"

„Oy."

Roger schaute nach unten. Er hielt immer noch Stanleys Hand umfasst. Stanleys Hände waren kleiner als seine und sie hatten eine schöne, goldbraune Farbe. Wenn man etwas als magisch bezeichnen konnte, dann war es das Gefühl von Stanleys Haut. Roger streichelte ihm mit dem Daumen über den Handrücken. Stanley drehte die Hand um wie ein Hündchen, das sich auf den Rücken rollte, um sich den Bauch reiben zu lassen. Roger lächelte und streichelte ihm die Handfläche.

Stanley schloss genießerisch die Augen und Roger nutzte die Gelegenheit, um seinen trägen, zufriedenen Gesichtsausdruck zu bewundern.

„Das gefällt dir", sagte er. „Wenn man dir die Hand streichelt."

Stanley ließ den Kopf nach hinten auf die Sofalehne fallen, ohne die Augen zu öffnen. Er lächelte zufrieden und sah aus, als hätte sich seine Schüchternheit und Zurückhaltung plötzlich in Luft aufgelöst – entspannt und beinahe wollüstig. „Es fühlt sich gut an", murmelte er. „Ich mag dich wirklich sehr, Roger."

„Ich mag dich auch." Bei diesen Worten schwemmte eine Woge der Zuneigung über Roger hinweg. Es war fast, als hätte sie schon seit langer, langer Zeit nur darauf gewartet, endlich gesagt zu werden. Wie eine Wahrheit, die danach drängte, ans Tageslicht zu kommen.

Von seinen eigenen Gefühlen überrascht geriet Roger in Versuchung, den Mund auf Stanleys leicht geöffnete Lippen zu pressen und ihn zu küssen. Und das war nicht die einzige Versuchung, in die er geriet. Doch Stanley war immer noch zu stoned und wehrlos. Es war nicht zu übersehen. Roger war sich einigermaßen sicher, wie Stanley reagieren würde, wenn er seiner Versuchung nachgab. Weniger sicher war er sich allerdings darüber, was Stanley morgen dazu sagen würde, wenn er wieder nüchtern war. Würde Stanley sich ausgenutzt fühlen? Würde er denken, dass Roger ihn ausgenutzt hatte? Und würde das den kleinen Fortschritt wieder zunichtemachen, den ihre Beziehung heute genommen hatte?

Sein Verlangen nach Stanley drängte sich immer mehr in den Vordergrund und beantwortete Rogers Fragen auf seine eigene Weise. Roger wurde hart, wenn er nur Stanleys Hand berührte. Wenn er sich gar vorstellte, ihn nackt in den Armen zu halten, kippte er beinahe aus den Latschen und riskierte ein ähnliches Schicksal, wie es Arthur auf der Treppe ereilt hatte. Stanleys behaarte Beine weckten den Wunsch in ihm, sein Gesicht an ihnen zu reiben und ihren Geruch einzuatmen. Roger konnte sich nicht erinnern, wann er das letzte Mal ein solches Verlangen verspürt hatte.

Er hob Stanleys Hand und drückte sie sich an die Lippen, atmete den Geruch von Stanleys Haut ein. Fühlte sie an seinem Gesicht. Und sehnte sich nach mehr.

Dieser kleine, schüchterne Kerl war die faszinierendste Person, die Roger seit langer, langer Zeit getroffen hatte. Er hatte etwas ganz Besonderes – vielleicht war es die Freundlichkeit, der selbst Stanleys Schüchternheit keinen Abbruch tat. Und Roger gefiel auch, dass Stanley sich zu ihm hingezogen fühlte. Es gefiel ihm sogar sehr. Er wünschte nur, Stanley könnte akzeptieren, dass diese Anziehung gegenseitig war. Er wünschte, Stanley könnte endlich diesen Minderwertigkeitskomplex überwinden und daran glauben, dass Rogers Interesse ehrlich gemeint war. Nicht nur als Freund, sondern vielleicht noch als viel mehr.

Nun, jetzt war Stanley hier und es war vielleicht Rogers einzige Chance, etwas zu unternehmen. Morgen früh würde sich wahrscheinlich Stanleys Schüchternheit mit voller Kraft zurückmelden und verhindern, dass sie jemals wieder allein zusammenkamen.

Nachdem Roger sich endlich entschieden hatte, beugte er sich über Stanley, um ihn zu küssen. Und just in diesem Augenblick … fing Stanley zu schnarchen an!

Roger lehnte sich zurück und starrte ihn an. Guter Gott, der Kerl war vollkommen hinüber.

Er fuhr sich stöhnend mit der Hand übers Gesicht. Dann grinste er. Und stöhnte und grinste gleichzeitig.

Er stand vorsichtig auf und legte Stanleys Beine auf die Couch. Dann gönnte er sich einen kurzen Moment, um ihm über die Haare zu streicheln, die ihn schon den ganzen Abend faszinierten. Er schloss die Augen und genoss die Leidenschaft, die Stanleys nackte Haut in ihm weckte.

Nach einigen Sekunden zwang er sich, die Hand wieder wegzuziehen. Er zog Stanley die Brille ab und brachte sie vorsorglich auf dem Tisch in Sicherheit. Dann schüttelte er eine Decke auf und wickelte Stanley darin ein, der mittlerweile schnarchte wie ein Wasserbüffel. Gott, konnte der Mann schnarchen! Und er war auch noch süß dabei!

Roger fühlte sich glücklich und unglücklich zugleich, als er das Licht ausschaltete und leise das Wohnzimmer verließ. Stanley war direkt in seiner Reichweite und doch unerreichbar.

Er ließ seine Schlafzimmertür offen, um Stanley zu hören, falls der ihn im Laufe der Nacht brauchte. Dann legte er sich, immer noch angezogen, auf sein Bett, schob sich die Hände unter den Kopf und starrte an die Zimmerdecke. So wartete er auf den Schlaf.

Und wartete und wartete. Er wartete eine sehr lange Zeit, bis der Schlaf endlich kam.

Als er wieder aufwachte, schienen gerade die ersten Sonnenstrahlen durchs Fenster und er fühlte sich wieder allein in seiner Wohnung.

Er musste nicht erst nachsehen, um zu wissen, dass Stanley gegangen war.

7

STANLEY SCHWÄNZTE nicht oft, aber als er heute in Roger Janes Wohnzimmer aufwachte, beschloss er, die Uni ausfallen zu lassen. Er würde sich sowieso nicht konzentrieren können, da konnte er den Tag auch gleich dazu benutzen, ungestört zu faulenzen, zu essen, zu grübeln und zu bereuen. Nachdem er gestern zu stoned gewesen war, um ans Abendessen zu denken, war er nicht nur am Verhungern, sondern hatte auch einen mächtigen Kater. Und obendrein grübelte er immer noch darüber nach, welcher Teufel ihn geritten haben mochte, auf die Idee zu kommen, mit der dämlichen Wassermelone unterm Arm an Roger Janes Tür zu klopfen. Was er am meisten bereute, war jedoch, wie der Abend geendet hatte – auf Rogers Couch, wo er mitten in der Nacht aufwachte. Und zwar allein.

Er befürchtete, den Grund dafür genau zu kennen. Götter und Sterbliche. Darauf lief alles hinaus. Götter und Sterbliche.

Selbst wenn die Brownies Stanley nicht außer Gefecht gesetzt hätten, nachdem er sich wie eine notgeile Schlampe Roger Jane an den Hals geworfen hatte, wäre es nicht viel anders ausgegangen. Roger hätte Stanley – so oder so – höflich abserviert und nach Hause geschickt, bevor etwas Ungebührliches passieren konnte. Und der Grund dafür war offensichtlich: Er fand Stanley seiner Aufmerksamkeit nicht würdig.

Das Traurigste an der Geschichte war, dass Stanley dem Mann recht geben musste. Stanley war durchaus Manns genug, sich das einzugestehen. Er war einfach nicht süß, nicht klug oder speziell genug, um einen Platz in Rogers Welt zu haben. Oder in Rogers Armen.

Und genau da – in Rogers Armen – wollte Stanley sein. Nichts wünschte er sich mehr. Er hatte endlich den Mut gefunden, sich diese Tatsache einzugestehen. Mein Gott. Unerwiderte Liebe war genau das, was die Lieder und Geschichten immer behaupteten – ein Biest. Und auf der falschen Seite einer unerwiderten Liebe zu stehen war, als würde man eine ganze Ladung Schotter fressen, einen ekligen, zähneknirschenden Löffel voll nach dem anderen.

Es war unerträglich. Beschissen und unerträglich.

An diesem Morgen war Stanley froh, im obersten Stockwerk zu wohnen. Er war auch froh, keinen Spion in der Tür zu haben. Denn wenn seine Wohnung *unter* der von Roger Jane wäre, hätte er den ganzen Tag hinter dem Spion verbracht und darauf gewartet, dass der Mann auf dem Weg zur Arbeit an seiner Wohnung vorbeiging. Nur, um einen flüchtigen Blick auf ihn zu erhaschen. Nicht mehr. Einen flüchtigen Blick.

Stanley war fix und alle, so schuldig fühlte er sich für die dämliche Anmache gestern Abend. Er dachte sogar ernsthaft darüber nach, wieder aus dem Belladonna Arms auszuziehen. Allerdings gab er dieser Versuchung nicht nach, weil allein die Vorstellung, wieder bei seiner Mutter leben zu müssen, noch grauenhafter war. Es lief also letztendlich darauf hinaus, dass er lieber den Rest seines Lebens damit verbrachte, Roger Jane aus dem Weg zu gehen, als jeden verdammten Tag mit seiner Mutter konfrontiert zu werden.

Und wer konnte ihm das verübeln?

Da er schon beim Thema war, fragte er sich, wie seine Mutter sich wohl heute Morgen fühlen würde. Hatte sie auch einen Kater? Oder Schuldgefühle? Sich in ihrem Alter noch zurechtmachen zu lassen wie einer Punker-Prinzessin! Waren ihre Haare jetzt grün oder pink? Stanley hätte es nur zu gerne gewusst. Aber seine Neugier war nicht stark genug, um sie anzurufen und zu fragen. Er hatte seine eigenen Probleme und die waren so unerträglich deprimierend, dass er sich noch nicht einmal zu einem frechen Grinsen auf Kosten seiner armen, alten Mom durchringen konnte.

Stanley saß an dem beschissenen, alten Resopaltisch und schaufelte sich mit der Gabel Rührei und Schinken in den Mund. Ab und zu, wenn wieder die Erinnerungen an den gestrigen Abend zurückkamen und jeden anderen Gedanken verdrängten, wurde er rot vor Scham. Es war ihm unbeschreiblich peinlich, wie dieser Abend sich entwickelt hatte.

Und für wen hielt Roger Jane sich eigentlich? Für Brad Pitt? Natürlich war Roger viel süßer als Brad Pitt, aber was hatte das eigentlich miteinander zu tun? Wie konnte er sich für so hoch und mächtig halten, Stanley Sternbaum einfach verächtlich zur Seite zu schieben? In der einen Minute noch so süß sein und so betroffen und interessiert tun – ihn sogar zu *küssen*! – und im nächsten Augenblick, nachdem Stanley auf dem Sofa eingeschlafen war, ihn einfach dort liegen lassen und sich ins Bett schleichen? Ohne Stanley!

Gott, diese Demütigung würde Stanley niemals überwinden. Er durfte nicht vergessen, dass es einen gewichtigen Grund gab, warum er sich einen Beruf ausgesucht hatte, der sich mit toten Menschen befasste anstatt mit lebenden. Das Leben hatte ihm schließlich wieder und wieder bewiesen, dass er dazu neigte, sich vor lebenden Menschen zum Narren zu machen, so sehr er sich auch bemühte, aus seinen Fehlern zu lernen und sich zu bessern.

Mist. Mist, Mist, Mist, Mist, Mist. Vielleicht sollte er ja doch ausziehen.

Ein Klopfen an der Tür riss ihn aus seiner Selbstmitleids-Orgie. Wie immer wollte er das Klopfen zunächst ignorieren. Dann wünschte er sich wieder, er hätte doch einen gottverdammten Spion an der Tür. Sein dritter Gedanke war – auch wie immer –, einfach aufzustehen, zur Tür zu gehen und nachzusehen, wer da war.

Zumindest konnte er sich mit dem Gedanken trösten, dass es sicher nicht seine Mutter war. Es war noch viel zu früh am Morgen für sie, um schon unterwegs zu sein. Sie stand wahrscheinlich immer noch wie zur Salzsäule erstarrt vorm Badezimmerspiegel und fragte sich, was zum Teufel mit ihren Haaren passiert war. Das dritte Klopfen hörte sich fast verzweifelt an. Stanley stand an der Tür und presste das Ohr ans Holz. Die Stimme auf der anderen Seite der Tür war leise, um die Nachbarn nicht zu stören. Stanley war der einzige, der gestört werden sollte.

„Komm schon, kleine Maus. Mach die Tür auf. Ich weiß, dass du da drinnen bist. Ich konnte deine kleinen Mausepfötchen hören, die über mir durch die Wohnung getapst sind."

Es war Roger. Guter Gott! Hatte der Mann Stanleys ohnehin schon lädierter Psyche noch nicht genug Schaden zugefügt? Wollte er ihm jetzt endgültig den Gnadenstoß versetzen?

Wieder dachte Stanley daran, den Bastard dort draußen einfach zu ignorieren, aber seine inhärente Höflichkeit ließ es nicht zu. Wütend auf sich selbst sah er zu, wie seine rechte Hand die Tür aufschloss und öffnete. Guter Gott, jetzt hatte er schon die Kontrolle über seine eigenen Gliedmaßen verloren.

„Ja?", fragte Stanley, als ob er nicht genau wüsste, wer da vor der Tür stand. Als sein Blick auf Roger Janes Gesicht fiel, gab er sich den überzeugenden Anschein von abgebrühtem Desinteresse. Jedenfalls hoffte er das. „Oh, du bist es."

Roger lachte. „Wer nennt dich denn sonst noch kleine Maus?"

Roger war offensichtlich auf dem Weg zur Arbeit, denn er trug seine Krankenhausuniform. Er sah blitzsauber aus, und wie immer, wenn er die Uniform trug, wanderte Stanleys Blick wie automatisch zu den starken, haarigen Armen und dem prachtvollen Bizeps, der aus den kurzen, hellblauen Ärmeln herausragte. Als sein Herz den überwältigenden Anblick dieser Arme keine Sekunde länger ertragen konnte, riss er sich davon los und sah Roger wieder ins Gesicht.

Der Mann hatte sich offensichtlich geduscht und rasiert. Seine kurzen Haare waren noch feucht und Stanleys Herz schlug wieder einen Purzelbaum, als er den dunklen Bartschatten sah, der Rogers Kinn und die Wangen bedeckte. Er wollte einfach nicht verschwinden, egal, wie oft und wie gründlich Roger sich rasierte.

Und Roger roch nach Ivoryseife.

„Ich wollte nur nachsehen, ob es dir gut geht", sagte Roger mit einem sanften Lächeln auf den Lippen. „Als ich dich das letzte Mal gesehen habe, warst du etwas … Wie soll ich es nennen? Unpässlich?"

Stanleys Antwort war kurz und schnippisch. „Bestens."

Roger dachte darüber nach. Und er dachte darüber nach wie ein Mann, dem nicht gefiel, was er da gehört hatte. „Warum bist du dann so sauer?"

„Wer sagt denn, dass ich sauer bin?"

Rogers Lächeln geriet etwas ins Wanken. „Die Körpersprache, Stanley. Ich kenne mich damit aus. Ich habe das gelernt."

„Und ich bin Archäologe und kann Hieroglyphen entziffern. Aber was hat das damit zu tun?"

Rogers Lächeln geriet noch mehr ins Wanken. „Wenn du Hieroglyphen entziffern kannst, kannst du mir bestimmt auch ansehen, wie besorgt ich bin. Ich bin besorgt um dich. Ich wollte sicher sein, dass es dir gut geht. Warum bist du nicht auf dem Weg zur Uni? Wann fängt dein erstes Seminar an?"

„Morgen."

„Oh."

„Mein Frühstück wird kalt."

Jetzt sagte Roger „Oh", und Stanley konnte ihm ansehen, wie verletzt er war. „Dann entschuldige ich mich für die Störung."

„Kein Problem", erwiderte Stanley und klammerte sich am Türgriff fest. Er setzte wieder die unbeteiligte Miene auf, die deutlicher als alle Worte „Tschüss" sagte. Es war gemein von ihm und das wusste Stanley auch.

Roger ließ sich jedoch nicht so leicht abschrecken. Er fuhr sich mit der Hand über die kurzen Haare, wie er es immer machte, wenn er sich konzentrieren musste. Und während er sich mit der einen Hand über die Haare fuhr, legte er die andere wie zufällig an die Außenseite von Stanleys Tür. Die Botschaft war unmissverständlich. *Schlag mir nicht die Tür vor der Nase zu. Bitte.*

„Stanley, ich wollte dir nur sagen, dass ich mich über deinen Besuch gestern Abend gefreut habe. Ich habe mich gefreut, dich besser kennenzulernen. Wenn ich dich aus irgendeinem Grund verärgert haben sollte, so tut mir das leid. Komm schon, Junge, schließ mich nicht aus. Lass uns … Freunde sein. Okay?"

Roger sah ihn hoffnungsvoll an und wollte ihm die Hand geben wie ein Mann, der ein Geschäft besiegeln will.

Stanley musterte die ausgestreckte Hand und schlug nach kurzem Zögern ein. Er wusste nicht, wie er es vermeiden sollte, ohne wie ein komplettes Arschloch dazustehen. Wie immer musste er für einige Sekunden die Augen schließen, als er Rogers warme Haut an seiner spürte. Er wollte auf den Mann zugehen und sich von ihm umarmen lassen. Aber das konnte er nicht tun. Er konnte es einfach nicht. Er war schon einmal abgewiesen worden. Das wollte er nicht wieder zulassen. Stanley hatte schließlich auch seinen Stolz, auch wenn es nicht mehr allzu viel war.

Roger akzeptierte den Handschlag. Sein Griff war fest und er ließ Stanleys Hand nicht mehr los. „Komm heute Abend zum Essen vorbei, Stanley. Ich bin kein großer Koch, aber ich kann uns Hamburger machen oder so was ähnliches. Und zum Nachtisch gibt es Wassermelone."

Stanley konnte darüber nicht lachen. Er schaute betreten zu Boden, während Roger ihn immer noch an der Hand hielt. „Das mit der Wassermelone tut mir leid. Ich war stoned. Ich wusste nicht, was ich tat."

„Ich weiß. Du warst gestern Abend stoned, und heute früh ist dir das peinlich. Ich würde mich trotzdem freuen, dich heute Abend zu sehen. Kommst du?"

„Ich weiß nicht, ich …"

„Bitte?"

Stanley seufzte tief. Er hörte sich an wie ein Mann, der einem Fremden eine Niere spenden soll. „Na ja … ich denke schon. Wenn du darauf bestehst."

Rogers Lächeln kam mit voller Strahlkraft zurück. „Prima. Und irgendwann zwischen jetzt und dann werde ich mir ChiChi vorknöpfen wegen der Drogen, die er dir an die Tür gehängt hat. Das geht nicht. Weder bei dir noch bei sonst jemandem."

„Er wollte nur nett sein", meinte Stanley.

„Nein", sagte Roger streng. „Es war dumm und verantwortungslos. Wenn er mit dir ins Bett will, muss er sich an die üblichen Regeln halten. Er sollte dir Blumen bringen und dich zum Essen einladen …"

Stanley sah mit großen Augen, wie Roger verstummte und den Mund zuklappte. Dann sah er, wie Roger die Röte ins Gesicht stieg. Und während er das alles sah, wurde er selbst feuerrot.

Roger ruderte zurück. „Nicht, dass ich jetzt …"

„Ich weiß schon", sagte Stanley. Seine coole Stimme überraschte Roger und er verstand plötzlich, was los war. Jedenfalls meinte er, es zu verstehen. Stanleys merkwürdiges Verhalten ergab plötzlich einen Sinn. Vielleicht.

Roger schlug alle Vorsicht in den Wind und ging auf Stanley zu. Er legte ihm einen Finger unters Kinn, um ihm in die Augen zu schauen. Stanley wollte Rogers Blick ausweichen, aber Roger ließ es nicht zu. Er wartete geduldig ab, bis Stanley ihn ansah.

„Ich habe manchmal das Gefühl, du denkst zu viel nach, Stanley. Und ich denke, du glaubst Dinge zu wissen, die gar nicht so sind, wie du denkst, dass sie wären."

Stanley starrte stur auf Rogers Lippen, weil er es nicht aushielt, noch eine Sekunde länger in diese klaren, grünen Augen zu sehen. „Was für ein fürchterlicher Satz", sagte er. „Hast du in der Schule keine Grammatik gelernt?"

Roger grinste. „Und hast du gestern Abend erwartet, ich würde deinen Zustand ausnutzen? Ist es das, was dich so stört?"

„Nein, ich …"

„Gut. Weil es das nicht sollte."

„Ich weiß."

„Wirklich?"

„J-ja."

Roger klopfte ihm mit dem Zeigefinger auf den Mund. „Um sieben Uhr. Versprochen?"

Stanley nickte.

„Und bringe keine Melonen mehr mit."

„Nein."

„Und iss nichts mehr, das du an deinem Türgriff findest."

„Ganz bestimmt nicht."

„Bekomme ich einen Kuss?"

„Was? Ich …"

Roger fackelte nicht lange. „Ich kann dir nicht widerstehen", unterbrach er Stanley und küsste ihn sanft auf den Mund.

„Keine Zunge", murmelte Stanley ihm in den Mund. Roger lächelte. Stanley konnte es genau fühlen.

Roger beendete den Kuss und hob den Kopf, als Stanley gerade auf den Geschmack kam. „Eine Bitte noch", sagte Roger.

Stanley nickte stumm, weil er seiner Stimme nicht traute. Er hatte auch wieder einen Ständer und dem traute er genauso wenig.

„Hör auf, dich ständig niederzumachen."

„Im Vergleich zu dir bin ich schon niedriger."

„Du weiß genau, was ich damit meine."

Stanley nickte. „Na gut." Und fügte dann noch hinzu: „Bei dir. Um sieben."

Roger wuschelte ihm durch die Haare. „Gut. Und wenn du es nicht erwarten kannst, kommst du einfach früher."

Und damit drehte er sich um und sprang polternd die Treppe hinab, während er ein fröhliches Liedchen vor sich hin pfiff. Stanley sah ihm atemlos und hoffnungsvoll nach.

Stanley fühlte sich merkwürdig gut, als er in seine Wohnung zurückging und sich, ohne lange darüber nachzudenken, umzog, um zur Uni zu gehen. Wenn er sich beeilte, verpasste er nur ein Seminar.

Er versuchte auch, nicht über seine Verabredung für heute Abend nachzudenken. Weil Roger nämlich recht hatte. Stanley dachte zu viel nach. Und *wenn* er nachdachte, dachte er meistens das falsche. Jedenfalls hoffte er das.

Und nach heute Abend würde er es mit Sicherheit wissen.

Stanley wohnte schon seit einem Monat im Belladonna Arms, als ihm zu ersten Mal die Rotschwanzbussarde auffielen, die ihr Nest in dem Eukalyptusbaum vor seinem Fenster gebaut hatten. Er beobachtete sie, nachdem er von der Uni zurückkam und darauf wartete, dass es endlich sieben Uhr wurde und er ins Stockwerk tiefer laufen konnte, um den Abend mit dem Mann zu verbringen, in den er sich verschossen hatte. Was er vermutlich früher oder später noch sehr bedauern würde.

So nett Roger Jane auch war, so oft er Stanley auch ansprach und so freundlich er zu ihm war – Stanley fürchtete immer noch, auf direktem Weg zu einem gebrochenen Herzen zu sein. Er konnte es nicht ändern. Seine Minderwertigkeitskomplexe waren zu tief verwurzelt, insbesondere hinsichtlich seines Liebeslebens.

Sollte Roger es ernst meinen mit seinem Angebot, Stanleys Freund werden zu wollen, dann … war er nicht an mehr interessiert. Und mehr war genau das, wonach Stanley sich sehnte. Es war wie die Sehnsucht nach einem Hauptgewinn, die man beim Kauf eines Lotterieloses empfand, von der man aber wusste, dass sie sich nie erfüllen würde und man froh sein konnte, wenn man seinen Einsatz nicht verlor.

Und was den finanziellen Einsatz anging, hatte Stanley schon den Wert von sechs Losen in seine Wassermelone investiert.

Er schüttelte resigniert den Kopf. Gott, er war ja ein solcher Idiot.

Während die Minuten vergingen und es langsam fünf Uhr wurde, entwickelte sich Stanleys Nervosität zu einer verdammten Panik. Hätten ihn nicht die beiden Bussarde durchs Fenster beobachtet und von seinen deprimierenden Gedanken abgelenkt, er hätte sich wahrscheinlich unterm Bett verkrochen, ein solcher Feigling war er.

Durch die Küchenwand hörte er, wie ChiChi jemandem den Hintern versohlte, aber selbst dafür konnte er kein Interesse aufbringen. Außerdem hatte er sich an die merkwürdigen Geräusche, die aus ChiChis Wohnung kamen, mittlerweile schon gewöhnt. Sie wurden langsam langweilig und es interessierte Stanley nicht mehr sonderlich, was ChiChi mit seiner kleinen Lederpeitsche anstellte. Stanley war damit beschäftigt, sich selbst zu geißeln. Das reichte ihm vollkommen.

Nach einiger Zeit schleppte er seinen nervösen Arsch ins Badezimmer, zog sich aus und stellte sich unter die Dusche, um sich etwas zu beruhigen. Als nach zwanzig Minuten seine Haut so verschrumpelt war wie eine alte Pflaume, gab er auf. Er trocknete sich ab und griff nach dem Gel, um sich die Haare einzureiben. Dann fiel ihm ein, dass Roger seine weichen, unbehandelten Haare lieber mochte. Stanley drehte sich um und warf die Flasche mit dem Gel – er hatte sechzehn Dollar dafür bezahlt! – in den Mülleimer.

Guter Gott, wie erbärmlich war jetzt das?

Und weil Stanley sehr sorgfältig mit seinem Geld umging und außerdem keine Ahnung hatte, wie sich der heutige Abend entwickeln würde, fischte er die Sechzehn-Dollar-Flasche wieder aus dem Mülleimer und stellte sie in den Badezimmerschrank zurück.

Nur für den Fall der Fälle.

Stanley zog eine frischgewaschene Jeans an und ein sauberes, nicht allzu abgetragenes T-Shirt. Er entschied sich für Sandalen, weil sich so wenigstens seine Füße wohlfühlen würden, wenn er selbst schon ein nervliches Wrack war.

Sobald er einigermaßen präsentabel war, schaute er wieder auf die Uhr. Er musste immer noch zwanzig Minuten totschlagen. Rogers Angebot, einfach früher zu kommen, ignorierte er. Er hatte nicht vor, auch nur eine einzige Minute vor sieben Uhr an Rogers Tür zu klopfen. Stanley hatte sich gestern Abend schon peinlich genug aufgeführt und nicht vor, dem noch einen draufzusetzen. Eher wollte er einige unhöfliche Minuten zu spät kommen, um Roger Jane zu zeigen, wer hier der Boss war.

Während er unter der Dusche stand und verschrumpelte, war draußen die Sonne untergegangen. Er konnte die Bussarde nicht mehr sehen, aber ihr Kreischen war noch zu hören, als sie draußen zwischen den Ästen des Baumes umherflogen.

Als Stanleys Handy klingelte, wusste er, dass es Roger Jane war, der ihre Verabredung absagen wollte. Er fühlte eine Mischung aus Erleichterung und Ärger in sich aufsteigen. *Gott sei Dank!*, dachte er. Und dann schlugen seine Gedanken einen Purzelbaum: *Hinterhältiger, verlogener Bastard!* Stanley Sternbaum war alles andere als nicht konsequent. Oh nein. Mit sinkendem Herzen nahm er den Anruf an.

Merkwürdigerweise war es dann doch nicht Roger. Es war Stanleys Mutter. Und sie hörte sich so verdammt fröhlich an, dass sie den armen Stanley noch mehr verwirrte.

„Hallo, mein Schatz. Ich wollte dir nur die Neuigkeiten mitteilen."

Stanley wurde sofort misstrauisch, als er ihren glücklichen Tonfall hörte. Wenn Klapperschlangen reden könnten, würden sie sich wahrscheinlich genau so anhören, bevor sie einem ihre Giftzähne in den Arsch schlugen. „Und welche Neuigkeiten sind das?", fragte er vorsichtig.

Seine Mutter machte eine dramatische Pause, um die Wirkung ihrer Worte zu erhöhen. „Ich habe mit dem Rauchen aufgehört!", verkündete sie stolz.

Stanley konnte es nicht fassen. „Mom, das ist ja wunderbar! Ich bin so stolz auf dich. Das ist das Beste, was du tun konntest. Wie kommst du damit zurecht? Ich habe gehört, es soll schwer sein für jemanden, der so lange geraucht hat wie du."

„Das kann man wohl sagen", kicherte sie. „Ich bin schon rauchend auf die Welt gekommen. Kein Wunder, dass meine Mutter mich immer gehasst hat. Das muss verdammt unangenehm gewesen sein für sie. Aber so schlimm ist es gar nicht, damit aufzuhören. Ich komme ganz gut damit zurecht. Ich dachte, es wäre schwieriger, aber bisher ist es kein Problem. Es ist absolut einfach, Stanley. Ich hätte es schon vor Jahren tun sollen, so einfach ist es. Null Problemo. Manche Leute sind nur einfach Jammerlappen. Jammern darüber, wie schwer der Nikotinentzug ist, dass sie ständig Hunger haben und dreihundert Pfund zugenommen hätten. Das ist alles Unsinn. Absoluter Unsinn."

Stanley war baff. „Nun, das freut mich. Wie lange ist es denn schon her, seit du aufgehört hast?"

„Lass mich nachrechnen", sagte sie. Stanley konnte sich vorstellen, wie sie ihren kleinen, grünen oder rosa Kopf zur Uhr umdrehte, die hinten auf der Kommode stand. „Oh, ich bin ja so toll", murmelte sie und kam dann an den Hörer zurück. „Es sind schon ganze zwölf Minuten, mein Schatz."

„Zwölf Minuten."

„Zwölf ganze, verdammte Minuten. Mehr oder weniger. Wenn man pingelig sein will, sind es erst zehn."

„Zehn. Zehn Minuten. Nicht gerade rekordverdächtig, wie?"

Stanley spürte durch die Leitung, wie sich ihre Laune änderte. Er konnte es nicht *nicht* spüren. Es war wie das Beben, das man unter den Füßen spürte, wenn sich die tektonischen Platten ineinanderschieben und das Gebäude zum Einsturz bringen, in dem man sich dummerweise gerade aufhält. „Sei nicht so verdammt voreingenommen, Stanley. Ich tue mein Bestes."

Stanley machte sofort einen Rückzieher. „Aber natürlich. Es tut mir leid. Ich bin sicher, es ist nicht einfach. Du bist bestimmt noch ganz aufgeregt wegen der neuen Frisur und so. Aber du musst dir keine Sorgen machen. Die Haare wachsen wieder nach."

„Was redest du da für einen Unsinn? Was soll denn mit meinen Haaren nicht stimmen?"

„Sind sie nicht, äh … grün?"

„Nein, sie sind pink."

„Überall?"

„Ja, überall."

„Aber sind sie nicht kürzer als meine? Gestern waren sie das. Kürzer als meine, meine ich."

Die Stimme seiner Mutter war so eiskalt, dass Benzin gefroren wäre. „Jetzt nörgelst du also schon an meiner Frisur rum. Ich sage es nur ungern, Stanley, aber du bist manchmal ein erbärmlicher kleiner Scheißer. Ramon sagt, ich sehe mit der neuen Frisur absolut süß aus. Und meine Nachbarn haben mich auch schon darauf angesprochen."

„Das möchte ich wetten", murmelte Stanley.

„Pass auf, Stanley. Wenn dir meine Frisur nicht gefällt, dann tu dir keinen Zwang an. Sag es einfach."

„Mir gefällt deine Frisur nicht."

„Und warum nicht, zum Teufel? Es ist jung, es ist hip und es ist total in."

Stanley lachte. „Hast du das von Ramon gehört?"

„Ja."

„Mom, Ramon hat erst vor sieben Wochen mit seiner Ausbildung angefangen. Er darf noch keine Dauerwellen legen, viel weniger Haare tönen. Und er würde alles tun oder sagen, damit du ihn mit deinen Haaren spielen lässt."

Stanleys Mutter bebte wie der alte Pinto, den Stanley vor Jahren fuhr und der vorne eine Unwucht in der Achse hatte. Sobald man schneller als fünfzig fuhr, vibrierte die alte Karosse dermaßen, dass Stanley befürchtete, ihm würde die Füllung aus dem Backenzahn springen.

„Nun, wenn dir nicht gefällt, was Ramon mit meinen Haaren gemacht hat, hättest du das gestern sagen sollen. Jetzt ist es jedenfalls zu spät. Außerdem muss ich los. Ich will mir einen Hut kaufen, damit ich mich wieder auf die Straße trauen kann, bis dieser rosa Mist ausgewachsen ist. *Hättest du mich nicht wenigstens warnen können?"*

„Hey! Du bist die Mom und ich nur dein Sohn. Du bist die reife und erwachsene Hälfte in unserer Beziehung."

„Das ist unfair!"

„Nein, finde ich nicht."

„Oh mein Gott, ich sehe aus wie ein Freak! Stimmt's? Sei ehrlich!"

„Du gibst also zu, dass es dir auch nicht gefällt."

„Jetzt reicht's! Ich lege jetzt auf! Ich habe mit dir sechzehn Stunden in den Wehen gelegen! *Sechzehn verdammte Stunden, Stanley!* Ich musste mich mindestens einen halben Meter dehnen, um deinen dicken Schädel rauszulassen. Und das ist nun der Dank dafür! Wenn ich wieder zu Rauchen anfange, ist es nur *deine* Schuld! *Auf Wiederhören!*"

Stanley stellte sich vor, wie sie eine Marlboro aus der Packung schnippte und sie anzündete, nur, um ihn zu ärgern. Wahrscheinlich war das der Grund, warum sie ihn überhaupt angerufen hatte. Sie brauchte eine Entschuldigung, um wieder mit dem Rauchen anzufangen.

Na ja, zehn Minuten waren besser als nichts.

Stanley schaute kopfschüttelnd auf die Uhr. Sofort hatte er seine Mutter vergessen.

Es war sieben Uhr. Showtime. Zeit für den großen Auftritt. Er hatte wirklich Wichtigeres zu tun, als sich über seine pinkhaarige, verrückte Mutter zu ärgern. Ihm und seinen Nerven standen noch weitaus größere Herausforderungen bevor.

8

DIE HAMBURGER schmeckten köstlich. Sie waren fett und saftig. Stanley war schon beim dritten Hamburger, während Roger noch am zweiten aß.

Roger schien gebührend beeindruckt. „Für einen so kleinen Kerl hast du wirklich einen mächtigen Appetit."

Sie saßen sich an Rogers nagelneuem Esstisch gegenüber. Stanley stellte überrascht fest, dass man von hier denselben Baum sehen konnte wie aus seiner Wohnung. Aber nicht das Nest der Bussarde. Das war höher im Baum. Genau ein Stockwerk höher, um genau zu sein. Stanley fühlte sich zum ersten Mal heute Abend überlegen. Es gefiel ihm, etwas zu haben, das Roger nicht hatte. Wie lächerlich war das denn?

Stanley schluckte ein weiteres Stück Hackfleisch, bevor er auf Rogers Bemerkung einging. „Das hat meine Mutter auch immer gesagt. Für einen kleinen Kerl hätte ich einen mächtigen Appetit. Natürlich hat sie es etwas ausführlicher formuliert. Meine Mutter ist unübertroffen in ihrer bildhaften Ausdrucksweise."

Roger lächelte. „Das hört sich an, als wäre sie ein echter Brüller."

Stanley erwiderte das Lächeln nicht. „Wenn man nicht mit ihr leben muss."

Jetzt musste Roger lachen. Er machte es sich bequem, stützte sich mit den Ellbogen auf dem Tisch ab und legte das Kinn in die Hand. Dann schaute er bewundernd zu, wie Stanley seinen Hamburger verschlang. „Schmecken die Pommes?", fragte er, obwohl er die Antwort schon kannte. Es waren nämlich kaum noch Pommes übrig.

Wieder schluckte Stanley. „Prima. Wunderbar knusprig. Und noch nicht einmal aus der Tiefkühltruhe. Echte, frische Pommes."

„Für meinen Stanley gibt es nur das Beste." Kaum waren die Worte aus dem Mund, wurde Roger feuerrot. *Ups*, dachte er. *Das hätte ich besser nicht laut gesagt.*

Stanley sah ihn erstaunt an, ging aber nicht auf die Bemerkung ein. Manche Dinge ließ man besser auf sich beruhen. Stanley war sich nicht sicher, ob er wissen wollte, was Roger sich dabei gedacht hatte. *Falls* er sich etwas dabei gedacht hatte.

Um das Thema zu wechseln, ließ Stanley kurz den Hamburger aus den Augen und schaute sich suchend in der Küche um. „Wo ist die Wassermelone?"

Roger rutschte verlegen auf seinem Stuhl hin und her. „Ich habe sie freigelassen."

„Soll das heißen, du hast sie gegessen?"

„Nenne es, wie du willst."

„Die *ganze* Wassermelone?"

„Äh … ja."

„Dabei hast du sie gestern erst Frank getauft."

„Ich weiß", gestand Roger. „Ich bin ein fürchterlicher Mensch."

„Hattest du jemals eine Beziehung?", rutschte es Stanley raus, bevor er sich auf die Zunge beißen konnte.

„Oha, ein Themenwechsel. Die Hölle bricht los." Roger war nicht anzusehen, was er von dem neuen Thema hielt. „Ja, ich hatte eine Beziehung. Einmal. Und du?"

„Nein. Was ist passiert?"

Roger zuckte mit den Schultern. „Er ist jetzt mit einem anderen Mann zusammen."

Stanley hörte zu kauen auf. „Soll das heißen, er hat dich wegen eines anderen Mannes verlassen?"

„Ja. Wieso? Kommt dir das so unwahrscheinlich vor? So was passiert ständig, Stanley."

Stanley legte seinen Hamburger auf den Teller zurück und leckte sich das Ketchup vom Daumen. „Sicher. Aber wir reden hier von *dir*. Mein Gott, wer ist denn sein Neuer? Prinz Harry?"

Roger ging nicht darauf ein. „Ich kann nicht glauben, dass du noch nie einen Geliebten hattest, Stanley. Du bist der süßeste Mann, den ich jemals kennengelernt habe. Die Männer sollten dir zu Füßen liegen."

Stanley spürte, wie ihm die Röte in die Wangen stieg. Er war eben auch nicht immun gegen Schmeicheleien und hörte gern, was Roger über ihn sagte. Auch wenn er kein Wort davon glaubte. Aber heute wollte er über Roger reden, nicht über sich selbst. „Wie lange wart ihr zusammen? Du und dieser dämliche Esel?"

Roger drückte die Schultern durch. Er schien sich innerlich auf ein Verhör vorzubereiten. Falls es ihm unangenehm war, ließ er sich das jedoch nicht anmerken. „Ungefähr zwei Jahre."

„Wie war sein Name?"

„Gerald."

„War er auch so gut aussehend wie du?"

Roger wurde noch röter. Diese Frage gefiel ihm offensichtlich nicht. „Er war durchaus attraktiv. Für eine Schlampe."

„Er hat dich also betrogen?"

„Ständig. Obwohl ich das erst erfahren habe, nachdem es aus war. Meine Freunde wollten es mir nicht vorher sagen. Schöne Freunde waren das."

„Meinst du Sylvia und ChiChi und Ramon und …"

„Nein. Damals habe ich noch nicht im Belladonna Arms gewohnt. Es waren ganz andere Freunde. Meine Freunde hier würden diesen *dämlichen Esel* nicht damit durchkommen lassen." Und dann, wie ein Nachsatz: „Das gefällt mir. Dämlicher Esel. Ich werde ihn vermutlich nie wieder anders nennen. Danke."

„Nicht der Rede wert."

Die Unterhaltung geriet etwas ins Stocken. Roger musterte Stanley prüfend. Dann fasste er über den Tisch und fuhr ihm mit der Hand über die weichen, weichen Haare. Selbst die kleinen Wirbel waren weich. „Du hast sie nicht mit dem klebrigen Zeug eingerieben! Schön. Es sieht viel besser aus."

„Danke. Und hast du ihn geliebt?"

Roger schaute resigniert auf den Teller mit dem halb aufgegessenen Hamburger. „Du lässt mich teuer bezahlen für die Wassermelone, nicht wahr? Na gut. Ja, ich habe ihn geliebt. Ich dachte, wir würden es beide ernst meinen. Aber ihm lag offensichtlich weniger an unserer Beziehung als mir. Er hat mir noch nicht einmal gesagt, dass er ausziehen will. Ich bin nach Hause gekommen und er war verschwunden, mit all seinen Sachen. Einfach so."

„Das ist gefühllos", sagte Stanley und schaute Roger ins Gesicht. Er hätte zu gerne gewusst, was der Mann wirklich dachte.

„Ja", sagte Roger. „Das war es. Gefühllos und verletzend."

Roger beschloss, dass es an der Zeit war, die Zügel wieder selbst in die Hand zu nehmen. Warum sollte er als einziger dieses Verhör über sich ergehen lassen? Wie du mir, so ich dir. Außerdem hatte er auch einige Fragen an Stanley, auf die er gerne Antworten hören würde.

„Wir beide sind ziemlich gegensätzliche Menschen, Stanley. Ist dir das schon aufgefallen? Ich meine zum Beispiel unsere Berufswahl. Du hast dich entschieden, mit toten Menschen zu arbeiten – und ich meine damit, dass sie schon sehr lange tot sind. Ich arbeite mit Lebenden. Was denkst du, woran das liegt?"

Stanley zögerte keine Sekunde mit seiner Antwort. „Daran, dass du ein besserer Mensch bist."

Diese Antwort verblüffte Roger. In diesen paar Worten lag so viel verborgen, und manches davon gefiel ihm nicht sonderlich. Er wurde es wirklich langsam leid, dass Stanley sich immer so schlecht darstellte. „Nein, Stanley. Das ist ganz und gar nicht richtig. Ich glaube, du bist einfach nur mehr ein Verstandsmensch als ich. Du suchst nach der Bedeutung, die den Dingen zugrunde liegt. Ich behandele nur die Symptome."

„Vielleicht, aber …"

Endlich!, dachte Roger. *Endlich redet er über sich selbst.*

„Aber was?", fragte er leise, weil er Stanley nicht erschrecken wollte. Er kam sich vor, als müsste er das Vertrauen eines geprügelten Hundes gewinnen, der bei der kleinsten Bewegung zusammenzuckte und weglief, weil er nicht glauben konnte, dass jemand sein Freund sein wollte.

Von Stanleys Burger war nichts mehr übrig. Er tunkte seine letzten Pommes ins Ketchup und steckte sie in den Mund. Roger sah ihm gerne beim Essen zu. Stanley aß so, wie er leben sollte: mit Genuss und ohne jede Schüchternheit. Vermutlich, weil er das Essen unter Kontrolle hatte, ein Gefühl, das ihm in anderen Situationen fehlte. Stanley schien es einfach nur zu genießen, ohne sich …

Und plötzlich ging Roger ein Licht auf. Plötzlich wusste er, warum sich Stanley für die Archäologie entschieden hatte.

Er schnippte mit den Fingern. „Weil du schüchtern bist, stimmt's? Das erklärt so vieles an dir: dein Studienfach, wie du dein Leben führst, wie gerne du allein bist ... einfach alles."

Stanley sah ihn argwöhnisch an. Er presste die Lippen zusammen, bis sie wie zwei bleiche, dünne Linien sein Gesicht durchschnitten. „Und wie führe ich mein Leben? Erleuchte mich, oh Weiser. Und woher willst du wissen, ob ich gerne allein bin?"

Roger war bestürzt über Stanleys Reaktion. Mist. Er war zu weit gegangen.

„Ich wollte damit nur sagen, dass deine Schüchternheit jeden Tag dein Leben bestimmt. Ist es nicht so?"

Stanley sah ihn verletzt an, aber unter seiner Verletzlichkeit lag auch eine gehörige Portion Wut verborgen. „Bin ich denn so offensichtlich?"

Roger wünschte mittlerweile, er hätte das Thema von Stanleys Schüchternheit niemals angesprochen. „Es tut mir leid. Ich ... ich dachte nur, wir wollten uns besser kennenlernen. Uns etwas mehr öffnen oder so. Aber wenn es dir unangenehm ist, können wir über etwas Anderes reden."

Stanley saß wie erstarrt am Tisch und dachte über Rogers Worte nach. Nach einigen Sekunden atmete er prustend aus wie ein Teekessel. Danach fühlte er sich besser. Ruhiger. Und außerdem hatte Roger recht. Wenn Roger so offen über sich selbst sprach, schuldete Stanley ihm die gleiche Ehrlichkeit. Es war eine Frage der Fairness. Trotzdem – Stanley konnte sich beim besten Willen nicht vorstellen, was Roger an ihm interessierte.

„Na gut. Ja. Ich bin schüchtern. Und ja, es beherrscht mein Leben. Es hält mich oft zurück und ich muss Wege finden, damit umzugehen. Und das tue ich. Jeden Tag und jede Minute. Ich komme damit zurecht. Es ist schließlich nicht das Ende der Welt. Viele Menschen haben größere Probleme, die sie behindern. Viel größere Probleme. Krankheiten. Schmerz. Verlust. Es gibt Heerscharen der allerübelsten Probleme dort draußen, die nur darauf warten, über die Menschen herzufallen. Ich kann mich glücklich schätzen, dass meine Schüchternheit alles ist, womit ich mich herumschlagen muss."

Roger streckte den Arm über den Tisch und bedeckte Stanleys Hand mit seiner eigenen.

Aber Stanley hatte noch mehr zu sagen. Er schaute auf die beiden Hände, die vor ihm auf dem Tisch lagen, während er nach den passenden Worten suchte. Ihm gefiel das warme Gefühl von Rogers Hand auf seiner. Es war beruhigend und tröstlich. Es half ihm beim Nachdenken. „Weißt du ... Du hast recht. Ich bin zu der gleichen Schlussfolgerung gekommen, als ich darüber nachdachte, warum ich ausgerechnet Archäologie studiere. Warum ich mit dem Studium begonnen habe. Aber meine Schüchternheit ist nicht der Grund, warum ich dabeigeblieben bin. Ich bin dabeigeblieben, weil ich es liebe. Ich liebe die Archäologie."

Roger streichelte ihm mit den Fingerspitzen über den Handrücken. „Daran habe ich nie gezweifelt", sagte er leise.

Und – Gott sei Dank – diese Worte entlockten Stanley ein sanftes Lächeln. „Das weiß ich doch. Ich kann nur nicht verstehen, was ein Mann wie du an mir interessant findet."

„Du machst wohl Witze", sagte Roger ungläubig. Er ließ Stanleys Hand los, lehnte sich in seinem Stuhl zurück und verschränkte die Arme vor der Brust. „Wie kommst du nur auf diese Idee, Stanley? Warum zweifelst du ständig an dir? Hä? Warum?" Er durchbohrte Stanley fast mit seinem Blick.

„Ich brauche einen von ChiChis Brownies", sagte Stanley und schaute überall hin, nur nicht in Rogers Augen.

Roger grinste tadelnd. „Nein, brauchst du nicht. Ich habe dich erlebt, wenn du stoned bist. Es ist nicht sehr schön. Willst du ein Bier?"

„Sicher", sagte Stanley. Er musste daran denken, wie er gestern Nacht allein auf Rogers Sofa aufgewacht war. Prompt wurde er wieder rot. Aber jetzt spielten sie ein anderes Spiel. Oder doch nicht? Und wollte er das überhaupt?

Roger sprang auf und holte zwei Flaschen Bier aus dem Kühlschrank. Er öffnete sie und stellte sie auf den Tisch.

Nachdem sie beide einen Schluck getrunken hatten, versuchte Roger es noch einmal.

„Rede mit mir, Stanley. Bitte."

Stanley nippte an seiner Flasche, bis sie halb leer war. Dann stellte er sie vorsichtig ab. Sobald seine Hand frei war, kam Rogers Arm wieder über den Tisch geglitten und er legte seine Hand auf Stanleys. Stanleys Fingerspitzen waren kalt von der Bierflasche. Roger gefiel es, sie in seiner Hand zu fühlen.

„Du machst mir Angst", sagte Stanley.

„Das habe ich auch schon bemerkt", sagte Roger und wünschte sich, er könnte den erschrockenen Ausdruck in Stanleys Gesicht einfach wegküssen. Aber das war nicht nur ein frommer Wunsch, es wäre auch ein großer Fehler. Stanley hatte gerade erst wieder angefangen, Vertrauen zu ihm zu fassen. „Aber warum? *Warum* mache ich dir Angst?"

Stanley entschied sich zur Wahrheit. Ließ sie einfach raus. Roger hatte es verdient. „Ich war noch nie mit einem Mann wie dir zusammen. Es ... ist beängstigend."

„Das weiß ich. Ich weiß, dass ich dich ängstige. Aber ich möchte verstehen, warum das so ist."

„Schaust du ab und zu in den Spiegel?"

Roger zuckte mit den Schultern. „Sicher doch. Was hat das damit zu tun?"

Stanley trank einen tiefen Schluck Bier. Er nahm die Flasche mit der freien Hand, ließ die andere auf dem Tisch liegen, wo Roger sie warm und sicher umfasste. „Ich habe Angst vor dem, was du mir antun kannst, wenn du da sitzt und so aussiehst, wie du aussiehst", sagte er, ohne den Blick von ihren Händen zu heben.

„Was kann ich dir denn antun, Stanley? Und was hat das damit zu tun, wie ich aussehe?"

„Kann ich noch ein Bier haben?"

Roger schnaubte ungeduldig, ließ Stanleys Hand aber lange genug los, um einen Six-Pack aus dem Kühlschrank zu holen, den er zwischen ihnen auf den Tisch knallte. Sie nahmen sich beide noch ein Bier. Kaum hatten sie den ersten Schluck getrunken, griff Roger wieder nach Stanleys Hand.

„Rede", sagte er. „Was kann ich dir antun? Und ich kann nichts daran ändern, wie ich aussehe. Das ist dir doch klar, oder?"

Stanley wusste, er würde morgen wieder bereuen, was er jetzt sagte. Aber morgen bereute er immer alles und es musste gesagt werden. „Ich weiß. Aber wenn ich dich so sehe – wie du aussiehst und wie nett du bist – dann könnte ich mich in dich verlieben."

„Soll ich lieber gemein zu dir sein?"

Stanley lächelte. „Nein."

Roger neigte den Kopf zur Seite und musterte Stanleys Elfengesicht. Stanley starrte auf seine Bierflasche und kratzte mit dem Fingernagel das Etikett ab. Die Pommes waren alle, sonst hätte er vermutlich weitergegessen, um sich damit abzulenken. Es war ihm anzusehen, dass er seine Offenheit bereits bereute.

„Was wäre daran denn so schlimm?", fragte Roger leise. „Wenn du dich in mich verlieben würdest?"

Stanley schloss die Augen, zog sich in sich selbst zurück. So blieb er sitzen, bis Roger ihm mit dem Finger auf die Hand klopfte. „Schau mich an, Stanley. Erkläre mir, warum es so schlimm wäre, wenn du dich in mich verliebst."

Und dann erklärte Stanley es endlich. „Weil du in einer höheren Liga spielst. Menschen wie ich kennen ihren Platz in der Welt. Wir kennen unsere Grenzen und respektieren sie. Wir wissen, wann und wie weit wir uns vorwagen dürfen, und wann wir uns zurückziehen müssen. Ich konnte mich nicht zurückziehen, weil du es nicht zugelassen hast. Es ist fast, als … als würdest du mich jagen."

Damit brachte er Roger zum Lächeln. „Wie willst du nur jemals ein erfolgreicher Archäologe werden, wenn du nicht siehst, was direkt vor deiner Nase ist?"

„Und das wäre?"

„Ich, Stanley. Ich bin direkt vor deiner Nase. Und ich habe noch eine Neuigkeit für dich, Stanley. Ich jage dich wirklich. Ich habe mich vermutlich nicht allzu geschickt angestellt, wenn es dir nicht gleich aufgefallen ist."

„Jetzt machst du dich über mich lustig", sagte Stanley und entzog Roger seine Hand. „Ich sollte wohl besser gehen."

Roger streckte den Arm aus, holte sich die Hand zurück und hielt sie fest. Stanley sollte ihm nicht entkommen und er wollte dafür sorgen, dass Stanley das auch merkte.

„Jetzt bin ich an der Reihe, dir einiges zu sagen, Stanley. Ist das in Ordnung?" Stanley musste sich zweimal räuspern, bevor er ein Wort über die Lippen brachte. Er zitterte. Was war passiert? Wie hatte alles so schnell den Bach runtergehen können?

„Mach schon", sagte er. „Ich höre."

„Du bist etwas ganz Besonderes, Stanley Sternbaum. Weißt du das? Ich habe noch nie in meinem Leben einen Mann gejagt. Und das solltest du auch wissen."

„Dann jagst du mich also wirklich."

„Ja."

„Und der dämliche Esel? Hast du den auch gejagt?"

Roger lachte. „Der dämliche Esel hat mich gejagt. Ich war so dumm, mich fangen zu lassen. Du bist ganz anders. Bei dir bin ich der Fischer und du die arme Forelle, die mir ins Netz geht."

„Aber warum? Es gibt so viele bessere Fische."

Es brach Roger beinahe das Herz. „Du gehst mir auf die Nerven, Stanley. Du machst dich schon wieder runter. Warum musst du ständig an dir zweifeln? Fällt es dir wirklich so schwer, mir zu glauben, dass ich dich jage?"

Stanley musste wieder nach seiner Stimme suchen. Seine Finger hatten plötzlich mehr Verstand als er. Er beobachtete fasziniert, wie sie Rogers Hand streichelten. Sie ließen sich nicht nur trösten, sie gaben auch zurück. Nun, das war schön von ihnen. Vielleicht konnte er noch etwas von seinen Fingern lernen.

„Ja", sagte Stanley krächzend. Seine Augen brannten und er hoffte bei Gott, dass er sich nicht in Gefühlen auflöste. Es war so schon peinlich genug. Und verwirrend obendrein.

Roger beugte sich über den Tisch und küsste Stanleys Hand. Dann lehnte er sich wieder zurück. „Und schau mich nicht so verängstigt an. Ich will nicht über dich herfallen oder so. Ich werde fürchterlich nett sein und mir Zeit lassen, bis du mir endlich glaubst, dass ich dich jage."

Stanleys Finger hatten jetzt den Platz über Rogers Puls gefunden. Er konnte kaum glauben, wie hektisch der Puls pochte. Es war bemerkenswert. Rogers Herz schlug genauso schnell wie Stanleys. Als ihm das klar wurde, hob er den Kopf und schaute Roger in die Augen. In diese wunderschönen grünen Augen.

„Wir können uns Zeit lassen", sagte Roger mit ernster Miene. Und begierig. „Außer, du bist wirklich nicht interessiert. Aber dann wäre es nett, wenn du es mir gleich sagst und mich nicht auf die Folter spannst."

Stanley hörte die Worte, aber er konnte sie nicht so recht glauben. Er sagte gar nichts.

„Nun?", bohrte Roger nach. „Ich bitte dich nicht um deine Hand, Stanley. Ich will dich nur besser kennenlernen. Ich will, dass wir Freunde werden. Dass du mich magst."

Die Welt verschwamm vor Stanleys Augen, als die Tränen endlich fielen. „Ich mag dich jetzt schon", sagte er. „Mehr, als ich eigentlich sollte."

Er bereute auch diese Worte sofort wieder. Roger schien es nicht so zu gehen, denn er legte seine freie Hand zärtlich an Stanleys Kopf. Er streichelte ihm mit dem Daumen über die Wange und fuhr ihm mit den Fingern hinters Ohr. Die zärtliche Berührung von Rogers Hand löste sämtliche Blockaden in Stanley. Er drehte den Kopf nach der Hand um und küsste sie. Sie war heiß, heißer als Rogers Finger. Stanley liebte ihren Geschmack.

„Sag doch was", sagte Stanley mit feuerroten Ohren.

Roger lächelte. „Deine Lippen kitzeln. Und ich mag dich auch, Stanley. Vielleicht mehr, als ich eigentlich sollte. Aber für heute Abend wollen wir es dabei belassen. Was hältst du davon? Nur ... bitte fürchte dich nicht vor mir. Bitte."

Stanley nickte, gerührt von Rogers Ehrlichkeit. „Na gut."

Und weil er unbedingt etwas für die Stimmung tun wollte, nicht nur um seiner selbst willen, sondern auch für Roger, zauberte Stanley ein boshaftes Grinsen in sein Gesicht und fragte: „Und was gibt es zum Nachtisch?"

DA ROGER ihren Nachtisch – die Wassermelone – schon aufgegessen hatte, entschieden sie sich für ein weiteres Bier und verlegten die Party ins Wohnzimmer zu Stanleys meistgehasstem Möbelstück in Rogers Wohnung. Dem Sofa.

Nach dem dritten Bier ging es Stanley besser. Er fühlte sich jetzt auch sicherer. Er konnte zwar immer noch nicht fassen, dass der Mann neben ihm offen zugegeben hatte, was Stanley nicht zu träumen wagte. Roger Jane war an ihm interessiert. Er war es wirklich. Stanley war davon überzeugt, dass der Ballon der Neugier bald mit einem lauten Knall platzen würde, aber solange er die Luft noch hielt, wollte Stanley dem Druck standhalten, der über seinem Haupt schwebte. Wenigstens war er sich einigermaßen sicher, es durchzuhalten. Solange er sich nur Freundschaft als erreichbares Ziel setzte, konnte er hoffentlich vermeiden, mit einem gebrochenen Herzen zurückzubleiben. Freundschaft. Punkt. Mehr wollte er nicht verlangen, mehr auch nicht erwarten.

Ja, zum Teufel, dachte Stanley. *Das kann ich schaffen. Vielleicht.*

Stanley fiel auf, dass Rogers Sofa nicht so durchgesessen war wie sein eigenes. Und sein Sofa hatte auch keinen Roger. Das war der größte Nachteil. Der Rest war nur eine Marginalie.

Roger und Stanley saßen nahe beieinander und hörten sich beim Atmen zu. Ihre Arme berührten sich gelegentlich und jedes Mal, wenn die Haare an ihren Armen sich streiften, musste Stanley kurz die Luft anhalten. Sie hatten die Füße auf den Couchtisch gelegt und Stanley verbrachte einige ruhige Momente damit, Rogers

Füße zu bewundern. Sie waren so groß und stark und sexy. Oben auf dem Spann und auf den großen Zehen wuchsen dichte, dunkle Haare. Die hochgerutschten Hosenbeine gaben ebenfalls den Blick auf ein Dickicht dunkler Haare frei, die Rogers Beine bedeckten. Stanley hätte sich am liebsten vorgebeugt und sie mit den Fingerspitzen berührt, aber das traute er sich natürlich nicht.

Trotzdem fragte er sich, wie Roger wohl reagieren würde, wenn er es dennoch tun würde.

Manchmal, wenn sie sich richtig bewegten, stießen ihre Füße auf dem Tisch leicht aneinander. Und jedes Mal, wenn das passierte, musste Stanley wieder die Luft anhalten. Dann erwartete er kleine Blitze, die durch die Luft schossen, so sehr erregten ihn diese zufälligen Berührungen. Es war schwindelerregend, so nahe bei Roger Jane zu sitzen.

Außerdem hatte Stanley wieder einen Ständer, und darauf hätte er gut verzichten können. Es machte ihn nervös.

Als Stanley zum fünften Mal die Luft anhielt, fragte Roger: „Ist alles in Ordnung? Langweilst du dich?"

Stanley starrte ihn an, als wäre ihm gerade ein Weihnachtsbaum aus dem Kopf gewachsen. „Wie kommst du denn auf *die* Idee?"

„Entschuldige", sagte Roger mit einem leichten Lächeln auf den Lippen. Und während er es sagte, presste er seinen Fuß an Stanleys, nur um wieder zu hören, wie Stanley die Luft anhielt. Dann wurde Roger rot. Nicht weil es ihm peinlich gewesen wäre, sondern weil er auch erregt war.

Roger hatte auch einen Ständer. Er bedauerte deshalb jetzt schon zutiefst, dass er Stanley versprochen hatte, sie hätten alle Zeit der Welt, um sich kennenzulernen. Von all dem Unsinn, den er in den letzten zehn oder zwölf Jahren von sich gegeben hatte, war das wohl der größte und stand ganz oben auf Rogers Liste. Dumm. Dumm, dumm, dumm.

Roger holte tief und stockend Luft. Dann drehte er sich zur Seite und sah Stanley an. Er zog ein Bein aufs Sofa und stützte es mit dem Knie auf Stanleys Oberschenkel ab. Stanley schien nichts dagegen einzuwenden zu haben. Roger ganz bestimmt auch nicht.

Da Roger nicht so recht wusste, was er mit seinem linken Arm anfangen sollte, legte er ihn Stanley über die Schultern wie einen Schal. Auch dagegen schien Stanley nichts einzuwenden zu haben.

Mit feuerroten Ohren legte Stanley den Kopf nach hinten, bis er auf Rogers linkem Arm lag. Er schloss für einige Sekunden die Augen und genoss das Gefühl, Rogers Arm am Hinterkopf zu spüren. Dann drehte er den Kopf zur Seite und schaute Roger an.

„Was denkst du?", fragte er Roger. „Es ist schon spät. Wenn du willst, kann ich jetzt gehen."

„Stanley, es ist noch nicht mal halb neun."

„Na gut."

„Du hast mir versprochen, keine Angst mehr zu haben."

„Ich weiß. Habe ich auch nicht. Ich ..." Er wendete verlegen den Blick ab.

Roger fuhr ihm mit den Fingern durch die Haare. Er drückte die Finger an Stanleys Hinterkopf und drehte ihn wieder zu sich herum, um Stanley ins Gesicht sehen zu können. Als sich ihre Blicke trafen, fragte Roger: „Was? Was wolltest du eben sagen?"

Stanley sah ihn an. Seine Augen waren so klar wie Kristall. Und so glänzend wie Diamanten. Ihm sprang das Herz in der Brust wie eine Katze, die man in einen Pappkarton gesperrt hatte. Er hoffte nur, dass Roger es nicht hören konnte. „Ich habe keine Angst mehr vor dir", sagte er seufzend. „Ich habe mehr Angst vor mir selbst."

Weil ihm danach war, legte Roger ihm die Fingerspitze auf die Lippen. „Ich hoffe, du meinst damit das, was ich jetzt denke."

Und wieder verstummten sie und es wurde still in Rogers Wohnzimmer. Aber dieses Mal sahen sie sich tief in die Augen, während sich um sie herum die Stille ausbreitete.

Dann war plötzlich ein lauter Knall zu hören. Sie schraken zusammen und schauten an die Decke. Denn der Knall kam aus dem Stockwerk über ihnen.

„Was zum Teufel war denn das?", fragte Roger. „Hast du dir ein Nashorn als Haustier zugelegt?"

Stanley runzelte die Stirn. „Nein. Ich glaube, der Knall kam aus ChiChis Wohnung, nicht aus meiner."

Roger rollte mit den Augen. „Das erklärt natürlich alles. Dann hat also ChiChi jetzt ein Nashorn."

Über ihnen wurde es immer lauter. Es knallte, schepperte und bollerte. Jemand schrie laut, aber unverständlich. Dann wieder Stille.

„Sein Kunde scheint das volle Programm gebucht zu haben", sagte Roger.

Stanley kicherte. „Stimmt. Das 5-Gänge-Menü."

Als alles ruhig blieb und die Aufregung sich wieder gelegt hatte, konzentrierte sich Stanley wieder auf das Gefühl von Rogers Bein an seinem Oberschenkel und den beruhigenden Druck von Rogers Hand in seinem Nacken. Ihre Blicke fanden sich wieder, als ob Roger sich des Mannes an seiner Seite jetzt plötzlich erst richtig bewusst geworden wäre. Rogers wunderschöne grüne Augen ließen Stanley alles andere vergessen. Er verlor sich ganz in diesen Augen. Es waren die bezauberndsten Augen, in die er jemals geblickt hatte. Und sie waren unglaublich sexy.

Nachdem sich seine anfängliche Verlegenheit endlich verzogen hatte, konnte Stanley diesen Abend richtig genießen. Mit jedem Bier, das sie tranken, wurde es besser. Stanleys Ständer machte die gleiche Erfahrung. Guter Gott, Stanley wurde immer zur Schlampe, wenn er trank – oder Marihuana-Plätzchen aß – oder einfach nur Roger Jane anschaute. Er drückte sich die Bierflasche zwischen die Beine, um die Temperatur dort unten etwas abzusenken, aber die Wirkung war eher bescheiden.

Sie saßen schweigend in der stillen Wohnung und beobachteten, wie die Nacht um sie herum tiefer wurde. Das einzige Geräusch, das nicht verstummen wollte, war das laute Pochen ihrer Herzen. Das Fenster, das den Blick auf die Nacht und die glitzernde Skyline der Stadt freigab, interessierte sie nicht. So beeindruckend es auch war, sie interessierten sich nur für sich selbst.

Stanley war erstaunt über die Zärtlichkeit und die nicht enden wollende Zuneigung in Rogers Blick. Und da war noch mehr als nur das. Da war auch Verlangen, das sich nur auf Stanley richtete. Und da war Interesse. Interesse an Stanley Sternbaum. Ausgerechnet. Stanley konnte es beim besten Willen nicht verstehen, aber er freute sich, es in Rogers unglaublichen Augen zu sehen.

Stanley vermutete, dass Roger all das auch in seinen Augen sehen konnte. Sie brauchten keine Worte, um sich mitzuteilen. Ihre Augen übernahmen das Reden für sie.

Je näher Stanley Roger war, umso mehr bezauberte ihn dessen Schönheit. Der Mann sah so verdammt gut aus. Die grünen Augen, umgeben von dichten, dunklen Wimpern, die klaren Linien der Wangenknochen, die zierlichen, kleinen Ohren. Stanley hob die Hand und fuhr ihm mit den Fingerspitzen um die Ohren, nur um herauszufinden, wie es sich anfühlen würde. Roger drückte lächelnd den Kopf in Stanleys Hand. Stanley lächelte zurück.

Als Roger dann etwas sagte, war es so leise, dass man seine Worte kaum hören konnte. Sie wurden übertönt von ihren pochenden Herzen.

„Darf ich dich küssen, Stanley? Es muss nicht sein, aber ich will …"

Stanley sollte nie erfahren, was Roger wollte. Er beugte sich vor und drückte die Lippen auf Rogers Mund, bevor der seinen Satz beenden konnte. Er beobachtete erstaunt, wie Roger die Augen schloss, als sich ihre Lippen berührten. Und dann, während der sanfte Kuss nicht enden wollte, schloss auch Stanley die Augen und verlor sich ganz in dem Gefühl, Rogers weiche Lippen auf seinem Mund zu spüren.

Rogers starke Arme zogen Stanley näher und der Kuss wurde tiefer. Ihre Zungen berührten sich zärtlich. Nicht drängend, nicht fordernd – nur zärtlich. Erkundend. Schmeckend. Stanley erschauerte, als Rogers Finger ihm über den Rücken glitten. Mit der anderen Hand stellte Roger seine Bierflasche auf den Tisch, nahm dann Stanley die Flasche aus der Hand und stellte sie ebenfalls ab. Dann legte er seine große Hand mit den kalten, kalten Fingern auf Stanleys Knöchel, hob Stanleys Beine aufs Sofa und zog ihn zu sich herum, bis sie sich gegenübersaßen. Stanley hatte die Beine angezogen und seine Knie drückten an Rogers Brust. Und während Roger all das tat, verließen seine Lippen nicht für eine Sekunde Stanleys Mund.

Stanley kam sich vor wie ein kleines Kind, warm und geborgen in Rogers starken Armen. Aber er fühlte sich auch wie ein Mann. Es war lange her, seit er das letzte Mal mit einem Mann zusammen war. Und auch das war ein rein sexuelles Erlebnis gewesen. Es hatte nichts bedeutet. Nicht mehr als eine vorübergehende Befriedigung. Jetzt, mit Roger, war es mehr. Es war sexuell, aber es war auch mehr, viel mehr. Dieses Mal ging es um Gefühle. Es ging sogar um ein ganzes Heer von Gefühlen. Und die meisten von ihnen waren vollkommen neu für Stanley. Er bewegte sich in unbekannten Gewässern, und das wusste er auch.

Stanley fuhr mit der Hand über Rogers kurze Haare. Roger unterbrach ihren Kuss und drückte sich mit dem Gesicht an Stanleys Hals. Stanley ließ den Kopf in den Nacken fallen, als er Rogers Lippen am Hals spürte. Am Hals und an der Kehle. Er starrte an die Decke und fühlte sich so glücklich, dass er nicht mehr geradeaus denken konnte. Verdammt, was machten sie hier eigentlich?

„Oh Gott", murmelte Roger. „Du schmeckst so köstlich."

Stanley wusste zwar nicht, was er sagen wollte, hatte aber schon den Mund geöffnet, um es trotzdem zu sagen, als jemand so laut an die Tür hämmerte, dass ihnen fast das Herz stehenblieb.

Und es hämmerte und hämmerte.

„Was soll der Mist?", bellte Roger und ließ Stanley los, um zur Tür zu gehen. Dabei zeigte er mit dem Finger auf Stanleys Nase wie ein angesäuerter Lehrer auf einen frechen Schüler. „Nicht. Vom. Fleck. Rühren."

Und weil Stanley beim besten Willen nicht anders konnte, küsste er Roger auf die Fingerspitze, solange sie noch in seiner Nähe war.

Dann sah er Roger nach, der grummelnd zur Tür stapfte. „Wehe, der hat keinen sehr guten Grund."

Als im Hausflur ein lauter Schlag zu hören war, sprang Stanley auf die Füße und lief Roger nach. Sie kamen beide gleichzeitig an der Tür an. Stanley klammerte sich an Rogers Arm.

Roger riss die Tür auf und erstarrte. „Scheiße", sagte er.

Stanley schaute ihm über die Schulter und sah Arthur, ihren Vermieter, auf der Matte liegen. Seine dicken, haarigen Beine lugten unterm Saum eines burgunderroten Cocktailkleids hervor und seine Füße steckten in roten Satin-Pumps. Der Mann trug volles Bühnen-Make-up mit zentimeterlangen Augenwimpern, auf denen Tonnen von Glitzer klebten. Um den Hals hatte er eine rote Perlenkette geschlungen mit Perlen, so groß wie Hühnereier. Auf der knallroten Perücke thronte ein Krönchen aus Glaskristallsteinen.

Aber dieses Kleid! Selbst Stanley musste zugeben, dass die Pailletten etwas übertrieben waren. Besonders in Kombination mit dem Krönchen.

Roger fiel auf die Knie und presste ein Ohr an Arthurs Brust. Er verzog das Gesicht, weil er nichts hören konnte, schob dann eine Hand in den Ausschnitt des Cocktailkleides, tastete suchend darin herum und zog schließlich zwei große Beutel Tiefkühlerbsen der Marke *Jolly Green Giant* aus Arthurs Dekolleté. Familienpackungen. Arthur hatte seine ohnehin schon wohlgerundete Figur offensichtlich mit einer eingebauten Klimaanlage versehen wollen, denn die Temperatur im Treppenhaus musste immer noch im dreistelligen Bereich liegen. Subjektiv empfunden.

Roger legte das Ohr an Arthurs mächtig reduzierte Oberweite und versuchte es erneut. Kurz darauf atmete er erleichtert aus und Stanley schloss daraus, dass er endlich Arthurs Herzschlag gefunden hatte.

Roger hockte sich auf die Fersen und funkelte Arthur wütend an, der mit seinen glitzernden Wimpern flatterte und schnurrte: „Was bist du für ein Süßer!" Dann wurde seine Stimme ernst. „Gott, ich hasse diese verdammte Treppe."

Arthur schien sich wieder zu erinnern, warum er hier lag, alle viere von sich streckend wie ein toter Büffel im Fummel.

„Jemand ermordet unseren ChiChi!", verkündete er mit flatternden Händen und verrutschter Perücke. Dann kippte er wieder um, als hätte jemand den Stöpsel gezogen.

Roger ließ Arthurs Kopf knallend auf den Boden fallen und lief zur Treppe. Stanley folgte ihm dicht auf den Fersen.

Verdammt, dachte Stanley. *Wo es doch gerade so gut lief.* Er war angemessen beschämt über seine egoistische Reaktion, aber manchmal sind Menschen eben so, ob sie es wollen oder nicht. Also machte sich Stanley ausnahmsweise keine Vorwürfe. Er sagte sich, dass er einen guten Grund für seine Reaktion hatte – er wollte nämlich wieder mit Roger Jane auf die Couch zurück. Aber offensichtlich war das unter diesen Umständen zu viel verlangt.

Stanley warf noch einen mitleidvollen Blick zurück auf Arthur, bevor er hinter Roger die Treppe hinaufging. Der arme Arthur. Diese Treppe würde ihn irgendwann noch umbringen. Und wenn nicht die, dann Arthurs Schuhe.

Oder das dämliche Krönchen auf seinem Schädel.

Stanley war ungefähr fünf oder sechs Stufen hinter Roger, dessen lange Beine die Treppe viel schneller bewältigten, als Stanley es je gekonnt hätte. Stanley hatte dagegen nichts einzuwenden, denn es ermöglichte ihm einen bezaubernden Ausblick auf Rogers Hinterteil. Auch darüber fühlte er sich nicht schuldig, was viel über seine aktuellen Prioritäten aussagte. Und zu denen gehörte ChiChis Sicherheit derzeit nicht gerade. Gott, Stanley war wirklich ein Egoist!

Als Roger im sechsten Stock ankam, hörten sie polternde Schritte auf dem Hausflur, die sich von ChiChis Wohnung näherten. Roger hatte gerade noch genug Zeit, Stanley, der noch auf der Treppe stand, zur Seite zu winken. Dann kam eine Dampflok um die Ecke geschossen und rannte Roger um.

„Aua!", schrie Roger, als er auf dem Rücken aufschlug.

Stanley presste sich die Faust vor den Mund, um nicht zu schreien wie ein kleines Mädchen, als die Dampflok vor ihm die Treppe hinunterrannte. Kurz darauf lag Stanley ebenfalls flach auf dem Rücken. Da er noch auf der Treppe stand, verlief sein Sturz nicht ganz so glatt wie Rogers. Er rutschte mehrere Stufen nach unten, bis er im Zwischengeschoss auf dem Boden liegen blieb. Die Dampflok hatte sich mittlerweile aus dem Staub gemacht.

Aber in dem Bruchteil einer Sekunde, die es dauerte, bis das Arschloch an ihm vorbeigepoltert war, erkannte Stanley den Bastard. Die Dampflok war der

Neandertaler, der vor einigen Wochen bei ChiChi zu Besuch gewesen war und den er durch die Küchenwand gehört hatte. Der große Kerl. Der große, *bösartige* Kerl. Und noch etwas war Stanley in diesem Sekundenbruchteil nicht entgangen: Dass dieses Arschloch – bis auf seine schwarzen Socken – nackt war. Er trug seine Klamotten unter den einen Arm geklemmt und versuchte während seiner Flucht, sich mit der freien Hand ein Hemd über den Kopf zu ziehen. Und sein Schwanz schlackerte dabei wild hin und her.

Stanley richtete sich kopfschüttelnd auf, während der nackte Neandertaler weiter mit lautem Gepolter die Treppe hinabstürmte. Dann war von unten das laute Knallen der Haustür zu hören, die er hinter sich zuschlug, als er das Haus verließ. Stanley wischte sich derweil den Staub von der Kleidung und überprüfte, ob noch alles an ihm dran war. Er war hart auf den Hintern gefallen und würde wohl einen mächtigen blauen Fleck davontragen, aber ansonsten war ihm offensichtlich nichts passiert.

Er schleppte sich stöhnend die Treppe in den sechsten Stock hinauf, wo Roger sich auch gerade wieder aufgerappelt hatte.

„Alles in Ordnung mit dir?"

„Ja. Und mit dir?"

„Auch."

Wie auf Kommando drehten sie sich zu ChiChis Wohnungstür um.

„Oh, Scheiße", sagte Roger. „Das wird bestimmt nicht sehr angenehm."

Als sie auf die Tür zugingen, sahen sie eine Hand, die sich aus der Wohnung schob und am Rahmen festkrallte. Dann tauchte ChiChis Kopf auf und er sah Roger und Stanley, die auf dem Weg zu ihm waren. Bis auf die Riemen über der Brust und eine klitzekleine, kurze Ledershorts war ChiChi nackt.

Stanley hätte nicht gedacht, dass Shorts auch aus Leder hergestellt wurde.

„Ist er weg?", fragte ChiChi. „Ist das Arschloch verschwunden?"

Roger nickte. „Er ist weg."

Roger ging auf ChiChi zu, legte ihm die Hand unters Kinn und drehte seinen Kopf nach links und nach rechts. Erst jetzt sah Stanley das Blut. ChiChis Lippe war aufgeschlagen. Sein linkes Auge war geschwollen und wurde zusehends blauer, während er und Roger vor ChiChi standen und es betrachteten.

„Wie geht es dir?", fragte Roger. „Hat er dich noch woanders geschlagen?"

ChiChi drückte sich behutsam mit der Fingerspitze ans Kinn. „Nein." Er lächelte merkwürdig und ein kleines Rinnsal aus Blut lief ihm von der Lippe übers Kinn. „Ich nehme an, er mochte den Twizzler doch nicht."

„Was ist denn ein Twizzler?", fragte Roger.

„Dildo. Mit Batterie. Wie ein Korkenzieher. Kitzelt."

„Nun, *ihn* hat er offensichtlich nicht gekitzelt."

ChiChi musste ihm recht geben. „Vermutlich nicht."

„Komm, wir waschen dich jetzt", sagte Roger und führte ihn in seine Wohnung zurück.

Stanley ging ihnen nach und überlegte, wie er helfen konnte. Während er noch unschlüssig in der Wohnungstür stand, hörte er hinter sich plötzlich Schritte, die sich näherten. Er sprang erschrocken zur Seite, weil er dachte, der Neandertaler wäre zurückgekommen. Aber es war Ramon, der im Bademantel vor ihm stand, die Haare triefend nass. Er zitterte am ganzen Leib vor Schreck und seine Augen waren so groß wie Silberdollar.

„Was ist mit ChiChi? Oh Gott, ich habe den Lärm gehört und wusste gleich, was los ist! Geht es ihm gut? Sag schon, verdammt! Wo ist er?"

Stanley zog ihn in die Wohnung und zeigte auf das Badezimmer, in dem Roger mit ChiChi verschwunden war. Ramon lief sofort weiter und Stanley, der nicht wusste, was er tun sollte, folgte ihm. Im Badezimmer saß ChiChi auf der Kommode, während Roger vor ihm kniete und ihm mit einem feuchten Tuch das Gesicht abtupfte.

„*Baby*." Das war Ramon. Drei Köpfe drehten sich nach ihm um, als sie seine Stimme hörten.

Während ChiChis Lippe immer dicker und sein Auge immer blauer wurde, schaute er mit dem unverletzten Auge direkt auf Ramon, der in Tränen aufgelöst in der Badezimmertür stand.

„Oh Gott", seufzte ChiChi. „Hör bitte auf zu heulen. Es ist alles in Ordnung. Nur ein paar Hämatome und eine Gehirnerschütterung und möglicherweise ein gebrochener Hals. Von heute an kann dieser Gorilla sich selbst den Arsch twizzeln und sehen, wie ihm das gefällt. Das war gerade sein letzter Termin bei mir."

Ramon schniefte geräuschvoll und stemmte die Fäuste in die Hüften. „Das will ich doch wohl hoffen! Es wird langsam Zeit, dass du diesen Job aufgibst und *alle* ihren eigenen Arsch twizzeln lässt!"

„Heiliges Kanonenrohr", sagte Roger, der immer noch ChiChis Lippe abtupfte. „Ihr beiden hört euch ja an, als ob ihr zusammengehört. Stimmt das?"

ChiChi warf Ramon einen verlegenen Blick zu. „Na prima. Jetzt ist unser Geheimnis rausgekommen. Ich habe dir gleich gesagt, dass du dich nicht in einen Prostituierten verlieben sollst."

„Oh, halt den Mund", schniefte Ramon. „Und du bist kein Prostituierter. Du bist ein Masseur, der die Masseurschule bezahlen muss. Oder wie auch immer das Mistding heißt. Und selbst wenn du ein Prostituierter gewesen wärst, dann bist du es jetzt nicht mehr. Von heute Abend an kündigst du. Ich bestehe darauf. Noch Einwände?"

ChiChi überließ sich beschämt Rogers Behandlung. Ab und zu zischte er, wenn Roger nicht vorsichtig genug war. „Nein, Baby. Keine Einwände."

„Na also." Ramon ging zu Roger und klopfte ihm mit dem Finger auf die Schulter. „Lass mich das machen. Ich will meinen Mann selbst behandeln."

Roger sah ihn grinsend an. „Aber selbstverständlich. Hier." Er reichte ihm das feuchte Tuch.

Dann gab er Ramon einen Klaps auf die Wange: „ChiChi hat dich nicht verdient."

„Danke", grummelte ChiChi. Dann lächelte er schmerzverzerrt, als Ramon sich vor ihm auf den Boden kniete. „Roger hat recht, Baby. Ich habe dich nicht verdient."

Ramon schnalzte mit der Zunge, als müsste man ihm das nicht erst extra sagen. „Mann, das weiß ich auch."

Roger wusch sich die Hände und trocknete sie an seinen Hosenbeinen ab. Dann führte er Stanley aus dem überfüllten Badezimmer nach draußen. Hinter sich hörten sie Ramon schnurren und ChiChi zischen.

„Wir lassen die beiden Turteltauben jetzt besser allein."

Stanley nickte. „Ich bin froh, dass ihm nicht mehr passiert ist."

„Ja. Und ich bin froh, dass Ramon ihm den Arsch aufgerissen hat. Natürlich nicht im wörtlichen Sinne."

Stanley grinste. „Schon verstanden."

Sie sahen sich noch einmal nach den beiden um. Ramon hatte die Arme um ChiChi geschlungen und drückte ihn an sich. Sie weinten.

Roger nahm Stanley an der Hand und führte ihn zurück zur Treppe. „Ich bin auch froh, dass die beiden füreinander da sind. Liebe muss doch nicht immer schlecht sein, oder?"

Stanley überraschte sich selbst, indem er sich Roger in den Weg stellte und ihn umarmte. „Das habe ich auch nie behauptet."

Ihm blieb kaum Zeit, Rogers Lippen auf seinem Kopf zu genießen, als sie im Treppenhaus das laute Klackern von Stöckelschuhen hörten, die den Hausflur entlangliefen.

Dann kam Arthur um die Ecke – immer noch in seinem Fummel, aber ziemlich derangiert, kam er auf seinen unmöglich hohen Absätzen auf sie zu gehumpelt. Er hielt seine Perücke und das Krönchen in der einen Hand, während er sich mit den Fingern der anderen die falschen Wimpern abzog.

„Ist alles in Ordnung mit ChiChi?", fragte er schnaufend.

Roger nickte. „Ramon ist bei ihm."

„Oh, gut", meinte Arthur.

Roger sah ihn fragend an, obwohl die Antwort auf der Hand lag. „Du wusstest Bescheid über die beiden?"

Arthur nickte. „Es geht schon seit einer ganzen Weile so. Sieht aus, als wäre jetzt Schluss mit der Geheimniskrämerei. Vielleicht akzeptieren sie jetzt endlich auch selbst die Wahrheit. Hoffe ich jedenfalls. Ich freue mich für sie."

„Ich auch", sagte Roger.

„Und ich", sagte Stanley.

Arthur musterte die beiden, die sich immer noch umarmt hielten. „Es scheint eine Epidemie zu sein."

Stanley und Roger wurden rot, sagten aber nichts.

Arthur kam auf sie zu gehumpelt. „Roger, ich mache mir Sorgen um Sylvia. Behalte sie im Auge, ja?"

Roger schien sofort zu verstehen, was ihm Arthur sagen wollte. „Ja", antwortete er nur.

Arthur tätschelte Stanley und Roger an der Wange. Dann zog er sich die Pumps von den Füßen und machte sich stöhnend und keuchend auf den Weg nach unten.

Roger und Stanley schauten ihm nach.

Stanley merkte plötzlich, dass sie direkt vor seiner Wohnung standen.

Spontan entschied er sich, diesen Abend zu beenden. Er konnte nicht noch mehr Aufregung vertragen. Heute nicht mehr. „Ich muss früh raus", sagte er und schaute auf die Uhr. Es war erst kurz nach zehn. Er setzte ein falsches, fröhliches Gesicht auf, was er zwar nicht wirklich wollte, Roger aber schuldig zu sein glaubte. „Ich gehe dann mal nach Hause, wenn ich sowieso schon hier bin."

Roger schien über diese Ankündigung nicht sonderlich erfreut zu sein. Er gab sich erst gar nicht die Mühe, Stanley etwas vorzumachen. „Na dann", sagte er niedergeschlagen. „Ich muss auch früh raus."

„Bis dann."

„Bis dann."

Und für einen Augenblick war es, als hätte es ihre Zeit zusammen auf dem Sofa nie gegeben – Roger wollte nicht drängeln und Stanley sich nicht öffnen.

Doch dann merkten sie, dass sie den Abend so nicht enden lassen durften.

Im gleichen Moment, in dem Stanley einen Schritt auf Roger zu ging, öffnete der die Arme und zog ihn an sich.

„Einen Gute-Nacht-Kuss", sagte Stanley. „Ich habe schließlich keinen Nachtisch bekommen."

„Gut."

Und dann berührten sich ihre Lippen zu einem zärtlichen Kuss.

„Danke", murmelte Roger an Stanleys Mund.

Stanley befreite sich lächelnd aus Rogers Armen und schloss die Tür zu seiner Wohnung auf. Seine Hände zitterten und er hatte Mühe, das Schlüsselloch zu treffen.

„Gute Nacht, kleine Maus."

„Gute Nacht", erwiderte Stanley und schloss leise, oh, so leise die Tür zwischen ihnen. Das letzte, was er sah, waren ein zärtliches Lächeln und die wunderschönen grünen Augen, die jede seiner Bewegungen verfolgten.

Stanley lehnte sich mit der Stirn an die geschlossene Tür und schloss die Augen. Er wollte den Anblick dieses himmlischen Gesichts für immer in sein Gedächtnis einbrennen. Als ob das nicht schon längst geschehen wäre.

Er lächelte wieder, als er merkte, dass er immer noch Rogers Kuss schmecken konnte.

9

AM NÄCHSTEN Tag hatte Stanley mehrere Seminare, lernte dabei aber so gut wie nichts. Stattdessen lief er mehrmals in Wände, ließ ständig den Stift fallen oder starrte gedankenversunken aus dem Fenster. Er war so damit beschäftigt, die Ereignisse des gestrigen Abends vor seinem inneren Auge Revue passieren zu lassen, dass sein Verstand keine Kapazitäten mehr frei hatte, um akademisches Wissen aufzunehmen. Ein Großteil seiner Überlegungen drehte sich um Roger Jane, aber auch Ramon und ChiChi erforderten überraschend viel Aufmerksamkeit.

Die beiden schienen so verliebt ineinander. Wie musste es für Ramon gewesen sein, sich damit abzufinden, dass ChiChi seine Ausbildung auf diese Weise finanzierte? Wie musste es sein, sich abends ins Bett zu legen und zu wissen, dass der geliebte Mann nur ein Stockwerk höher bezahlten Sex mit fremden Männern hatte? Nur ein Narr hätte geglaubt, dass in 6D normale Massagen angeboten wurden. Und das Schlimmste an der Sache war, dass Ramon, der ChiChi liebte, nur wenige Meter tiefer in seinem Bett lag und jedes Geräusch mitanhören musste, das durch die Decke aus ChiChis Wohnung nach unten drang.

War Ramons Liebe für ChiChi wirklich stark genug, um das zu überstehen? Konnte jemand so sehr lieben? Und wie ging Ramon damit um? Wie konnte er sein Herz einem Mann wie ChiChi anvertrauen? Wie konnte er diese Geräusche aus 6D ignorieren und – vor allem – die Bilder, die sie in seinem Kopf erzeugen mussten? Und wenn ChiChi Ramons Liebe erwiderte … wie konnte er ihm das dann antun?

Stanley überlegte, wie er sich fühlen würde, wenn er an Ramons Stelle wäre und wüsste, dass Roger im Stockwerk unter ihm fremde Männer bediente. Könnte er es akzeptieren, ohne dass seine Gefühle für Roger darunter litten? Stanley war sich nicht sicher. Oder doch. Er könnte es *nicht* akzeptieren. Es würde ihn viel zu sehr verletzen. Verliebte Menschen sollten unter ihrer Liebe nicht leiden müssen. Liebe war Vertrauen und Turteln und Wolke Sieben. Jedenfalls sollte es so sein. So war es in Filmen, und so sollte es auch im wirklichen Leben sein. Oder etwa nicht?

Stanleys Überlegungen gerieten ins Stocken.

Liebe. Wirkliches Leben. Und hatte er sich gerade eingestanden, in Roger Jane verliebt zu sein? Natürlich, er war in ihn verschossen. Er wusste auch, dass er ihn begehrte. Wem ginge es nicht so, nachdem er Roger mit seinem Adoniskörper und den magischen grünen Augen und den starken, wunderschönen Armen gesehen hätte?

Aber Liebe? Hatte Stanley wirklich diese Linie überquert, über die es kein Zurück mehr gab? Mist. Er musste nicht länger darüber nachdenken. Er wusste es. Es gab nicht den klitzekleinsten Zweifel mehr.

Verdammt. Er war bis über beide Ohren in Roger Jane verliebt. Ja, das war er! Genau das hatte er befürchtet, und jetzt war es eingetreten. Guter Gott. Liebe. Mist.

Und was würde Roger tun, wenn er es herausfand? Sicher, Roger flüsterte ihm zärtliche Worte ins Ohr und warf ihm liebevolle Blicke zu, wenn sie allein waren. Es bestand kein Zweifel daran, dass er an Stanley interessiert war. Aber hieß das auch, dass sein Interesse anhalten würde? Dass er den Rest seines Lebens mit Stanley verbringen wollte? Vielleicht war es nur ein flüchtiger Moment, eine Flamme der Leidenschaft, die kurz aufflackerte und dann wieder erlosch. Oder Roger suchte sexuelle Abwechslung beim gemeinen Volk, wollte dem armen Stanley aus dem sechsten Stock, der nun wirklich kein Mr. America war, einen Mitleidsfick gönnen und sich dabei auch noch amüsieren. Und wie – wenn Stanley *jetzt* schon in Roger verliebt war – würde es um sein armes Herz bestellt sein, wenn sie tatsächlich miteinander geschlafen hatten? Wenn sie Sex hatten? Selbst, wenn es nur ein Mitleidsfick war?

Dabei hatte Stanley bis eben noch gedacht, er hätte viel mit Ramon gemeinsam. Aber dem war nicht so. Ramon hatte einen Menschen, der seine Liebe erwiderte. Roger tat zwar so, als wäre er total gaga nach Stanley, aber wenn man sie zusammen sah, wusste man sofort, dass es nicht wahr sein konnte. Roger war ein Gott. Stanley war … Nun, wenn schon kein Troll, so doch auch nicht mehr als ein ganz gewöhnlicher Sterblicher. Was konnten Roger und er schon gemeinsam haben?

Zurück im Belladonna Arms, machte Stanley sich mit seinen fünfzig Pfund Büchern auf dem Rücken auf den Weg in den sechsten Stock und schlich – wie schon zuvor – die letzten beiden Stockwerke auf Zehenspitzen nach oben. Leise drehte er den Schlüssel im Schloss um, betrat seine Wohnung und drückte die Tür vorsichtig hinter sich zu. Dann zog er sich die Schuhe aus, bevor er auch nur einen weiteren Schritt machte. Beinahe hätte er auch noch die Luft angehalten, so sehr bemühte er sich, keinerlei Geräusch zu machen. Er wollte nicht, dass Roger ihn hörte. Er wollte ihn jetzt nicht sehen. Er konnte es einfach nicht.

Stanley musste ernsthaft über Roger Jane nachdenken. Er kam sich vor, wie ein Zug mit defekten Bremsen, der unaufhaltsam auf einen Abgrund zuraste, sein ganzes Leben hinter sich herziehend und ohne Chance, die bevorstehende Katastrophe zu verhindern.

Oder doch? Er konnte aufhören, sich wie ein Schwächling aufzuführen. Das konnte er. Er konnte Roger Jane direkt darauf ansprechen und von ihm verlangen, Stanleys sterblichen Arsch in Ruhe zu lassen und sich einen anderen Mann zu suchen. Einen anderen, der seiner Aufmerksamkeit würdig war. Einen anderen Gott, mit dem er rumbumsen konnte. Und den armen, unscheinbaren Sterblichen in Ruhe lassen.

Stanley ging leise unter die Dusche und drehte das Wasser nur so weit auf, dass es leise auf ihn herabtröpfelte. Er suchte nach einem Ausweg aus seinem

Dilemma, aber – und das war das Schlimme – es schien keinen zu geben. Es war schon zu spät. Selbst, wenn er jetzt sofort jeden Kontakt mit Roger Jane abbrach, würde er mit einem gebrochenen Herzen enden. Es war unausweichlich. Im besten Fall konnte er hoffen, diesen emotionalen Clusterfuck zu beenden, bevor er und Roger Sex hatten. Aber damit wäre der Clusterfuck noch nicht beseitigt, wäre sogar noch unüberwindlicher und sein Herz komplett verloren. Und das musste er um jeden Preis vermeiden. Wenn der heutige Tag ihn etwas gelehrt hatte, dann war es die Erkenntnis, dass er mit einem gebrochenen Herzen nicht in der Lage war, zu lernen und sein Studium erfolgreich zu beenden. Er würde *nie* seinen Magister schaffen. Zum Teufel – er würde wahrscheinlich als Penner auf der Straße enden und, eine Flasche mit billigem Wein untern Arm geklemmt, die Passanten in Nahuatl anpöbeln oder anbetteln wie ein besoffener Azteke. „¡Chinkua tinantli!" Guter Gott, seine Mutter wäre begeistert!

So deprimiert wie noch nie in seinem Leben verließ er die Dusche und trocknete sich ab. Er zog eine weite Jeans und ein T-Shirt an und war kaum damit fertig, da klopfte es an der Tür.

Er starrte die verdammte Tür an, als wäre sie ein Terrorist, der ihm eine Uzi an den Kopf hielt.

Nein. Bitte nicht. Er konnte jetzt nicht mit Roger reden. Noch nicht. Nein. Vielleicht nie.

Aber er konnte sich auch nicht wie ein Feigling verhalten und nicht an die Tür gehen.

Stanley verdrängte seine Angst, ging an die Tür und holte tief Luft, um seine Nerven zu beruhigen (als ob das helfen würde). Dann riss er die Tür auf.

Und blinzelte. Es war gar nicht Roger. Es war der jämmerliche Buchhalter. Wie hieß er noch? Ingersol. Genau. Der einzige Mann im Belladonna Arms, der nicht schwul war. Und was noch überraschender war, als einen nicht-schwulen Buchhalter vor der Tür stehen zu haben, war, einen nicht-schwulen Buchhalter vor der Tür stehen zu haben, der vor Angst nicht wusste, was er tun sollte.

„Mist", sagte Stanley. „Wer ist denn dieses Mal verprügelt worden?"

Kaum hatte Stanley die Tür geöffnet und das gesagt, wurde Ingersol noch panischer. „Du bist nicht der Krankenpfleger!"

„Nein", sagte Stanley. „Tut mir leid. Der wohnt ein Stockwerk tiefer. Was ist denn …"

„Oh Gott!", rief der Mann und schlug sich mit der Hand vor die Brust, dass sämtliche Stifte aus seinem Etui flogen und sich laut klackernd auf dem Hausflur verteilten. „Ich bin ja so dumm!"

Er wirbelte herum und rannte zur Treppe zurück. Dabei raufte er sich aufgeregt die Haare. Stanley fragte sich schon, ob er sie sich gleich in Büscheln ausreißen würde, so panisch war der Mann. *Was ist nur los?*

„Was ist los!", rief Stanley und folgte Ingersol die Treppe hinab. „Ist es Arthur? Ist ihm etwas passiert?" Er war kurz davor, den Mann am Hemd festzuhalten, um ihn endlich zu einer Antwort zu bewegen. „Ich weiß nicht, ob Roger schon zuhause ist. Sollten wir nicht den Rettungsdienst verständigen? Was ist passiert? Und *wem*? Rede mit mir, verdammt!"

Mittlerweile waren sie vor Rogers Tür angelangt und Ingersol bearbeitete sie mit beiden Fäusten.

Die Tür öffnete sich und Roger streckte den Kopf heraus. Er war offensichtlich überrascht, als er Ingersol sah. Und er war noch überraschter, als er Stanley sah, der hinter Ingersol stand.

„Stanley", sagte er. „Ich wusste nicht, dass du schon zuhause bist."

Als Stanley ihm nicht antwortete, wendete Roger sich wieder Ingersol zu. „Was ist denn los, Pete?"

Ingersol packte ihn am Arm. „Komm mit. Schnell."

„Warum? Was ist denn passiert?"

„Es ist Sylvia", sagte Ingersol und zog Roger mit sich zur Treppe.

Roger wehrte sich nicht. Er drehte nur kurz den Kopf zu Stanley um und sagte: „Mach bitte die Tür zu, Babe. Und dann kommst du mit. Ich will dich wenigstens für ein paar Minuten sehen."

Stanley fiel darauf keine passende Erwiderung ein, also hielt er den Mund.

Selbst mitten in dem Drama, das sich um sie herum abspielte, fand Roger noch die Zeit, höflich zu sein. „Stanley, das ist Pete Ingersol. Pete, das ist Stanley Sternbaum", sagte er auf dem Weg in den vierten Stock.

Pete nahm die Vorstellung kaum zur Kenntnis. „Sie ist zuhause. Ich weiß es einfach. Aber sie geht nicht an die Tür. Sie ist gestern Abend schon nicht an die Tür gegangen und heute früh auch nicht. Und jetzt geht sie immer noch nicht an die Tür. Arthur ist nicht zuhause, sonst hätte ich ihn gebeten, die Tür mit seinem Generalschlüssel zu öffnen. Ich weiß, dass Sylvia dir vertraut, Roger. Und außerdem bist du Krankenpfleger. Falls etwas passiert sein sollte, kannst du ihr helfen."

„Sylvia wohnt in 4B", erklärte Roger. „Pete wohnt direkt unter ihr in 3B. Sie sind … befreundet."

Die Art, wie Roger das letzte Wort betonte, ließ Stanley vermuten, dass mehr hinter der Geschichte steckte. Aber jetzt war nicht der passende Moment, um Fragen zu stellen. Die Furcht in Petes Gesicht, zu der sich jetzt noch verlegene Röte gesellte, machte jede Erklärung überflüssig. Der Mann war in Sylvia verliebt. Jeder Idiot konnte es ihm ansehen. Nur eine Annahme Stanleys bedurfte vermutlich der Revision – nämlich die, dass Pete Ingersol heterosexuell war. Diese Schlussfolgerung kam Stanley angesichts der letzten Sekunden nicht mehr allzu logisch vor.

Doch auch dafür war jetzt nicht der passende Zeitpunkt. Roger drehte am Türgriff von 4B. Abgeschlossen. Er lehnte sich an die Tür. „Sylvia! Hier ist Roger. Lass mich rein."

Keine Antwort.

Die nächsten fünf Sekunden verbrachte Roger damit, an die Tür zu trommeln, aber nichts rührte sich. „Lass es mich versuchen", sagte Stanley.

Pete und Roger sahen ihn fragend an, traten aber zur Seite.

Stanley nahm alle Kraft zusammen und versetzte dem Griff einen einzigen, gezielten Fußtritt. Holzsplitter flogen, eine Schockwelle erschütterte das Gebäude und Sylvias Tür flog mit einem lauten Knall auf.

Roger lächelte ihn an und wuschelte ihm durch die Haare. „Verdammt, Junge. Wo hast du *das* denn gelernt?"

„Chuck Norris. Texas Rangers. Die Wiederholung", sagte Stanley. Dann zuckte er verlegen mit den Schultern und rieb sich das Knie. „Aua."

„Das hat Chuck Norris aber nicht gesagt", bemerkte Roger grinsend und Stanley wurde rot.

Pete rannte in die Wohnung und rief Sylvias Namen. Roger und Stanley eilten ihm nach. Sie verteilten sich auf die verschiedenen Zimmer: Roger ging in die Küche, Stanley nach links ins Badezimmer. Pete bog nach rechts ins Schlafzimmer ab.

„Nein!" Stanley stellten sich die Nackenhaare auf, als er Petes Schrei aus dem Schlafzimmer hörte.

Stanley und Roger liefen sofort los. Sie kamen Seite an Seite im Schlafzimmer an und sahen dort Sylvia auf dem Bett liegen. Sylvia war voll bekleidet. Der eine Arm hing über die Bettkante nach unten und ihr Gesicht war so bleich wie Alabaster. Sie sah aus wie eine Schaufensterpuppe.

„Scheiße", flüsterte Roger, zog sie an den Schultern hoch und schüttelte sie durch. Ihr Kopf flog hin und her wie bei einer Stoffpuppe. Ihre Augen blieben geschlossen. „Oh Scheiße, Scheiße, Scheiße."

Roger drehte sich zu Pete um. „Ruf 911 an."

In diesem Moment sah Stanley die Pillendose auf dem Nachttisch. Sie war leer, umgekippt. Roger sah sie auch und ihre Blicke trafen sich. Sie konnten nicht hören, was Pete im Nachbarzimmer am Telefon sagte, aber sie hörten das Zittern in seiner Stimme. Er war offensichtlich den Tränen nahe.

„Stanley", sagte Roger. „Geh nach unten und führe die Sanitäter sofort hierher. Kannst du das tun? Sie werden gleich da sein und es geht schneller, wenn sie jemand erwartet und ihnen den Weg zeigt."

Stanley nickte. „Wird es wieder gut?"

„Ich hoffe es", sagte Roger und fasste ihn an der Hand. Mit dem anderen Arm zog er Sylvia an sich und hielt sie in einer sitzenden Position. Er wollte sie aufwecken und hörte nicht auf, sie zu schütteln. Er hoffte auf eine Reaktion, auf welche auch immer. Aber er wusste, dass es sinnlos war. Sie brauchte mehr als das bisschen Schütteln, um sie wieder zu sich zu bringen. Wenigstens atmete sie noch. Gott sei Dank für kleine Gaben.

„Geh jetzt", bat er Stanley. „Und komme mit den Sanitätern zurück. Ich fahre mit Pete hinterm Rettungswagen her ins Krankenhaus. Ich möchte, dass du auch mitkommst. Wir müssen miteinander reden. In Ordnung?"

Stanley nickte wieder. Er zitterte jetzt auch. Er war ein solches Drama nicht gewöhnt. Seine Hände zitterten, als hätte er Malaria oder so. Er konnte es nicht ertragen, in Sylvias stilles Gesicht zu sehen, aber er konnte den Blick auch nicht abwenden. „Gut", sagte er mit krächzender Stimme und drehte sich zu Pete um, der immer noch hektisch ins Telefon sprach. Er gab gerade die Adresse durch. Dann bettelte er, sie mögen sich beeilen. „Ist Pete …?"

Roger drückte beruhigend seine Hand. „Ja, er ist. Geh jetzt."

Und Stanley ging.

STANLEY BEOBACHTETE aus etwas Abstand Roger und Pete, die sich mit dem jungen Arzt in der Notaufnahme unterhielten. Es war voll hier und er wunderte sich, dass noch niemand Pete Ingersol auf eine Liege gepackt und ins nächste Behandlungszimmer gerollt hatte. Oder in eine Gummizelle. Der Mann war nahezu hysterisch. Wenn Stanley noch Zweifel gehegt hätte über Petes Gefühle zu ihrer transsexuellen Nachbarin, dann wären sie spätestens jetzt ausgeräumt worden. Er fragte sich auch, ob Sylvia überhaupt wusste, wie sehr Pete sie liebte. Stanley nahm sich fest vor, es ihr zu sagen, wenn sie nur wieder gesund hier rauskommen würde. Sie musste es einfach erfahren. Und außerdem hatte Pete es verdient.

Nach einiger Zeit wurde Stanley schwach und beobachtete stattdessen Roger Jane in Action. Roger arbeitete in diesem Krankenhaus und kannte das Personal. Er kannte auch den Arzt, mit dem er sich gerade unterhielt. Roger war zwar nicht so panisch wie Pete, aber er war genauso besorgt um Sylvia, und im Gegensatz zu Pete wusste er, worüber der Arzt sprach. Pete wusste es nicht. Stanley auch nicht. Wahrscheinlich waren sie deshalb so verdammt nervös.

Roger warf Stanley ab und zu einen beruhigenden Blick zu, um ihm zu zeigen, dass er ihn nicht vergessen hatte. Trotz all der Hektik fand er immer noch Zeit, sich um Stanley zu kümmern. Nur ein wirklich herzensguter Mensch würde das tun.

Diese Erkenntnis blieb Stanley nicht verborgen. Oh nein. Nicht ansatzweise. Und sie verwirrte ihn noch mehr, als er sowieso schon war. Wenn es um Roger Jane ging, wusste er weder, ob etwas zwischen ihnen war, noch was zwischen ihnen war oder was er selbst eigentlich wollte.

Zum hundertsten Mal fiel ihm Rogers perfekter Körper auf, der an diesem fürchterlichen Ort noch mehr ins Auge fiel. Roger Jane war wie eine Insel im Sturm, ruhig und wunderschön. Das Chaos, das um ihn herum herrschte, schien ihn nicht zu berühren. Stanley war nicht der einzige, dem das auffiel. Viele Augen richteten sich auf Roger, fanden Trost in seinem Anblick, der ihre Ängste beruhigte und die Schrecken dieses Ortes zu mildern schien – und sei es auch nur für einen kurzen Augenblick. Roger schien sich der Blicke nicht bewusst zu sein, die er auf sich zog. Er hatte keinerlei Ahnung von der beruhigenden Wirkung, die allein seine Anwesenheit auf die anderen Menschen ausübte.

Während Roger sich mit dem jungen Arzt unterhielt, stand Pete nervös dabei, kaute an den Fingernägeln und versuchte, kein Wort zu verpassen. Rogers Blick ging immer wieder zu Stanley, als müsste er sich davon überzeugen, dass Stanley noch bei ihm war und nicht schreiend die Flucht ergriffen hatte, um diesem Albtraum zu entkommen. Stanley war ihm dafür dankbar. Wirklich. Es war das einzige, was ihn davor bewahrte, komplett durchzudrehen.

Der Arzt nickte erst Roger, dann Pete anteilnehmend zu, bevor er eilig hinter einer kleinen Tür verschwand. Pete ließ sich in einen Stuhl fallen, stützte sich mit den Ellbogen auf die Knie und raufte sich die Haare. Roger kam zu Stanley, nahm ihn am Arm und führte ihn auf den Gang, wo ein Getränkeautomat stand. Er suchte in der Hosentasche nach Münzen, zog zwei Dosen Limonade und reichte eine davon Stanley.

In diesem Moment ertönte am Ende des Ganges, ungefähr ein Footballfeld entfernt, ein lauter Schrei.

„Roger! Stanley! Gott sei Dank, dass ich euch gefunden habe!"

Es war Arthur, der auf sie zu gerannt kam. Er trug nicht gerade seinen Fummel – Allah sei gepriesen –, aber einen lila Hausmantel mit lila Häschen-Pantoffeln und einem rosa Bettjäckchen um die Schultern. Für einen Mann von mindestens dreihundert Pfund bewegte er sich erstaunlich schnell. Die kleinen Öhrchen an seinen Pantoffeln wackelten hin und her, als er über den gekachelten Fußboden lief. Rechts und links drehten sich Köpfe nach ihm um und er wurde mit großen Augen angestarrt. Was auch nur verständlich war.

Arthur streckte schon die Arme nach Roger und Stanley aus, als er noch sieben Meter entfernt war. Für einen mehr als übergewichtigen Fernfahrertyp (wenn man seine Bekleidung unberücksichtigt ließ) war sein herzzerreißendes Heulen so schrill, dass man sich allen Ernstes fragte, ob es überhaupt von ihm kam.

„Wie geht es ihr? Oh mein Gott! Ich wollte gerade meine Schönheitsmaske auflegen, als ich es gehört habe! Warum hat sie das nur getan? Was hat sie sich dabei nur gedacht?"

Die letzten Meter zu Roger und Stanley schlitterte er mit seinen Pantoffeln über den polierten Fußboden wie ein Baseballprofi zum Schlagmal. Der lila Hausmantel flatterte im Wind und der Mund in Arthurs fettem, schreckverzerrten und unrasierten Gesicht war zu einem perfekten O geformt.

Roger, dem die Szene sichtlich peinlich war, wedelte mit der Hand, um ihn zum Schweigen zu bringen. Dann legte er ihm den Arm um die Schultern und führte ihn in eine kleine Nische hinter dem Getränkeautomaten. Er musste sämtliche diplomatischen Register ziehen, um Arthur zu beruhigen, aber da er gute Nachrichten hatte, ließ Arthurs Panik langsam aber sicher nach. Er hörte Roger aufmerksam zu, bat ihn immer wieder um Details und ließ sich alles zweimal erklären. Dann schlug er sich mit beiden Händen auf die massive Brust, atmete erleichtert durch und zog sich eine dicke Zigarre aus der Tasche, um die gute Nachricht zu feiern. Als ihm gerade noch rechtzeitig einfiel, wo sie sich befanden, steckte er die Zigarre mit einem Ausdruck des Bedauerns wieder weg.

„Dann wird alles wieder gut? Du bist dir sicher, ja?"

Roger nickte. „Mach dir keine Sorgen. Sie erholt sich wieder. Sie ist hier in guten Händen."

„Die Party ist schon in zehn Tagen. Wann darf sie wieder nach Hause? Ich habe schon alles bestellt – die Häppchen und den Alkohol. Ich wollte euch beide gerade fragen – Hallo, Stanley! –, ob ihr mir bei der Dekoration des Partykellers helfen könnt. Ich glaube, ich habe auch eine Band gefunden. Mein Gott, ich habe alles getan, damit sie glücklich werden kann. Ich liebe sie nämlich, wisst ihr? Nicht *so* natürlich, aber … Oh, seid ihr euch wirklich sicher, dass alles gut wird?"

„Ja", erwiderte Roger nachdrücklich. „Und jetzt hör auf, dir Sorgen zu machen. Sonst müssen wir noch länger hier rumstehen, weil du einen Herzanfall bekommst und auch behandelt werden musst. Und *das* würde die Party ernsthaft gefährden, nicht wahr?"

Arthur blinzelte. „Richtig. Du hast recht. Ich beruhige mich besser wieder."

Roger drückte ihn an sich und zeigte auf Pete, der immer noch auf seinem Stuhl saß und den Kopf in die Hände gelegt hatte. Pete schien der einzige Mensch in der Notaufnahme zu sein, dem der dramatische Auftritt des Mannes im Hausmantel und den Häschen-Pantoffeln entgangen war.

„Willst du dich nicht zu Pete setzen?", schlug Roger vor. „Er könnte eine mitfühlende Schulter brauchen, um sich auszuweinen. Er liebt Sylvia nämlich."

Arthur wischte sich eine Träne von seiner stoppeligen Wange. „Ich weiß. Der arme Mann. Der arme, arme Mann."

„Geh jetzt und leiste ihm Gesellschaft. Ich muss noch mit Stanley reden. Wir wollten gerade vor die Tür gehen, wo wir ungestört sind. In ein paar Minuten sind wir wieder zurück, ja? Kannst du das für mich tun?"

Arthur nickte schweigend. „Hallo, Stanley!", sagte er dann noch einmal. Stanley nickte ihm zu.

„Und du darfst dir keine Sorgen mehr machen", wiederholte Roger beruhigend. „Stanley und ich helfen dir natürlich, den Partykeller herzurichten. Wir helfen dir bei allem, was du brauchst, um die Party zu einem Riesenerfolg zu machen." Roger drehte sich mit entschlossener Miene zu Stanley um. „Das werden wir." Es war keine Frage.

Stanley öffnete überrascht den Mund, um etwas zu sagen. Als ihm nichts einfiel, nickte er nur.

Roger drehte sich wieder zu Arthur um. „Siehst du? Alles kein Problem. Stanley und ich sind für dich da, wenn du uns brauchst."

Arthur wischte sich noch mehr Tränen aus dem Gesicht, umarmte sie und drückte ihnen Küsschen auf die Wangen. Dann zog er seinen Hausmantel vor der

Brust zusammen wie einst Liz Taylor ihren Pelzmantel, bevor sie sich einer Horde Paparazzi stellte. „Tschüss, ihr Schätzchen", sagte er und ging zu dem armen Pete, der immer noch den Kopf in die Hände stützte und nicht ahnte, was da in Gestalt einer übergewichtigen Dragqueen in Bettjäckchen und Häschen-Pantoffeln auf ihn zukam.

Roger nahm die Chance zur Flucht sofort wahr. „Komm, lass uns nach draußen gehen", sagte er und zog Stanley am Ärmel.

Stanley sah Arthur kopfschüttelnd nach. „Schwitzt er nicht in der Aufmachung?"

Roger grunzte. „Verrückte fühlen Temperaturen nicht so, wie wir gewöhnlichen Menschen. Ich kenne mich da aus, ich arbeite in einem Krankenhaus."

Dann zog er wieder an Stanleys Ärmel, bis der ihm nach draußen folgte.

Es wurde schon langsam dunkel. Sie setzten sich unter einem Baum auf eine Steinbank. Auf dieser Seite des Gebäudes waren sie vor den Strahlen der tief stehenden Sonne geschützt. Ein leichtes Lüftchen wehte. Stanley atmete erleichtert durch. Es war der erste kühle Luftzug, den er seit Tagen zu spüren bekam. Hinter der Wand in ihrem Rücken lag eine Welt der Schmerzen, aber hier, in der schattigen Kühle des Sonnenuntergangs, war alles besser. Stanley fühlte sich mehr als nur erleichtert, der Notaufnahme entkommen zu sein. Er schloss die Augen und genoss die ruhige, kühle Stille, die sich in ihm ausbreitete. Heute war ein sehr anstrengender Tag gewesen, und das in mehr als nur einer Hinsicht.

Nach einiger Zeit trank er einen Schluck Limonade aus seiner Dose und schaute auf Rogers Hand, die immer noch federleicht auf seinem Arm lag.

„Danke, dass du mit uns ins Krankenhaus gekommen bist", sagte Roger.

Stanley nickte. „Was hat der Arzt gesagt?"

Roger wandte den Blick von Stanleys Augen ab und schaute nach oben, in die wogenden Äste des Baumes. Irgendwo saß eine Spottdrossel und zwitscherte fröhlich vor sich hin. Roger schien den Baum nach ihr abzusuchen. Er genoss den kühlen Abend offensichtlich genauso wie Stanley.

„Sie wird es schaffen. Gott sei Dank. Sie pumpen ihr den Magen aus. Sie hat ein Beruhigungsmittel geschluckt, das ihr ein Arzt verschrieben hatte. Sylvia hatte in letzter Zeit sehr viel Stress. Wenn du nicht ihre Tür eingetreten hättest, würden wir jetzt vielleicht ein anderes Gespräch führen."

Stanley betrachtete immer noch Rogers Hand auf seinem Arm. „Warum hat sie das wohl getan?", fragte er. „Warum will ein Mensch sich umbringen? Ich habe es nie verstanden. Nie."

Roger lächelte sanft. „Vielleicht warst du nie unglücklich genug. Und ich hoffe, dass du es auch niemals sein wirst."

Stanley dachte darüber nach. „Ich auch."

Sie lauschten dem fröhlichen Lied der Drossel. Die Natur ließ sich durch die großen und kleinen Katastrophen in der Welt der Menschen nicht aus der Ruhe bringen. „Darf ich dir eine Frage stellen?", sagte Roger und wendete sich wieder

Stanley zu. „Können wir den ganzen Mist, mit dem wir uns gegenseitig überschüttet haben, für einen Augenblick vergessen und einfach nur reden? Kannst du das?"

Stanley nickte zurückhaltend, weil ihm keine glaubwürdige Ausrede einfiel. „Na gut." Er trank noch einen Schluck Limonade, um seine Nervosität zu überspielen. „Worüber willst du denn reden?"

„Über uns", sagte Roger. „Ich will über uns reden."

Stanleys Herz schlug einen kleinen Purzelbaum. „Was ist denn mit uns?"

Roger streichelte ihm zärtlich über den Arm. Er schien es gar nicht zu merken, weil er in Gedanken woanders war. Stanley lief ein Schauer über den Rücken. Die kleinste Berührung durch diesen Mann war elektrisierend. Stanley wusste, dass Roger ihn immer noch ansah. Er schloss die Augen, weil er es nicht über sich brachte, den Blick zu erwidern. Wenigstens visuell wollte er Roger ausschließen, wenn sein Herz schon eine offene Tür war und begierig darauf wartete, was Roger ihm zu sagen hatte. Und es war ganz und gar nicht das, was Stanley zu hören erwartete.

„Du schleichst wieder die Treppe hoch. Auf Zehenspitzen. Es muss so sein, weil ich dich heute sonst gehört hätte. Ich habe nämlich auf dich gewartet. Ich wollte dich sehen."

„Warum?", fragte Stanley und öffnete die Augen gerade noch rechtzeitig, um zu erkennen, dass er Roger mit seiner kühlen Reaktion verletzt hatte.

„Weißt du das wirklich nicht, Stanley? Bist du so blind?"

„Nein, ich …"

„Halt den Mund. Lass mich ausreden, solange ich noch den Nerv dazu habe."

Stanley senkte kurz den Kopf, bevor er es schaffte, Roger wieder in die Augen zu sehen. „Na gut. Leg los."

Roger legte ihm einen Finger unters Kinn. „Sei nicht so kaltherzig. Bitte."

„Das bin ich nicht. Ich …"

„Schhh. Ich dachte, wir könnten uns vertrauen. Ich weiß, dass ich dir anfangs Angst gemacht habe. Ich nehme an, ich war zu direkt. Ich hätte das vielleicht nicht tun sollen. Es tut mir leid."

„Du hast nicht …"

„Ich habe doch gesagt, du sollst still sein."

Stanley schloss sich mit einer Geste den Mund ab und warf den Schlüssel hinter sich ins Gebüsch. Roger lächelte, aber es war ein Lächeln, das seine Augen nicht erreichte.

Dann neigte er den Kopf zur Seite und musterte Stanley. „Wer bist du wirklich, Stanley? Bist du ein Unschuldslamm? Oder bist du ein listiger Fuchs? Stellst du dich dumm oder willst du mich nur hinhalten? Bist du naiv oder verschlagen? Was ist es?"

„Ich verstehe nicht …"

„Doch, das tust du. Du verstehst mich sehr gut. Ich möchte wissen, warum du dich so vor mir verschließt. Bitte. Erkläre es mir so, dass ich es verstehen kann.

Oder habe ich das nicht verdient? Erkläre es mir. Und wenn du es wirklich willst, dann lasse ich dich in Ruhe. Das verspreche ich dir. Aber ich muss wissen, warum. Ich muss wissen, warum du mich nicht einlassen willst."

Stanley holte tief Luft und schloss die Augen, sonst hätte er es nicht laut sagen können. Auch so kamen die Worte nur flüsternd über seine Lippen, aber wenigstens kamen sie. Es war beinahe erleichternd, sie endlich loszuwerden. „Ich will nicht verletzt werden."

Er öffnete die Augen, als Roger leise lachte. Das war nun wirklich nicht die Reaktion, mit der er gerechnet hätte.

„Falls es dir noch nicht aufgefallen ist, Stanley ... aber *du* bist es, der *mich* verletzt."

„Warum solltest *du* denn verletzt sein?"

Roger seufzte. Dann lächelte er wieder. Dieses Mal war sein Lächeln ungläubig. Verwundert. Ein Das-kann-doch-nicht-wahr-sein-Lächeln. „Mein Gott, du bist wirklich blind."

„Ja", sagte Stanley. „Es sieht so aus. Erleuchte mich. Ich habe wirklich nicht den Hauch einer Ahnung, wovon du sprichst."

Für einen kurzen Moment blitzte in Rogers Augen so etwas wie Wut auf. „Den Teufel hast du nicht! Du weißt ganz genau, wovon ich spreche!" Er stellte seine Limo-Dose ab, packte Stanley an den Schultern und drehte ihn zu sich herum, bis sie sich Auge in Auge gegenübersaßen. Dann hielt er Stanley fest – mit den Händen und mit den Augen.

„Na gut, Stanley. Hör mir jetzt gut zu, weil ich genau das tun werde: dich erleuchten. Und zwar kurz und bündig. Ich will mit dir zusammen sein, Stanley. Ich will mit dir zusammen sein und ich will, dass du mit mir zusammen sein willst. Ich will, dass wir uns vertrauen. Ich will herausfinden, ob es mehr zwischen uns geben kann als nur Freundschaft. Gott stehe mir bei, du kleiner Scheißkerl, aber ... ich bin verrückt nach dir. Ich kann an nichts anderes mehr denken. Nur noch an dich. Ständig muss ich an dich denken. Ich kann nicht *nicht* an dich denken. Und glaube mir, ich habe es versucht."

Roger brauchte einen Moment, um sich wieder zu beruhigen. Stanley sah ihn sprachlos an, von Rogers Worten zum Schweigen gebracht. Von den Gefühlen in Rogers Worten zum Schweigen gebracht.

Als Roger wieder reden konnte, war er viel ruhiger, ließ Stanleys Schultern aber immer noch nicht los. Er wollte ihn nicht entkommen lassen und damit musste man bei Stanley immer rechnen. Aber sein Griff war viel sanfter geworden. Roger war fest entschlossen, zu Ende zu bringen, womit er begonnen hatte. Und solange wollte er Stanley hier festhalten.

„Du fragst dich jetzt wahrscheinlich nach dem Grund, habe ich recht? Du fragst dich, warum ich dich so sehr mag?"

Stanley nickte wortlos. Genau das fragte er sich.

Roger musste gemerkt haben, dass er zu grob war. Er ließ Stanley ganz los und legte die Hände in den Schoß. Als müsste er sie bändigen, hielt er die eine mit der anderen fest. Jetzt berührten sich nur noch ihre Knie, als sie sich auf der Bank gegenübersaßen. Ab und zu gingen Menschen vorbei. Einige warfen ihnen sogar neugierige Blicke zu, doch die beiden kümmerten sich nicht darum. Sie sahen nur sich.

„Baby, ich mag dich, weil du lustig bist und fürchterlich nett und nicht so ein Angeber wie viele andere, die ich kenne. Und du bist so süß. Ich weiß, das willst du mir nicht glauben. Es stimmt aber. Und dass du es nicht glaubst, macht dich nur noch süßer. Und du bist freundlich und hilfsbereit. Du bist einer der freundlichsten Menschen, die ich kenne. Ich mag das wirklich an dir, Stanley. Das bedeutet mir sehr viel."

Stanley wurde rot. „Bitte nicht."

Roger zuckte mit den Schultern. „Mir ist es egal, ob du mir glaubst oder nicht. Es stimmt. Punkt. Aber das ist alles nicht der entscheidende Grund dafür, dass ich dich mag. Willst du wissen, was mich wirklich so verrückt macht nach dir, Stanley Sternbaum? Willst du es wissen?"

Stanley nickte mit großen Augen. Er traute seiner Stimme immer noch nicht.

„Ich mag dich dafür, wie du mich ansiehst", sagte Roger.

Dazu konnte Stanley nicht mehr schweigen. „Und wie sehe ich dich an?", fragte er mit krächzender Stimme.

Als Roger jetzt lächelte, lächelte er auch mit den Augen. Er lächelte sogar mit dem ganzen Gesicht.

„Als ob du mich auch willst. Du siehst mich an, als ob du mich begehrst, Stanley. Und ich sehe dich genauso an, aber das ist dir offensichtlich entgangen."

„Du könntest jederzeit einen besseren Mann finden als mich."

Roger runzelte die Stirn. Diese Antwort gefiel ihm ganz und gar nicht. „Das will ich aber nicht. Ich will keinen besseren. Ich will dich. Und ich habe das jetzt nicht so gemeint, wie es sich angehört hat."

„Aber wir sind so verschieden", stammelte Stanley. „Unser Aussehen, unser Job. Unser Aussehen ..."

„Du wiederholst dich."

Stanley stöhnte. „Weil es wichtig ist."

„Nein, das ist es nicht. Es ist nur für dich wichtig, Stanley. Ich wünschte, du könntest dich so sehen, wie ich dich sehe. Ich will dich so sehr, dass es schon wehtut. Als hätte ich mir eine Grippe eingefangen. Selbst meine Fußnägel tun weh."

Er nahm Stanleys Hand und zog sie sich auf den Schoß. *Drückte* sie sich auf den Schoß. Und auf den Ständer, der sich dort in der Hose verbarg.

Stanley riss die Augen auf. „Du ... du bist erregt!"

„Ich bin erregt, seit ich dich das erste Mal gesehen habe. Ich will mit dir zusammen sein, Stanley. Und zwar bald. Sonst explodiere ich."

„Du spielst in einer höheren Liga."

„Nein, das ist nicht wahr."

„Du suchst nur Abwechslung bei einem Normalsterblichen."

„Sag das nie wieder."

„Was ist, wenn ich mich in dich verliebe?"

„Dann sitzen wir beide im selben Boot."

Stanley schloss die Augen. Irgendwo in der Ferne fuhr brummend ein Stadtbus vorbei. Er konnte immer noch die Abendluft im Gesicht spüren, aber sie hatte ihre kühlende Wirkung verloren. Diese Hitze, diese quälende Hitze saß zu tief, um von einem leichten Lüftchen erreicht zu werden. Er konnte fast körperlich spüren, wie angespannt Roger auf seine Reaktion wartete. Er spürte es sogar hinter seinen geschlossenen Augenlidern. Roger wartete auf seine Antwort.

Stanley öffnete die Augen. In diesem Moment gingen die Straßenlampen an und tauchten den Boulevard in ihr helles Licht. Es war schon fast ganz dunkel geworden. Er zwang sich, Roger in die Augen zu sehen. In dem weichen Licht der Straßenbeleuchtung sah Roger noch atemberaubender aus als sonst. Und er sah leicht angesäuert aus. Dafür konnte man ihm vermutlich keinen Vorwurf machen. Stanley fand endlich seine Stimme wieder. „Das, was du eben zuletzt gesagt hast ... Dass wir beide im selben Boot sitzen ... Heißt das ...?"

„Ja", sagte Roger. „Genau das heißt es. Mein Gott, bist du begriffsstutzig."

„Willst du mir etwa sagen, dass du mich liebst?" Die Worte hörten sich so fremd an. Stanley wollte gar nicht erst wissen, wie sie sich für Roger anhören mussten.

Aber Roger grinste nur. Für ihn schienen sie sich gar nicht fremd anzuhören. Er sah sogar aus, als würde er sich freuen, sie von Stanley zu hören. Jedenfalls sah Roger plötzlich nicht mehr so sauer aus.

„Wirst du wieder Angst bekommen, wenn ich dir sage, dass ich dich liebe?"

„N-nein", sagte Stanley.

„Ich liebe dich."

„Wirklich?"

„Ja. Küss mich. Bitte."

„Hier?"

„Ja, hier."

Stanleys Herz pochte wie wild, als er sich vorbeugte und die Hände auf Rogers Beine legte, weil er keinen besseren Platz für sie fand.

„Du zitterst", flüsterte Roger. Dann berührten sich ihre Lippen. Sanft, so sanft. Der Kuss dauerte nur wenige Herzschläge. Als Stanley die Augen schloss und sich in Rogers Arme fallen ließ, hob Roger den Kopf.

Die Spottdrossel zeterte so laut, dass Rogers Worte kaum zu hören waren. Sie saß irgendwo dort oben im Schatten der Äste und zeterte vor sich hin. „Bedeutet dieser Kuss das, was ich glaube, Stanley?"

Stanley musste sich mehrmals räuspern, bevor er die Sprache wiederfand. „Was glaubst du denn, was er bedeutet?"

„Er bedeutet, dass du mir eine Chance geben willst."

„Ja", sagte Stanley. „Ich gebe dir eine Chance. Glaube ich."

„Danke."

Stanley beobachtete verwundert die Tränen, die in Rogers grünen Augen glänzten. Er war sich sicher, dass es um seine eigenen Augen nicht viel besser bestellt war.

„Jetzt reicht's aber mit meiner Drängelei", sagte Roger schüchtern, fast verlegen. „Sag mir Bescheid, wenn du dich endgültig entschieden hast."

Stanley nickte und wusste schon wieder nicht, was er tun sollte. „Ja, das werde ich."

„Und vergiss mich nicht einfach wieder."

„Nein, das werde ich nicht."

„Und schleiche nicht mehr die Treppe hoch, weil ich es wirklich hasse, wenn du die Treppe hochschleichst."

„Ja, versprochen."

Roger gab ihm einen Klaps aufs Knie und ließ die Hand gerade lange genug auf Stanleys Bein liegen, um es nicht mehr als freundschaftliche Geste missverstehen zu können. Dann zog er verlegen an seinem Hosenbund, um mehr Platz zu schaffen und sich bewegen zu können, stand auf und ging.

„Ich gehe wieder rein", rief er Stanley über die Schulter zu. „Ich gehe zu Pete und Arthur ins Wartezimmer. Wenn du willst, kannst du ja nachkommen."

Stanley nickte nur und sah ihm nach.

Die Spottdrossel schien mittlerweile komplett durchgedreht zu sein. Sie pfiff, sang und zeterte sich fast um den Verstand. Stanley fragte sich, was da oben im Baum wohl vor sich ging. Wollte der Vogel ihm vielleicht etwas mitteilen?

10

EIN TAG verging. Dann zwei. Roger arbeitete Doppelschicht im Krankenhaus und Stanley hatte vormittags Seminare an der Uni. Nachmittags und abends nahm er an der Ausgrabung eines Fundplatzes der Kumeyaay-Kultur teil, weil er für sein Examen Feldarbeit nachweisen musste. Der Fundplatz lag fünfzig Kilometer von der Stadt entfernt in der Wüste. Stanley war begeistert, weil ihm die Arbeit mit den toten Indianern Zeit gab, in Ruhe über das Roger-Problem nachzudenken, ohne Gefahr zu laufen, dem wirklichen Roger-Problem zu begegnen.

Falls es überhaupt ein Problem war, denn daran – Gott stehe ihm bei – zweifelte er mehr und mehr. Wahrscheinlich hatte er nur seiner Unsicherheit und seinem Minderwertigkeitskomplex erlaubt, die Sache über alle Maßen aufzublasen. Er wusste sehr genau, dass ihm das nicht zum ersten Mal passierte.

Er musste erst eine zweite Meinung einholen und noch einmal – vollkommen unverhofft – Roger Jane über den Weg laufen, bis er zu einer endgültigen Entscheidung gelangen sollte.

Doch zuerst kam die zweite Meinung, und sie kam von Sylvia.

Stanley stand vor ihrem Zimmer im Krankenhaus, eine chinesische Vase mit einem Strauß roter Nelken in der Hand, die er unten im Geschenkladen gekauft hatte. Er war nervös. Stanley hasste Krankenhäuser. Er konnte sich noch gut an die Wochen vor dem Tod seines Vaters erinnern. Seitdem hasste er Krankenhäuser.

Er hasste es auch, Geld zu vergeuden und genau das hatte er getan. Es wurde ihm klar, als er die vielen Blumen sah, die Sylvia schon bekommen hatte. Sie standen auf jeder freien Oberfläche in ihrem Zimmer, selbst auf dem Fensterbrett. Es war eine wahre Explosion aller erdenklicher Blütenfarben. Und es waren edle Blumen, viel teurer, als Stanleys Nelken. Rosen. Lilien. Selbst die Vasen waren schöner. Eine rosa Orchidee stand in einem Blumentopf aus Kupfer auf Sylvias Nachttisch, als wäre sie etwas ganz Besonderes. Die Luft roch süß nach Schokolade und Blütenduft.

Sylvia lag in ihrem Bett auf der Seite, die Knie bis fast unters Kinn angezogen. Sie hatte eine Hand unter die Wange gelegt und schaute melancholisch aus dem Fenster. Die Haare hingen ihr stumpf und strähnig, aber sauber, ins Gesicht. Die schönen Wellen waren durch das lange Liegen in dem Krankenhausbett ganz flachgepresst. Sylvias ungeschminkte Augen wirkten riesengroß in dem blassen Gesicht. Riesengroß und sehr, sehr traurig.

Die Augen erwachten aber schnell wieder zum Leben, als sie Stanley in der Tür stehen sahen. Sylvia setzte sich auf und lächelte ihm unsicher zu. Sie wuschelte sich mit beiden Händen durch die Haare, als wüsste sie, dass sie heute nicht gerade den besten Eindruck machte.

Sie streckte den Arm nach Stanley aus und winkte ihn ans Bett, damit er ihr einen Kuss geben konnte. Er ging zu ihr und küsste sie sanft auf die Wange.

„Ich liebe Nelken", sagte sie mit einem schüchternen Blick auf Stanleys Blumenstrauß.

Stanley lächelte. „Was für ein Zufall! Sie sind nämlich für dich."

Sylvia nahm ihm die Blumen ab, stellte sie auf ihren Nachttisch und schob die Orchidee zur Seite. Es war, als müsste die Königin von England einem Schmuddelkind weichen.

„Sie sind wunderschön", sagte sie und klopfte mit der Hand aufs Bett. „Vielen Dank. Und jetzt setz dich zu mir."

Stanley setzte sich. Sylvia schob sich das Kissen in den Rücken und machte es sich bequem. Sie sah ihn an und wurde rot. Stanley setzte eine fröhliche Miene auf – so gut ihm das eben gelang – und fasste sie an der Hand.

„Wie fühlst du dich?"

Die Traurigkeit kehrte in ihren Blick zurück. „Es ist mir so peinlich. Ich hätte das nicht tun sollen und es tut mir leid."

„Gut", sagte Stanley und streichelte ihr über die Finger. „Dann wirst du es auch nicht wieder tun."

„Nein, ich werde es nicht wieder tun."

Stanley zwang sich, den Blick abzuwenden. Sie schämte sich schon genug und er wollte nicht, dass sie sich noch schlimmer fühlte.

„Wow", sagte er und sah sich in dem Zimmer um, immer noch um gute Laune bemüht, obwohl er am liebsten geweint hätte. Sylvia wirkte so traurig und verloren. „Wer hat dir denn all die schönen Blumen geschickt?"

Sylvia sah sich ebenfalls um. Sie wischte sich eine Träne aus dem Auge und lächelte gezwungen. „Du wirst es mir nicht glauben, wenn ich es dir sage, aber … ich weiß nicht, wer sie mir geschickt hat. Na ja, ich weiß, dass die Rosen dort von Arthur sind." Sie zeigte auf ein dutzend gelber Rosen. „Die roten Rosen sind von Roger. Und dann sind da deine Nelken. Aber die anderen sind mir ein Rätsel. Sie sind gekommen ohne Absender und Grußkarte."

Stanley zählte die Kategorie der Kartenlosen. Er kam auf über ein dutzend Blumensträuße, einer schöner als der andere. Es gab sogar zwei kleine Teddybären, die auf einem Stuhl in der Ecke saßen. Der eine hielt einen Luftballon mit der Aufschrift „Gute Besserung", der andere war mit kleinen Schleifchen geschmückt und hatte rote Herzchen aus Pappe um den Hals hängen. Stanley musste grinsen, als er die beiden Teddybären sah. Er wusste genau, von wem sie kamen. Die Teddybären und auch die Blumen. Er war sich absolut sicher. Es konnte nicht anders sein.

Er fragte sich, ob er es Sylvia sagen sollte, aber dann dachte er: *Ja, sie muss es wissen. Sie muss es einfach wissen.* „Ich glaube, ich habe da einen Verdacht, was deinen geheimen Verehrer angeht." Er flüsterte verschwörerisch und grinste sie geheimnisvoll an.

Sylvia hob neugierig den Kopf. Sie hatte offensichtlich selbst schon darüber nachgedacht. Und sie liebte Geheimnisse über alles. Obwohl dieses spezielle Geheimnis da möglicherweise die Ausnahme von der Regel war. „Ja? Du weißt es? Wer?"

„Der Nachbar, der unter dir wohnt?"

Sylvia sah ihn verwirrt an. „Welcher? Ich habe dutzende Nachbarn, die unter mir wohnen."

Stanley schüttelte den Kopf. „Nein. Ich meine den Nachbarn, der *direkt* unter dir wohnt."

Es dauerte einen Augenblick bis bei Sylvia der Groschen fiel. Sie lachte und schlug ihm an den Arm. „Oh, sei kein Dummerchen. Dort wohnt Mr. Ingersol, der Buchhalter."

Stanley schnalzte mit der Zunge und sah sie vielsagend an. „Er ist der Mann, der uns alarmiert und die Ambulanz verständigt hat. Wusstest du das nicht?"

„Nein. Nein, das hat mir niemand gesagt." Sie sah ihn verwirrt an. „Bist du dir sicher?"

Stanley nahm sie wieder an der Hand. „Oh ja, das bin ich. Ich war schließlich dabei. Er hat dir das Leben gerettet, Syl. Er hat mich und Roger dir Treppe runter zu deiner Wohnung gezerrt. Na ja, Roger hat er gezerrt. Ich war nur ein Anhängsel. Er hatte eine Höllenangst um dich. Du hättest ihn erleben sollen. Übrigens ist er ein sehr netter Kerl. Nur für den Fall, dass du jemals Interesse daran hättest, einen netten Mann kennenzulernen."

Sylvia sah ihm schweigend in die Augen. „Was hast du vor, Stanley? Willst du mich verkuppeln?"

Stanley zuckte mit den Schultern. „Ich denke, was den armen Mr. Ingersol angeht, muss ich mich nicht mehr allzu sehr anstrengen. Vielleicht solltest du ihm eine Chance geben und sei es nur, um dich bei ihm zu bedanken, weil er dir das Leben gerettet hat. Mehr sage ich nicht dazu. Ich will dich nicht unter Druck setzen."

Sylvia lachte. „Oh, nein. Ganz und gar nicht. Aber *Ingersol*. Er ist so schüchtern. Und außerdem ist er nicht schwul, oder?"

Stanley zuckte wieder mit den Schultern und schaute mit Unschuldsmiene aus dem Fenster. „Er ist nicht schwul und du bist eine Frau. Oder wirst zumindest bald eine sein. Wo ist also das Problem?" Er starrte immer noch aus dem Fenster, um ihr etwas Zeit zu geben, darüber nachzudenken. „Ich werde jetzt nichts mehr dazu sagen. Nur eines noch ... er heißt übrigens Pete."

„Pete", sagte sie nachdenklich. „Pete."

„In wenigen Tagen ist deine Party. Bis dahin musst du wieder auf den Beinen sein. Und du brauchst eine Verabredung. Ich möchte wetten, dass Pete an diesem Abend noch frei ist."

Sylvia schlug die Hände vors Gesicht. „Oh Gott, die Party! Wie soll ich nach dieser Sache all den Leuten gegenübertreten! Ich war vorher schon nervös. Jetzt ist es noch schlimmer. Ich muss Arthur bitten, sie abzusagen!"

Stanley schnalzte missbilligend mit der Zunge. „Oh nein, das wirst du nicht tun. Er hat so verdammt hart dafür gearbeitet. Ich glaube, er ist auch ein klitzekleines bisschen in dich verschossen."

Sylvia nickte nachdenklich. „Ja, ich weiß. Er hat es mir sogar gesagt. Der arme Mann. Er ist so süß. Und die grauenhafteste Dragqueen aller Zeiten."

Sie mussten beide lachen, waren aber anständig genug, sich deswegen zu schämen.

Sie saßen schweigend auf dem Bett. Stanley fragte sich, was Sylvia jetzt wohl dachte, während Sylvia sich fragte, ob Stanley recht haben könnte mit dem, was er über Mr. Ingersol gesagt hatte. Dann schweiften Stanleys Gedanken ab, weg von der Party und dem Geheimnis der Blumen und hin zu persönlicheren Problemen. Zum Beispiel seinem Liebesleben. Beziehungsweise seinem nicht vorhandenen Liebesleben.

Offensichtlich standen ihm seine Gedanken ins Gesicht geschrieben.

Da sie sich immer noch an der Hand hielten, drückte Sylvia Stanleys Hand, um seine Aufmerksamkeit zu erregen. Als er sich zu ihr umdrehte, sah sie ihm fragend ins Gesicht. „Was ist los?", wollte sie wissen.

„Nichts."

Sylvia machte nicht den Eindruck, als ob sie ihm Glauben schenken würde, bohrte aber auch nicht nach. „Roger war gerade hier. Er arbeitet heute eine Doppelschicht. Er hat mir gesagt, in welcher Station er arbeitet, aber ich konnte es mir nicht merken. Es war nur eine Reihe von Buchstaben, von denen ich nicht wusste, was sie bedeuten sollen. Das heißt … Halt! Es könnte sein, dass er heute in der Notaufnahme eingeteilt ist. Mann, ich weiß es wirklich nicht mehr. Hast du ihn zufällig gesehen?"

„Nein."

Sie warf ihm einen schrägen Blick zu. „Das weiß ich, Stanley. Er hat mir nämlich gesagt, dass du dich nicht bei ihm gemeldet hast. Noch nicht einmal angerufen hast du. Er glaubt, er hätte dich verloren. Wusstest du das?"

„Nein. Ich war sehr beschäftigt. Seminare, die Ausgrabung in der Wüste, Examensvorbereitungen. Es ist im Moment alles recht hektisch."

„Zu hektisch, um sich zu verlieben? Der arme Roger hat alle seine Pausen hier bei mir verbracht, genau da, wo du jetzt sitzt. Er kann nicht verstehen, wie es zwischen euch so schieflaufen konnte. Ich habe ihm gesagt, es wäre nicht seine Schuld. Ich habe ihm gesagt, dass du dafür verantwortlich wärst. Jedenfalls kommt es mir so vor. Was hast du dazu zu sagen?"

Stanley starrte durch das Fenster nach draußen in die Sonne, um Sylvias anklagendem Blick auszuweichen. „Sylvia. Lass das. Es … es ist kompliziert."

Sie ballte ihre kleine Hand und boxte ihm an den Arm. „Du kannst immer noch nicht glauben, dass er verrückt nach dir ist. Habe ich recht? Du denkst immer noch, du wärst nicht gut genug für ihn. Das steckt doch dahinter, oder? Du glaubst, weil er so gut aussieht, könntest du ihm nicht vertrauen. Du glaubst, du könntest ihm nicht das Wasser reichen. Du bestrafst ihn für sein gutes Aussehen. Und dich selbst bestrafst du dafür, nicht schön genug zu sein. Du verteilst Schuldzuweisungen, und was ist die Folge? Keiner von euch bekommt, was er sich wünscht. Stattdessen werdet ihr beide verletzt. Verdammt, hältst du das etwa für vernünftig?"

Stanley bedauerte mittlerweile, überhaupt gekommen zu sein. Er bedauerte, die Blumen gekauft zu haben. Und er bedauerte vor allem, jemals ins Belladonna Arms gezogen zu sein. Jedenfalls redete er sich das ein. Oder versuchte, es sich einzureden. Aber glaubte er es auch? Er rieb sich über den Arm. Sylvias kleine Faust hatte einen mächtigen Schlag.

Stanley sehnte sich unvermittelt nach einer freundlichen Hand. Schüchtern fasste er Sylvia an beiden Händen. Sie waren so klein und zierlich. Man konnte ihnen nicht ansehen, wie stark sie waren. Es waren Frauenhände. Die Hände der Frau, die sie sein sollte.

„Du hast sehr schöne Hände", sagte er.

Sylvia seufzte. „Danke, Stanley. Aber du willst nur das Thema wechseln."

„Wieso hast du mir noch nie deine neuen Titten gezeigt?"

Sylvia versuchte, ihr Lachen zu unterdrücken. Es wollte ihr nicht ganz gelingen und sie grinste breit. „Willst du sie denn wirklich sehen?"

„Nein."

„Das dachte ich mir auch. Aber wir reden hier nicht über meine neuen Titten, wie du sie so charmant genannt hast. Wir reden darüber, dass du meinem besten Freund das Herz brichst. Wie können wir das ändern?"

Stanley verging das Lachen. Hatte Sylvia recht? Brach er Roger das Herz? Er konnte es nicht glauben. In einer Sache hatte Sylvia allerdings doch recht. Sie mussten darüber reden. Er musste ihr seine Gefühle verständlich machen. Vielleicht konnte er sie selbst besser verstehen, wenn er sie Sylvia erklären musste. Stanley versuchte, seine Gedanken zu sammeln und Ordnung in das Chaos zu bringen. Aber schon nach den ersten Worten merkte er, dass er sich wahrscheinlich unglaublich dämlich anhörte. „Ich war noch nie verliebt."

Sylvia schien seiner Einschätzung zuzustimmen. Er hörte sich dämlich an. Sie hüstelte leise und schaute angestrengt aus dem Fenster. „Das überrascht mich nicht."

„Ich werde wahrscheinlich alles vermasseln."

„Wir alle vermasseln ständig irgendetwas. Die Frage ist, wie wir es danach wieder in Ordnung bringen."

„Ich liebe ihn wirklich. Jedenfalls denke ich das. Ich bin verrückt nach dem Kerl. Ich kann an nichts anderes mehr denken."

Als Sylvia das hörte, wandte sie den Blick vom Fenster ab und sah ihm direkt ins Gesicht. „Warum lässt du den armen Mann dann so leiden? Geh zu ihm, Stanley. Geh zu ihm und sage ihm genau das, was du eben mir gesagt hast. Sage ihm, dass du ihn liebst. Meinst du nicht, er würde sich freuen, das zu hören? Verdammt, warum sagst du es *mir* und nicht *ihm*?"

„Ja", meldete sich eine leise Stimme hinter ihnen. „Sage es mir."

Stanley wirbelte herum und sah Roger in der Tür stehen. Er trug Gummihandschuhe. Seine Uniform war zerknittert und schmutzig. Das eine Hosenbein war blutverschmiert. Auch vorne auf dem Hemd waren Blutspritzer. Er musste aus der Notaufnahme kommen, wie Sylvia gesagt hatte. Roger hatte dunkle Ringe unter den Augen und sein Bart war so stoppelig, wie Stanley ihn noch nie gesehen hatte. Schweißperlen standen ihm auf der Stirn und seine Augen glänzten feucht. Er sah aus, als könnte er nur mühsam die Tränen unterdrücken. Oder vielleicht war er auch nur erschöpft. Stanley war sich nicht sicher.

„Sage es mir. Bitte." Rogers Blick war intensiv. Intensiv und voller Sehnsucht. Stanley konnte kaum glauben, dass dieser Blick ihm galt.

„Sage es ihm", flüsterte Sylvia und gab ihm einen kleinen Schubs, um ihn vom Bett zu stoßen. Stanley stand auf.

Er ging einen unbeholfenen Schritt auf die Tür – auf Roger – zu und blieb dann mitten im Zimmer stehen. Er achtete nicht mehr auf Sylvia, die hinter ihm im Bett saß und schon die Ohren spitzte, um kein Wort von dem zu verpassen, was er sagen würde. Er sah nur noch Roger, der vor ihm stand und auf ihn wartete. Rogers angespannte Miene machte Stanley für einen Augenblick nervös und er fürchtete, dass ihm wieder einmal nicht die richtigen Worte einfallen würden, um das zu sagen, was er wirklich sagen wollte. Es waren vielleicht die wichtigsten Worte, die er jemals gesagt hatte, deshalb durfte er keinen Fehler machen.

Doch dann sah Stanley in Rogers Augen und seine Furcht löste sich in Luft auf. Es war wie Magie. Es gab keinen Zweifel mehr. Wenn er sich jemals der Liebe öffnen wollte, dann jetzt, hier und mit diesem Mann. Mit Roger Jane. Stanley wollte keinen anderen. Und endlich, *endlich* konnte er glauben, dass das Unmögliche wahr geworden war. Roger Jane wollte auch keinen anderen. Er wollte Stanley.

Er will mich, dachte Stanley. Wieder und wieder schossen ihm diese drei kleinen Worte durch den Kopf. *Er will mich wirklich. Ja. Ich kann es in seinen Augen ablesen. Ich kann es in seinen Worten fühlen. In der Art, wie er dort steht und auf mich wartet. So voller Hoffnung.*

„Gottverdammt aber auch, Stanley! Sag schon was!", zischte Sylvia hinter ihm aufgebracht.

Endlich fand Stanley seine Stimme wieder. Sein Puls raste und hämmerte ihm in den Ohren, bis er endlich krächzend die Worte hervorbrachte, die er sich sagen hören wollte. „Ich glaube, ich habe doch nicht so viel Angst vor einem gebrochenen Herzen. Mir ist nämlich klargeworden, dass es das Risiko wert ist.

Selbst wenn ich dich nur für einen einzigen Tag haben könnte. Du bist alles, was ich mir jemals gewünscht habe. Was ich glaubte, nie verdient zu haben." Dann fragte er beklommen: „Dachtest du wirklich, du hättest mich verloren, Roger?"

„Ja."

„Und das wäre schlecht gewesen?"

Roger kniff die Augen zusammen und zog sich die Gummihandschuhe von den Händen. „Ja, Baby. Das wäre sehr schlecht gewesen."

Stanley wollte lächeln, aber seine Lippen gehorchten ihm nicht. Er war noch nie von einem anderen Menschen Baby genannt worden. Nur von Roger. „Es tut mir leid, dass du das gedacht hast."

„Dann habe ich dich nicht verloren?"

„Nein, das hast du nicht. Habe ich dich auch nicht verloren?"

„Nein, Stanley. Wenn du mich loswerden willst, musst du dir schon etwas mehr Mühe geben."

Stanley verschwamm die Welt vor den Augen. Es dauerte einen Moment, bis er merkte, dass es an den Tränen lag, die ihm in die Augen stiegen. „Gut zu wissen. Ich werde es nach besten Kräften vermeiden."

„Das wäre schön", sagte Roger und für einen kurzen Augenblick wurden seine Grübchen sichtbar. Dann wurde sein Gesicht wieder ernst, aber in seinen großen, wunderschönen Augen blitzte Hoffnung auf.

Stanley rollte eine Träne über die Wange. Hinter sich hörte er Sylvia leise schniefen.

Er atmete tief durch und fasste sich ein Herz, weil er noch etwas sagen musste. „Roger", sagte er. „Roger, wenn du mich umarmen willst, musst du schon zu mir kommen. Ich kann nämlich nicht laufen, weil meine Beine zittern."

Und Roger kam. Er warf die Gummihandschuhe in eine Ecke und kam durchs Zimmer gelaufen, bis er vor Stanley stand, ihn in die Arme zog und so fest an sich drückte, dass Stanley kaum noch Luft bekam. Sylvia schniefte und kicherte abwechselnd hinter der Bettdecke, mit der sie sich die Tränen aus den Augen tupfte.

Roger roch nach Schweiß und Desinfektionsmittel, aber als er Stanley in seine starken Arme nahm und an sich drückte, wusste Stanley, dass er nie wieder woanders auf der Welt sein wollte. Nur in diesen Armen. In diesem Herzen. In diesem wunderbaren Augenblick, in dem Stanley Sternbaum endlich zum ersten Mal erfuhr, was Liebe wirklich war. Er konnte es immer noch nicht recht glauben. Er hatte es irgendwie geschafft, seine Angst zu überwinden und sich zu öffnen. Und was hatte er sich damit eingefangen!

Den wunderbarsten Mann der Welt.

Verdammt. Aber wer hätte das vorausahnen können?

Stanley legte den Kopf unter Rogers Kinn und drückte sich mit dem Gesicht an Rogers harte Brust. Die wenigen Haare, die aus Rogers V-Ausschnitt hervorlugten, kitzelten ihn an der Nase. Rogers himmlische Arme mit den Muskeln wie Basebälle hielten Stanley fest und ließen ihn nicht mehr los. Roger gab ihm einen Kuss auf den Kopf und atmete den Duft von Stanleys Haaren ein.

„Ich werde dich glücklich machen, Stanley Sternbaum", flüsterte er. „Ich verspreche es dir."

Stanley legte den Kopf in den Nacken und küsste Rogers stoppeliges Kinn. „Ich verspreche dir, dass ich mich nicht mehr dagegen wehren werde."

Roger drückte ihm einen Kuss auf die Nasenspitze. „Das wäre sehr nett von dir."

„War das etwa sarkastisch gemeint?"

„Worauf du dich verlassen kannst."

„Und du willst mich immer noch?"

„Ja, das will ich, Stanley. Mehr als alles andere auf der Welt. Und stelle mir diese Frage nie wieder, okay?"

„Okay."

Widerwillig befreite Stanley sich aus Rogers Armen. „Ich möchte dich küssen. Aber nicht hier. Du arbeitest hier. Wenn wir hier rumknutschen, wirst du vielleicht gefeuert, und dann muss ich dich für den Rest unseres Lebens durchfüttern. Das geht nicht. Mein Geld reicht kaum für mich selbst."

Roger grinste. „Nein, das geht nicht."

„Wann kommst du nach Hause?"

Roger sah auf die Uhr. „In ungefähr zwei Stunden. Wartest du dann auf mich? Das wäre schön."

Stanley nickte. „Ich bereite dir das Abendessen vor."

Und dann sagte Roger die Worte, die Stanley sein Lebtag lang nicht mehr vergessen sollte.

„Ich will kein Abendessen. Ich will nur dich."

Das war das Stichwort. Sylvia fing laut zu heulen an und tastete blind nach den Taschentüchern. Roger streichelte Stanley lächelnd mit den Fingerspitzen über die Wange und war eine Sekunde später verschwunden, zurück in die Notaufnahme, wo er noch gebraucht wurde.

Stanley ließ sich auf Sylvias Bett fallen. Er war noch nie im Leben so glücklich gewesen. Und so sprachlos. Er konnte immer noch nicht recht glauben, was eben passiert war.

Er drehte sich zu Sylvia um. „Jemand liebt mich", sagte er mit einer Stimme, so leise, dass sie kaum zu hören war.

Sylvia küsste ihn mit einem strahlenden Lächeln auf die Stirn. Dann sah sie sich in dem blumengefüllten Zimmer um. „Vielleicht liebt mich ja auch jemand", sagte sie nachdenklich.

„Es ist ein tolles Gefühl, wie?", fragte Stanley sie grinsend.

Sie nickte nur. Dann sahen die beiden sich an, immer noch leicht geschockt von dem unerwarteten Verlauf der letzten Minuten.

„Ich glaube, ich soll morgen entlassen werden", verkündete Sylvia dann. Sie sah sich um, als würde sie nur darauf warten, dass ein Arzt mit ihren Entlassungspapieren aus dem Schrank sprang. „Ich weiß auch schon, was ich als erstes mache, wenn ich wieder zuhause bin. Ich werde Plätzchen backen für Mr. Ingersol."

„Pete", verbesserte Stanley sie.

„Pete", wiederholte sie mit einem erstaunten Lächeln, als hätte sie plötzlich bemerkt, wie schön und poetisch sich ein so unscheinbarer Name doch anhören konnte. Pete.

Sie fuhr Stanley mit ihren kalten Fingerspitzen über die Wange. „Mach dir keine Sorgen, mein Schatz. Du bekommst auch welche."

„Oh, das ist gut", erwiderte Stanley abwesend. Er hatte den Faden verloren und wusste nicht mehr, wovon eigentlich die Rede war. Von den Plätzchen vielleicht? Und warum redeten sie über Plätzchen? Seine Gedanken waren schon längst wieder bei Roger und dessen letzten, wunderbaren Worten.

Ich will kein Abendessen. Ich will nur dich.

Er schloss die Augen und hörte wieder und wieder diese Worte durch seinen Kopf schallen wie eine Endlos-Schleife. Ein ungläubiges Lächeln breitete sich auf seinem Gesicht aus. Wow. Das waren wahrscheinlich die schönsten Worte, die jemals gesagt wurden. Jemals. Auf der ganzen Welt.

Und diese Worte hatte Roger Jane gesagt. Zu dem kleinen, unscheinbaren Stanley Sternbaum!

Stanley platzte fast vor Glück. In seinem Überschwang umarmte er Sylvia und drückte sie an sich. „Danke. Vielen, vielen Dank", flüsterte er ihr ins Ohr.

Als Sylvia sich in seinen Armen versteifte, hob er den Kopf. In der Tür stand Pete Ingersol mit einem Usambaraveilchen in der Hand.

Und dieses Mal steckte eine Karte im Blumentopf.

Stanley nahm an, Mr. Ingersol hatte sich endlich dazu durchgerungen, den Stier bei den Hörnern zu packen und sein Geheimnis zu lüften. Stanley hätte nicht glücklicher sein können.

Mit einem verschwörerischen Augenzwinkern und einem Kuss verabschiedete er sich von Sylvia. Er nickte Pete freundlich zu und klopfte ihm aufmunternd auf die Schulter, dann verließ er das Zimmer, um den beiden Turteltauben die Chance zu geben, ihre Probleme unter vier Augen zu regeln.

Außerdem hatte Stanley wichtigere Dinge im Kopf. Tausende und abertausende wichtigere Dinge.

STANLEY KONNTE sich nicht mehr daran erinnern, wie er ins Belladonna Arms und seine brütend heiße Wohnung gelangt war, die ihm in seiner gegenwärtigen Verfassung wie das Shangri-La auf Erden vorkam. Er war glücklich für sich selbst und voller Hoffnung für Pete und Sylvia. Als er im Treppenhaus Ramon begegnete, der ChiChi half, seine Habseligkeiten in den fünften Stock zu bringen – die beiden hatten offensichtlich beschlossen, endlich zusammenzuziehen –, konnte er nicht mehr an sich halten. Die beiden starrten ihn mit großen Augen an, als er ihnen auf den Rücken klopfte und ihnen auf europäische Weise – mit Küsschen rechts und Küsschen links – gratulierte. Danach zog er sie an sich und umarmte sie so überschwänglich, dass eine Umzugskiste auf den Boden fiel und sich öffnete. Pornofilme und dutzende von Sexspielzeugen verteilten sich scheppernd im Hausflur des fünften Stockwerks. Anschließend half Stanley den beiden noch, ChiChis SM-Liebesschaukel aus Metall und schwarzem Leder abzumontieren und nach unten zu bringen. Das Ding wog mindestens eine Tonne und musste nicht nur in den fünften Stock, sondern bis ins Erdgeschoss, wo sie es mit einem lauten Knall im Müllcontainer versenkten. Nachdem sie sich wieder nach oben geschleppt hatten, wischte sich Ramon die Hände ab und zog ChiChi in die Arme. „So!", verkündete er stolz. „Jetzt bist du keine Hure mehr! Jetzt gehörst du nur noch mir."

Im Treppenhaus war es ungefähr tausend Grad heiß und sie waren kurz vorm kollektiven Hitzschlag. ChiChi ließ sich davon nicht beeindrucken. „Ich habe den Twizzler aufgehoben, mein Häschen", teilte er augenzwinkernd mit.

Worauf Ramon nur erwiderte: „Oh, gut. Ich mag das kleine Ding irgendwie."

ChiChi grinste zufrieden. „Oh ja, ich weiß!"

Stanley kicherte. Ramon wurde feuerrot und pikste ihm mit dem Zeigefinger in den Bauch. „Hör auf zu lachen. Du hast es schließlich noch nicht ausprobiert."

Stanley krümmte sich zusammen und lachte noch lauter. „Okeydokey."

Ramon schien noch etwas eingefallen zu sein, denn er drehte sich plötzlich zu ChiChi um. „Du hast ihn doch desinfiziert, nicht wahr? *Richtig* desinfiziert, meine ich. Mit nuklearer Bestrahlung und so."

ChiChi rollte mit den Augen. „Natürlich, mein Zuckerpüppchen. Er ist wieder blitzeblank."

Stanley schüttelte sich. Dann umarmte er die beiden noch einmal, wünschte ihnen alles Gute und lief nach oben in seine Wohnung.

Dieser Tag war bis zum Überlaufen mit Liebe gefüllt. Und alle hatten daran ihren Anteil. Pete und Sylvia. ChiChi und Ramon. Und – zum ersten Mal in seinem Leben – auch Stanley. Er stand nicht nur an der Seite und schaute zu. Nein, verdammt. Er gehörte dazu. Er und Roger. Sie beide gehörten dazu. Stanley und Roger.

Er liebte es, ihre Namen zu sagen. Zusammen. Er konnte sie gar nicht oft genug wiederholen. Sie hörten sich so gut zusammen an. Wie Eis und Tee. Oder Pommes und Ketchup. War das nicht toll? Stanley und Roger. Stanley und Roger. Oder … oh Mann, warum nicht? Roger und Stanley. Roger und Stanley. Auch nicht schlecht.

Als er im sechsten Stock ankam und seine Mutter vor der Tür stehen sah, fiel ihm das Lächeln aus dem Gesicht und landete mit einem lauten Knall vor seinen Füßen. Die kniff die Augen zusammen, um durch den karzinogenen

Dunst, den ihre Marlboro im Treppenhaus verbreitete, etwas sehen zu können. Eigentlich waren es zwei Marlboros – eine zwischen ihren Lippen und die andere zwischen ihren Fingern. Und sie glommen beide munter vor sich hin. Stanleys Mutter stand fluchend in der Dunstwolke, die Hand an der Brust und keuchend nach Luft schnappend. Sie stand vor Stanleys Tür und versuchte, mit dem Griff ihrer Mascarabürste das Schloss zu knacken.

Auf dem Kopf trug sie einen breitkrempigen Sonnenhut, der entfernt an eine fliegende Untertasse erinnerte. Die breite Krempe hinderte den Zigarettendunst erfolgreich daran, nach oben abzuziehen, sodass er sich vor ihren Augen aufstaute. Sie war offensichtlich so gut wie blind. Und kurz vorm Ersticken. Diese Frau war wirklich eine wandelnde Katastrophe.

Zu behaupten, dass sie keinen sonderlich glücklichen Eindruck machte, wäre die Untertreibung des Jahrhunderts. Stanley überlegte, ob er die kleine Maus wiederbeleben und sich wie ein Feigling auf Zehenspitzen davonschleichen sollte, bevor sie ihn entdeckte. Aber so grausam wollte er dann doch nicht sein. Schließlich war sie immer noch seine Mutter, Gott stehe ihm bei.

„Du rauchst zwei Zigaretten gleichzeig", sagte er.

Sie wirbelte so schnell zu ihm herum, dass sie sich gar nicht zu bewegen schien. Nur ihr Kopf drehte sich wie eine Glühbirne in der Fassung.

„Ich rauche *gerne* zwei Zigaretten gleichzeitig", knurrte sie. „Und jetzt mach die verdammte Tür auf."

„Ich freue mich auch, dich zu sehen", grummelte Stanley und kramte nach seinem Schlüsselbund.

Er schloss auf und winkte sie in die Wohnung. In diesem Augenblick kamen Ramon und ChiChi fröhlich die Treppe herauf, Hand in Hand und turtelnd wie ein ganzer Taubenschwarm.

„Mrs. S!", quiekte Ramon, als er Stanleys Mutter im Flur stehen sah, wo sie immer noch vor sich hin dampfte wie ein Buschbrand. „Wir haben uns seit *Tagen* nicht mehr gesehen!"

„Leck mich", sagte sie und sah ihn mit zusammengekniffenen Augen an. Ein Schweißtropfen hing an ihrer Nasenspitze und pendelte vor sich hin.

Ramon blinzelte. „Es tut mir leid. Ich dachte …"

„Leck mich", wiederholte sie.

ChiChi schaute verwirrt zwischen ihnen hin und her – erst auf Ramon, dann auf Mrs. Sternbaum, dann wieder auf Ramon – und wunderte sich, was los war. Er musste sich auch fragen, wie es möglich war, dass sein neuer Geliebter vor seinen Augen plötzlich einen halben Meter zu schrumpfen schien. Schließlich war Ramon sowieso schon nicht der Größte.

Ramons Augen füllten sich mit Tränen und seine Unterlippe zitterte. „Was ist denn, Mrs. S? Sind Sie nicht glücklich mit ihrer neuen …"

„Leck mich", schimpfte Stanleys Mutter zum dritten und letzten Mal, drehte sich um und verschwand in Stanleys Wohnung.

Stanley zuckte entschuldigend mit den Schultern. Ramon drückte das Gesicht an die Brust seines Geliebten und fing zu schluchzen an wie ein kleines Kind, dem die Eiscreme auf die Straße gefallen und von einem vorbeifahrenden Auto überrollt worden ist.

ChiChi stand nur völlig perplex da und klopfte Ramon beruhigend auf den Rücken.

Stanley schloss leise die Tür. Es war besser so. Zumindest für ihn selbst. Für die beiden dort draußen vermutlich nicht.

Nachdem er dem Unglück im Hausflur erfolgreich den Rücken zugekehrt hatte, eilte er in die Küche und holte einen großen Teller aus dem Schrank, weil er keinen Aschenbecher hatte. Den Teller stellte er vor seiner Mutter auf den Küchentisch, nachdem sie sich – der Ohnmacht nahe – auf einen der Stühle fallen ließ.

„Das war gemein von dir", sagte er.

Seine Mutter zog ein Taschentuch aus der Handtasche und wischte sich damit übers Gesicht. „Gut so. Der kleine Scheißer hat mich verunstaltet. Hoffentlich bekommt er Filzläuse."

Stanley grinste. Er konnte es nicht ändern, er musste grinsen. „Wenn dir warm ist, solltest du den Hut absetzen."

„Niemals", sagte sie und warf ihm einen bitterbösen Blick zu. Wenn eine Fliege diesen Blick gekreuzt hätte, wäre sie vermutlich mitten im Flug abgeschossen worden und verdampft. „Ich habe den Hut schon seit drei Tagen nicht mehr abgesetzt."

Stanley setzte sich auf den Stuhl gegenüber. Unter dem potthässlichen Hut seiner Mutter schauten kurze, rosa Strähnen hervor. Er sprach sie nicht darauf an. Er hatte seit heute ein gesteigertes Interesse, seinen dreiundzwanzigsten Geburtstag noch zu erleben.

„Was ist los?", erkundigte er sich, den Umständen entsprechend unschuldig.

Sie drückte ihre beiden Zigaretten auf dem Teller aus, erst eine, dann die andere, und wühlte wieder in ihrer Handtasche. Nach einiger Zeit zog sie einen Briefumschlag daraus hervor, den sie mit resignierter Leidensmiene an Stanley weiterreichte.

Ihre Rolle als duldende Märtyrerin, deren mütterliche Opferbereitschaft keine Grenzen kannte, war Stanley nur zu gut bekannt. Es war eine ihrer Lieblingsrollen und sie hatte die Wirkung an Stanley ausprobiert, seit der arme Kerl alt genug gewesen war, um nicht mehr aufs Töpfchen zu müssen, dafür aber Worte wie ‚Doppelzüngigkeit' oder ‚falsches Spiel' zu verstehen. Seitdem hatte sie hart an der Rolle gearbeitet und sie mehr und mehr perfektioniert. Jeder nahm sie ihr ab. Nur Stanley nicht. Er war einmal zu oft darauf hereingefallen, um ihr diese Rolle noch abzunehmen. Trotzdem versuchte sie in regelmäßigen Abständen immer wieder, ihn hinters Licht zu führen. Es war eben ihr Klassiker, so wie für einen Theaterschauspieler die Rolle des Hamlet.

„Ich habe mich dazu durchgerungen, deinem Wunsch, auszuziehen und auf eigenen Beinen zu stehen, nicht mehr im Wege zu stehen. Und um es dir etwas leichter zu machen, habe ich dir einen Scheck ausgestellt für den Fall, dass das Geld knapp wird. Zweitausend. Ich liebe dich und will nicht, dass es dir schlecht geht und du leiden musst. Ich werde auf einige Dinge verzichten müssen, aber das tue ich gerne. Dafür sind wir Mütter schließlich da. Um zu leiden. Es ist meine Pflicht als Mutter, für uns beide zu leiden."

Stanley riss den Umschlag auf und starrte auf den Scheck. In der Tat. Zweitausend Dollar. Verdammt, was war nur mit diesem Tag los? Erst Roger, dann das.

Er tätschelte die Hand seiner Mutter. „Vielen Dank. Das wird mir eine große Hilfe sein."

Sie nickte und schaute auf die Uhr. „Ich muss wieder los. Ich habe noch einen Termin beim Frisör." Sie drehte sich zur Wand um und schrie – offensichtlich, um von Ramon gehört zu werden – aus voller Kehle: „Bei einem *richtigen* Frisör!"

Dann fiel sie aus der Rolle und grinste Stanley an. „Meinst du, er hat mich gehört?", fragte sie.

Stanley lachte überrascht. Dass seine Mutter trotz ihrer miserablen Laune noch Witze machen konnte, war mehr als ungewöhnlich.

„Wenn er sich in einem Umkreis von zwei Kilometern aufhält, kann es ihm nicht entgangen sein", sagte er. „Und Mom … Ich möchte dir noch einen Rat mit auf den Weg geben. Wenn du dir wieder die Haare schneiden lässt, solltest du vorher keinen Scotch trinken."

Sie kicherte, aber von ihrem Humor war nicht mehr viel zu hören. „Keine Sorge, das werde ich nicht."

Seine Mutter packte ihre Sachen zusammen und stand auf. Dann tätschelte sie ihm den Kopf, als wäre er ein Boston Terrier. Sie war noch nie sehr gut darin gewesen, ihre mütterlichen Gefühle offen zu demonstrieren.

„Du siehst glücklich aus", meinte sie. „Gibt es etwas zu berichten?"

Stanley wurde rot. „Ich habe eine Verabredung."

Der Blick seiner Mutter wurde unvermutet weich. „Mit wem?"

„Mit der Liebe meines Lebens, glaube ich", sagte er, ohne auch nur eine Sekunde zu zögern.

Sie sah ihn überrascht an. Die Tragweite seiner Worte machte sie offensichtlich sprachlos. Sollte sie ihn umarmen und ihm ihren Segen geben? Oder sollte sie in einer geschlossenen Anstalt anrufen und ihm ein Zimmer reservieren lassen? Sie entschied sich, zu ihrer alten Form zurückzufinden. Etwas anderes hatte Stanley auch nicht erwartet.

Sie klopfte mit ihrem langen, perfekt manikürten Fingernagel auf den Scheck, der vor Stanley auf dem Tisch lag. „Das ist deine Morgengabe. Bring ihn irgendwann mit, wen du mich besuchen kommst. Dann sage ich dir, was ich von ihm halte."

Stanley rückte ihren Hut gerade.

„Du bist schon etwas ganz Besonderes, Mom."

„Ich weiß", sagte sie, drehte sich um und ging zur Tür. Auf dem Weg rückte sie ihren Hut noch *so* gerade, wie *sie* es für richtig hielt.

Kurz bevor sie die Wohnung verließ, drehte sie sich noch einmal zu ihm um. Ein ehrliches Lächeln spielte um ihre Lippen. Stanley hatte sie schon sehr lange nicht mehr so lächeln sehen. Als sie ihm in die Augen sah, war ihr Blick ungewöhnlich liebevoll. Stanley war sich nicht sicher, ob er *diesen* Blick überhaupt schon jemals gesehen hatte.

„Vergiss nicht, wer du bist, Stanley. Gib dich nur mit dem Besten zufrieden."

Für den Bruchteil einer Sekunde blitzte Rogers Gesicht vor Stanleys innerem Auge auf. Es wäre ein atemberaubendes Foto geworden. Er war froh, dass sich dieses Gesicht so gut in sein Gedächtnis eingebrannt hatte. Sein Herz schwoll fast auf doppelte Größe an, so glücklich war er. „Glaub mir, Mom, genau das habe ich vor."

Seine Mutter nickte. „Gut."

Sie umklammerte den Türgriff. „Oh Gott. Sechs verdammte Stockwerke. Schon wieder", murmelte sie.

Und mit einem letzten Blick über die Schulter verschwand sie aus der Wohnung und schloss leise hinter sich die Tür, während sie sich schon die nächste Marlboro anzündete, um für die Treppe gewappnet zu sein.

11

STANLEY WAR, seit er Roger in Sylvias Krankenzimmer getroffen hatte, zum ersten Mal allein und konnte die schiere Enormität der Ereignisse auf sich einwirken lassen. Die Veränderungen, die sie für sein Leben mit sich brachten. Und nicht nur für *sein* Leben, sondern auch für Rogers. Die Veränderungen für *ihr* Leben. Er stand mit geschlossenen Augen mitten im Wohnzimmer und dachte an Roger, an die Worte, die sie sich gesagt hatten und an die Versprechen, die sie sich beinahe gegeben hätten. Er erinnerte sich daran, wie selbstsicher Roger vor Sylvias Augen auf ihn zugekommen war und ihn umarmt hatte. Da war kein Zögern zu erkennen gewesen und kein Zweifel. Als ob Roger genau gewusst hätte, was er tat. Als ob er sich von nichts in der Welt davon abhalten lassen wollte. Stanley fühlte immer noch Rogers Arme um sich geschlungen. Er hatte sich in diesen starken Armen so sicher, so geliebt gefühlt.

Draußen im Eukalyptusbaum kreischten und zeterten die Bussarde in schrillen Tönen, als wollten sie sich für die abendliche Jagd in Stimmung bringen. Stanleys Herz klopfte hoffnungsvoll. Es klopfte auch etwas ängstlich, aber dem schenkte er keine große Bedeutung mehr. Er wollte sich nicht mehr von seinen Ängsten beherrschen lassen. Vor allem nicht, wenn es um Roger ging. Er wollte auf sein Vertrauen setzen. Auf sein Vertrauen in Roger. So, wie Roger ihm vertraute. Und er war sich jetzt sicher, dass Roger ihm vertraute.

Es war immer noch ein so unglaubliches Gefühl – zu wissen, dass der wunderbare Roger Jane mit dem kleinen Stanley Sternbaum Worte der Liebe ausgetauscht hatte. Worte, die direkt aus dem Herzen kamen. Stanley wollte nicht mehr an diesen Worten zweifeln. Er *wollte* es einfach nicht mehr. Er musste sie jetzt glauben. Er *musste*.

Stanley wusste immer noch nicht, was ihn davon überzeugt hatte, Rogers Worten Glauben zu schenken. War es die ernste Art gewesen, mit der Roger gesprochen hatte? So, als wären ihm die Worte direkt aus dem Herzen gekommen, ohne jeden Vorbehalt, offen und ehrlich? War es die absolute Sicherheit gewesen, mit der Roger ihn in die Arme genommen und an sich gedrückt hatte? Als ob er ihn nie wieder loslassen wollte? Als ob er genau das und nichts Anderes wollte? Als ob er sich durch nichts und niemanden davon abhalten lassen wollte?

Roger schien sich seiner Gefühle für Stanley so sicher zu sein. Es war, als wüsste er genau, dass es für diese Gefühle keine Alternative gab. Wie konnte Stanley da nicht genauso empfinden?

Ein Schauer der Erregung fuhr ihm durch den Körper, als er da so stand in seiner brütend heißen Wohnung, den Bussarden lauschte und auf das alles verändernde Klopfen an seiner Tür wartete. Das Klopfen des Mannes, der ihn liebte.

Stanley fragte sich, wohin dieses neue Leben ihn führen würde. Wohin es sie *beide* führen würde. Aber was immer das Ziel auch sein mochte, Stanley hatte keinen Zweifel daran, dass er und Roger die Reise dorthin gemeinsam unternehmen würden. Gemeinsam und glücklich. Verliebte machten das so, und das waren sie – verliebt. Ein strahlendes Lächeln breitete sich auf Stanleys Gesicht aus. Sie waren verliebt. Er und Roger waren verliebt.

Juchhu.

Stanley riss sich aus seinen Gedanken. Er hatte noch viel zu erledigen. Roger hatte im Krankenhaus müde und erschöpft gewirkt, was auch keine Wunder war nach einer Doppelschicht in der Notaufnahme. Stanley konnte sich beim besten Willen nicht vorstellen, dort zu arbeiten. Allein die paar Stunden, die er mit Roger, Pete und Arthur in der Notaufnahme verbracht hatte, um auf Neuigkeiten über Sylvias Zustand zu warten, hatten ihn nervlich und körperlich vollkommen erschöpft. Die Anspannung, die Hektik, die Schreie der Patienten … Und dabei hatten sie nur im Wartezimmer gesessen! Wie mochte es erst hinter diesen Türen zugehen, wo Menschenleben am seidenen Faden hingen – und das jede Minute jedes einzelnen Tages?

Stanley erinnerte sich daran, wie Rogers Anwesenheit in diesem Meer des Leidens die Blicke der anderen Menschen auf sich gezogen hatte. Er erinnerte sich daran, wie allein Rogers beruhigende Schönheit den Schrecken in den Gesichtern der wartenden Angehörigen und Freunde gemildert hatte. Wie sie nur durch den Anblick Rogers – dieses Gottes unter den Sterblichen – ihre Angst vergessen konnten, und sei es auch nur für einen kurzen Moment gewesen.

Das kann wahre Schönheit bewirken, dachte Stanley. *Wahre Schönheit und Güte.*

Gib dich nur mit dem Besten zufrieden, hatte seine Mutter gesagt.

Stanley musste bei der Erinnerung an ihre Worte lächeln. *Mach dir keine Sorgen, Mom. Genau das habe ich vor. Oh ja, genau das.*

Und dann setzte er sich in Bewegung. Er brachte die Wohnung in Ordnung, zog sich aus und ging unter die Dusche, wusch sich, trocknete sich ab und zog sich wieder an. Cargo-Short und ein ‚Gay Pride'-T-Shirt, auch wenn das Zufall war. Es war eines der wenigen frisch gewaschenen T-Shirts, die er noch im Schrank hatte. Dann nahm er sein Handy und bestellte Pizza. Dreißig Minuten später stand der arme Pizza-Lieferant vor der Tür, stocksauer und erschöpft nach den sechs Stockwerken in dem Hitzekessel von Treppenhaus. Stanley hatte Mitleid mit ihm und gab ihm zehn Dollar Trinkgeld.

Er ging in die Küche, legte die Pizzakartons auf den Tisch und setzte sich auf einen Stuhl, um auf das langersehnte Klopfen an der Tür zu warten.

Um fünf Uhr war es soweit. Er hörte Schritte im Hausflur. Nur wenige Sekunden später klopfte es leise an die Tür. Sein Herz raste und seine Beine zitterten, als er zur Tür rannte und sie aufriss. Bevor er auch nur ein Wort sagen konnte, war Roger schon in der Wohnung und nahm ihn in seine starken, haarigen Arme, die Stanley so sehr liebte.

Er spürte Rogers warmen Atem am Ohr. „Hi, Baby", flüsterte Roger.

Und Stanley zerschmolz wie Eis in der prallen Sonne.

Er schmiegte sich an Rogers Brust. Eine Welle der Leidenschaft durchfuhr ihn, die ihm beinahe den Boden unter den Füßen weggezogen hätte. „Hi."

Roger drückte ihm einen Kuss auf die Stirn. „Du bist ja auf einmal ganz schlaff, Baby."

„Aber nicht überall", meinte Stanley. „Das Blut sammelt sich nur an einem anderen Ort."

„Oha", sagte Roger grinsend. „Und wo mag das sein?"

„Das wirst du gleich merken."

„Ich merke es jetzt schon. Ich kann es fühlen."

„Ich bei dir auch", sagte Stanley stöhnend und drückte den Mund auf Rogers Lippen. Er spürte ihre harten Schwänze, die sich durch den Stoff seiner Shorts und Rogers Jeans aneinander rieben. Guter Gott. Es hatte ganze zwanzig Sekunden gedauert, bis es soweit war. Stanley konnte es kaum fassen. Oder vielleicht doch. Er war schon seit Wochen wie besessen von dem Mann. Sein Schwanz hatte wohl einfach keine Lust mehr, sich mit theoretischer Besessenheit abzufinden, und sich deshalb entschieden, zur praktischen Tat zu schreiten. Stanley hatte nichts dagegen einzuwenden. Nein, Sir. Er war es seit Jahren gewohnt, seinem Schwanz zu folgen. Umso besser, dass der Gute endlich gelernt hatte, die richtige Wahl zu treffen.

Roger räusperte sich. „Ähem. Bevor wir hier nicht mehr aufhören können, sollte ich mich vielleicht hinsetzen. Ich kippe nämlich gleich um. Und dann muss ich nach Hause und eine Dusche nehmen. Ich wollte dich nur vorher kurz sehen."

„Warum?"

„Einfach nur so."

Das hörte Stanley gar nicht gerne. Er schmiegte sich noch enger an Roger und legte ihm die Stirn ans Kinn. „Du kannst hier duschen", schlug er vor.

Roger grinste. „Wenn du willst. Aber ich habe nichts Frisches anzuziehen."

„Ich habe etwas zum Überziehen."

Roger überlegte. „Hmm. Bequem. Weit. Einheitsgröße. Leicht zu entsorgen."

„Daran habe ich gedacht", sagte Stanley.

„Das möchte ich wetten." Roger legte ihm einen Finger unters Kinn und küsste ihn auf die Nasenspitze. „Na gut. Ich nehme dein Angebot an."

„Willst du erst essen? Es gibt Pizza."

„Vielleicht später. Ist das okay? Ich will einfach nur mit dir zusammen sein. Ich habe so lange darauf gewartet. Ich will mich jetzt nicht von Salami und Pilzen aufhalten lassen."

„Peperoni."

„Von mir aus."

Stanley nahm ihn an der Hand und führte ihn zum Sofa. „Setz dich. Du siehst wirklich müde aus. War es ein schwerer Tag?"

„Ja."

Roger ließ sich auf die Couch fallen und schloss für einen Moment die Augen, um zur Ruhe zu kommen. „Dein Sofa ist beschissen. Es ist total durchgesessen", sagte er und rutschte mit dem Hintern hin und her.

„Ich weiß." Stanley setzte sich auf den Couchtisch. Ihre Beine berührten sich. Ohne um Erlaubnis zu fragen – und ziemlich baff über seinen eigenen Mut –, hob er Rogers Füße vom Boden und legte sie sich in den Schoß. Dann schnürte er Rogers Schuhe auf und zog sie ihm aus. Die Socken folgten. Als er anfing, Rogers Füße zu massieren, wollte der ihn davon abhalten.

„Oh Gott, Stanley. Lass das. Meine Füße müssen stinken wie zwei tote Stinktiere."

Stanley lachte. „Als ob mich das stören würde. Sie sind sehr schön."

Roger zog Stanley vom Tisch und aufs Sofa. Dann drückte er ihn sanft auf den Rücken und legte sich zu ihm, den Kopf auf Stanleys Brust. Sie umarmten sich und seufzten zufrieden.

„Ich dachte nicht, dass es jemals soweit kommen würde", sagte Roger. „Ich dachte, du würdest mich nicht reinlassen." Er klopfte Stanley auf die Brust. „Hier rein, meine ich. In dein Herz. Aber jetzt, wo du mich reingelassen hast, darfst du mich nie wieder gehenlassen."

Stanley streichelte über die kurzen, kurzen Haare auf Rogers Kopf. Er liebte dieses Gefühl. Er liebte es auch, von Rogers Gewicht aufs Sofa gedrückt zu werden. Und von Rogers starken Armen gehalten zu werden. Gott, er liebte einfach alles an Roger.

„Niemals", antwortete er. Er fand es unglaublich. Es kam ihm vor, als wären sie ein altes Ehepaar. Dabei hatten sie noch nicht einmal miteinander geschlafen. Bei diesem Gedanken wurde Stanley wieder von seiner alten Unsicherheit heimgesucht. Wäre Roger enttäuscht von ihm? Würde Roger ihn auch noch lieben, wenn es keine Geheimnisse mehr zwischen ihnen gäbe? Stanley Sternbaum war nicht gerade Xochipilli, der wunderschöne aztekische Gott der homosexuellen Liebe. Stanley war überhaupt kein Gott. Er war einfach nur Stanley. Roger hingegen ... Roger war *perfekt*. Perfekt in jeder Beziehung.

Roger gab ihm einen Schubs. „Hör auf zu denken, kleine Maus. Ich kann spüren, dass du dich wieder verkrampfst. Es wird alles gut. Egal, was dir Sorgen bereitet – es wird alles gut. Ich verspreche es."

Stanley schaute ihm in die wunderschönen grünen Augen und verlor sich in ihnen. „Wirklich?"

„Ja. Vertrau mir. Bitte."

„Ich ... ja."

„Dann lächle für mich."

Stanley lächelte.

„Mehr."

Stanleys Lächeln wurde einen halben Zentimeter breiter.

Roger schnaubte enttäuscht. „Gott, Stanley. Ich will ein *richtiges* Lächeln sehen!"

Stanley bleckte knurrend die Zähne wie ein Pitbull vorm Angriff.

„Whoa!", schrie Roger. „Es reicht! Es reicht!" Er drückte sich mit dem Gesicht an Stanleys Brust und fing an zu kichern.

Stanley küsste ihn auf den Kopf und kicherte mit ihm. Er war schon wieder hart. Roger auch. Dieses Mal wollte Stanley abwarten, was passieren würde. Er wollte zwar nichts mehr, als endlich mit Roger nackt zu sein, aber er fürchtete sich auch immer noch. Stanley war sich verdammt sicher, dass die Initiative zum ersten Sex zwischen ihnen nicht von Mr. Sternbaum ausgehen würde.

Was Stanley zu diesem Zeitpunkt noch nicht wusste, war, dass er schon in zwei Minuten eines Besseren belehrt würde.

Roger hob den Kopf von Stanleys Brust und lächelte ihn an. „Ich werde dich glücklich machen, Stanley. Das schwöre ich." Er rutschte nach oben, um ihn auf den Mund küssen zu können. Sie küssten sich, zärtlich und ohne die Augen zu schließen.

Roger beendete den Kuss und fuhr Stanley sanft mit der Hand durch die Haare. „Kleine Maus. Kleine Maus", schnurrte er und sah ihm in die Augen. Dann sagte er es noch einmal, leise und zärtlich, fast wie ein Gebet: „Kleine Maus."

Stanleys Furcht löste sich in Luft auf. Einfach so. Wegen zweier dummer Worte löste sie sich in Luft auf. Er hatte keine Angst mehr.

„Geh jetzt duschen", sagte er. „Bitte." Seine Stimme war heiser vor Begehren.

Roger streichelte ihm über die Wange. Sie war so warm und weich. Er fuhr Stanley mit den Fingerspitzen über die Lippen und lächelte, als Stanley sie küsste. Dann setzte er sich und zog Stanley ebenfalls hoch. „Okay, Boss", sagte er, wuschelte Stanley durch die Haare und stand stöhnend auf.

Stanley beobachtete ihn mit weit aufgerissenen Augen. Roger stand direkt vor ihm. Sein harter Schwanz zeichnete sich deutlich unter dem Stoff der Hose ab. Ohne lange nachzudenken, streckte Stanley die Hand danach aus, legte sie flach auf Rogers Hose und drückte leicht dagegen.

Roger holte zischend Luft und kam einen Schritt näher, sodass er direkt zwischen Stanleys nackten Beinen stand.

Stanley beugte sich vor und presste die Lippen an die Beule in Rogers Hose. Er konnte den Schauer spüren, den seine Berührung auslöste und der durch Rogers ganzen Körper fuhr. Ohne sich vom Fleck zu rühren, schaute er Roger von unten ins Gesicht. Roger beobachtete ihn ebenfalls. Ihre Blicke trafen sich. Stanley musste an die Bussarde denken. Roger hatte den scharfen Blick eines Raubvogels.

Stanley fuhr mit der Hand unter Rogers Uniformhemd und legte sie auf seinen harten, behaarten Bauch. Wieder atmete Roger zischend ein und sein Körper fing zu vibrieren an. Stanleys Berührung erregte ihn. Er nahm Stanleys Kopf zwischen die Hände und lehnte sich gerade weit genug zurück, um sich zu bücken und ihn küssen zu können. Dann fuhr er Stanley über die Beine, braun gebrannt von der Sonne, stark, schlank und wunderschön. Er fuhr mit den Fingerspitzen durch die blonden Haare und sehnte sich nach mehr.

Roger bog Stanleys Kopf nach hinten, um ihm in die Augen zu sehen. Stanleys Hand bewegte sich, glitt sanft über Rogers warmen Bauch und dann langsam nach oben, in das haarige Dickicht auf Rogers Brust. Stanley schüttelte sich leicht, als er Rogers Nippel unter der Handfläche spürte.

„Warte im Bett auf mich, Stanley. Ich komme gleich nach. Ich schwöre bei Gott, es wird nicht lange dauern."

Stanley grinste. „Wenn du mich zu lange warten lässt, muss ich mich vielleicht selbst um meinen Ständer kümmern."

Roger packte ihn am Hemd und zog ihn näher zu sich heran. „Untersteh dich."

Stanley blinzelte unschuldig. „Na ja, wenn es dir so wichtig ist …"

Selbst ein Narr hätte erkannt, dass Stanleys Blick alles andere als unschuldig war. Und Roger war kein Narr. Er griff Stanley zwischen die Beine und drückte leicht zu. Es war wie ein Stromstoß, der sie beide durchfuhr. Sie schlossen stöhnend die Augen.

Stanley hielt Roger an den Hüften und drückte noch einmal das Gesicht an Rogers Schwanz. Er konnte es keine Minute länger aushalten. Er fuhr mit den Fingern hinter den Gummizug von Rogers Hose und wollte sie gerade nach unten ziehen, als Roger laut lachend einen Schritt rückwärts ging und sich in Sicherheit brachte.

„Du kleiner Scheißer", sagte er. „Geh ins Bett. Zieh dich aus und geh ins Bett. Ich bin in einigen Minuten da. Ich will nicht stinken wie ein alter Ziegenbock, wenn wir das erste Mal Sex haben. Ich nehme jetzt eine Dusche und wasche mir die Notaufnahme ab. Und leihe mir deine Zahnbürste aus. Und was ich sonst noch finden kann, damit ich frisch dufte wie eine Frühlingsbrise und du mich begehrst."

„Das tue ich jetzt schon."

„Na bestens. Das macht es mir leichter."

„Aber nicht rasieren!", rief Stanley. „Ich mag deine Stoppeln. Sie sind so …"

„Was sind sie?"

Stanley wurde rot. „Sexy."

Roger lächelte sein süßes, süßes Lächeln. „Na gut, Baby. Nicht rasieren. Für dich."

„Und nicht trödeln!"

„Nein, auch das nicht. Guter Gott! Hast du sonst noch einen speziellen Wunsch?"

„Nein. Ich glaube, das wäre erst mal alles."

Roger boxte ihm spielerisch ans Kinn und ging kopfschüttelnd ins Badezimmer. Er war so verdammt erregt, dass er es kaum schaffte, einen Fuß vor den anderen zu setzen, ohne gegen eine Wand zu laufen.

Stanley sah ihm nach. Das Herz pochte ihm in der Brust wie ein Vorschlaghammer. Er hätte sich nicht gewundert, wenn es demnächst einfach rausgesprungen wäre. Oder explodiert. Gab es das?

Guter Gott, Roger Jane war ja so sexy!

Und merkwürdigerweise kam Stanley sich in diesem Augenblick auch sexy vor. Mehr als jemals zuvor in seinem Leben. Und er gewöhnte sich sogar an den Gedanken, dass Roger ihn genauso sehen könnte.

Was für eine welterschütternde Erkenntnis für eine kleine Maus!

DIE ACHTEINHALB Minuten, die Stanley nackt, einsam und allein im Bett lag und auf Roger wartete, waren die längsten drei Wochen seines Lebens. Sein Schwanz war so hart, dass es schon wehtat. Das musste doch ungesund sein, oder?

Während dieser achteinhalb Minuten brach draußen, vor seinem Schlafzimmerfenster, die Dämmerung ein. Tiefe Schatten breiteten sich im Zimmer aus und die Bussarde verstummten. Vielleicht waren sie auch weggeflogen, segelten über den Broadway und suchten nach arglosen Tauben, die sie sich als Abendmahlzeit aus dem Himmel picken konnten. Die armen Tauben.

Stanley überlegte, ob er ein oder zwei Lampen einschalten sollte – der Atmosphäre wegen oder warum auch immer –, als er hörte, wie die Badezimmertür geöffnet wurde. Schnell setzte er die Brille ab und legte sie auf den Nachttisch. Ein schmaler Lichtstreifen fiel von draußen ins Schlafzimmer und verschwand wieder, als Roger im Badezimmer das Licht ausschaltete. Stanley lag wieder im Dunkeln. Als die Sonne untergegangen war, hatte sich das Zimmer etwas abgekühlt, was er als Erleichterung empfand. Bedauerlicherweise traf das auf seine Körpertemperatur nicht zu.

Er lag, einen Arm unter den Kopf geschoben, unter der Decke, die er bis zum Bauchnabel hochgezogen hatte. Unten schauten seine braun gebrannten Beine hervor. Stanley gab sich alle Mühe, einen vollkommen relaxten Eindruck zu machen. Innerlich war er allerdings so aufgeregt, dass er beinahe abgehoben hätte.

Roger kam durchs Zimmer auf ihn zu. Er hatte sich Stanleys weißen Frotteebademantel angezogen. Der helle Stoff betonte die dunklen Haare auf Rogers muskulösen Beinen und der Brust. Stanley hatte noch nie einen begehrenswerteren Mann gesehen als ihn.

Am Fuß des Bettes blieb Roger stehen und Stanley musste sich aufsetzen, um besser sehen zu können.

„Du bist wunderschön", sagten sie im Chor. Und brachen dann in lautes Gelächter aus.

Roger packte Stanley an den Fußzehen und spielte damit, ohne ihn aus den Augen zu lassen. „Ich war schon verrückt nach dir, als ich dich das erste Mal gesehen habe", sagte er mit heiserer Stimme. „Wusstest du das? Seit diesem Tag habe ich mir nichts sehnlicher gewünscht, als dich so vor mir zu sehen. So wie jetzt. Ich habe mich noch nie so schnell verliebt. Ich wusste am Anfang nicht, wie ich damit umgehen sollte. Verdammt, ich weiß es immer noch nicht."

Stanley spürte, wie ihm die Röte in die Wangen stieg. Er hatte sich geschworen, diese Frage nie zu stellen, aber trotzdem. Es ging nicht anders. Er konnte es nicht verhindern.

„Dann ist das nicht …"

Bevor er den Satz zu Ende bringen konnte, unterbrach ihn Roger. „Ein Mitleidsfick?" Er schien es kaum fassen zu können. „Denkst du das immer noch?" Roger sah ihn erstaunt – und schmollend – an. „Mein Gott, du denkst es immer noch." Sein Blick schien Stanley durchbohren zu wollen. Er fuhr sich mit der Hand über den Kopf, wie er es immer tat, wenn er verwirrt war. Oder verletzt. Dieses Mal blitzte auch Wut in seinen Augen auf, aber sie verschwand schneller wieder, als sie gekommen war.

Stanley hatte diese perfekten, grünen Augen noch nie wütend erlebt. Jedenfalls nicht ernsthaft wütend. Es brach ihm fast das Herz, als er erkannte, dass er selbst dafür verantwortlich war.

„Wenn es hier so etwas wie einen Mitleidsfick gibt, dann sind unsere Rollen genau umgekehrt. Dann bist du es, der dafür verantwortlich ist, nicht ich. Mir scheint, dass ich derjenige bin, der hier für die Liebe zuständig ist. Wahrscheinlich habe ich dafür auch das meiste Mitleid verdient. Ich will dich so sehr, dass ich nicht mehr klar denken kann, du Arschloch. Warum kannst du das nicht endlich akzeptieren?"

Stanley rutschte an den Fuß des Bettes und schlang die Arme um Rogers Hüften. „Ich akzeptiere es ja. Es tut mir leid. Das war nur ein Anfall von gewohnheitsmäßiger Rest-Paranoia und verrückt von mir. Verzeihe mir. Ich glaube das nicht. Wirklich nicht. Und du bist nicht allein derjenige, der für die Liebe zuständig ist. Ich liebe dich auch. Und ich kann auch nicht mehr klar denken. Ich werde in Zukunft überhaupt nicht mehr denken. Ich verspreche es."

„Gut", sagte Roger, legte die Arme um Stanley und zog ihn noch näher zu sich heran. „Weil ich dich nämlich liebe, Stanley. Und ich sollte es nicht jedes Mal erklären müssen, wenn ich es dir zeigen will."

„Nein, das solltest du nicht. Es tut mir leid."

Der Bademantel fiel weich an Stanleys Gesicht, als er Roger an sich drückte. Die Bettdecke lag in einem Wust um seine Taille gewickelt. Bevor er wusste, wie ihm geschah, zog Roger sie zur Seite und warf sie aus dem Bett. Sie flog durchs Zimmer und Stanley blieb nackt zurück.

Stanley drückte sich mit dem Gesicht in den Bademantel, *seinen* Bademantel, den Roger trug. Er war mittlerweile feuerrot geworden, aber sein Verlangen nach

Roger war stärker als die Scham. Stanley zerrte an dem Bademantel, öffnete den Knoten im Gürtel und zog den Stoff weit auseinander. Er war so aufgeregt wie ein kleines Kind, das seine Weihnachtsgeschenke auspackte. Der Bademantel rutschte über Rogers Rücken nach unten und fiel auf den Boden.

Roger stand vor ihm – nackt und erregt – und wartete ab, was Stanley noch vorhatte.

Er musste nicht lange warten.

Stanley beugte sich vor und küsste Roger auf den harten Bauch. Er schloss die Augen, um sich ganz auf den Geschmack und die Textur von Rogers Haut zu konzentrieren. Roger kam einen Schritt näher und Stanley spürte den harten Schwanz, der ihm an die Brust stieß. Er holte tief Luft, packte Roger an den Hüften und zog ihn zu sich aufs Bett. Zusammen fielen sie nach hinten, Auge in Auge und mit pochenden Herzen. Ihre Körper zitterten, als sich ihre Lippen berührten. Und zum ersten Mal verloren sie die Kontrolle über ihren Kuss. Er war unkontrollierbar. Sie konnten sich nicht mehr zurückhalten – beide nicht.

Roger war größer als Stanley und nutzte das aus, um sich auf Stanley zu rollen und ihn unter sich zu vergraben. Seine breite Brust drückte Stanley in die Matratze, seine langen, behaarten Beine schlangen sich um Stanleys und fixierten sie – sanft, aber unnachgiebig.

Roger war sehr intensiv, doch Stanley wollte mehr, immer noch mehr. Er schob die Zunge in Rogers Mund, presste den harten Schwanz an Rogers Bein und fuhr ihm mit einer Hand über den knackigen, harten Arsch, der sich doch so zart anfühlte. Stanley sehnte sich danach, den Geschmack der behaarten Spalte zu erkunden und ihre Wunder bis in die Tiefe zu erforschen. Er streichelte Roger mit den Fingerspitzen einer Hand sanft über den Rücken. Die Haut war so glatt wie Glas und so heiß wie frischgebackenes Brot. Er spürte, wie sich die Muskeln unter seinen Fingerspitzen zusammenzogen, wenn Roger sich über ihm bewegte und hin und her schlängelte.

Stanley erschauerte. Er wollte mehr von diesem Mann. Immer mehr.

Er schob Roger sanft von sich herunter, bis sie, immer noch eng umschlungen, Seite an Seite lagen und sich in die Augen sahen. Stanley drückte das Gesicht an Rogers Hals, fuhr ihm mit der Zunge über das stoppelige Kinn und über die Brust. Roger stöhnte leise und begann zu zittern. Stanley spürte Rogers steifen Nippel an der Wange, als er die Zunge langsam und genießerisch weiter nach unten gleiten ließ, über Rogers Bauch und am Nabel vorbei, bis er an dem dichten Busch Haare ankam, der ihn am Kinn kitzelte. Stanley schob die Hand zwischen Rogers Beine und legte sie ihm auf die Eier. Über sich hörte er Roger leise japsen.

Roger rollte sich auf den Rücken. Stanley folgte ihm und legte sich auf ihn. Roger spreizte die Beine, um Stanley mehr Platz zu geben für … was immer Stanley auch vorhaben mochte. Sein harter Schwanz wartete nur auf Stanley, und als der ihn in die Hand nahm, stützte Roger sich auf den Unterarmen ab, um besser sehen zu können.

Stanley spürte Rogers liebevollen Blick auf sich gerichtet und drückte ihm die Lippen an den Schwanz. Küssend atmete er den erregenden Duft des Mannes ein, streichelte ihn mit den Fingerspitzen und fuhr ihm federleicht über die Eichel. Roger hob die Hüften und kam ihm entgegen. Stanley konnte das Zittern von Rogers Beinen an seiner Seite fühlen und das schwere Gewicht von Rogers Eiern in der Hand.

Roger war beschnitten und sein Schwanz war wunderschön geformt. Genauso wunderschön wie der Rest des Mannes. Stanley hätte es sich denken sollen.

Im Dämmerlicht glänzte ein Tropfen Feuchtigkeit, der aus dem Schlitz in der Spitze von Rogers Schwanz quoll. Lächelnd küsste Stanley ihn weg. Rogers Stöhnen wurde etwas lauter.

Stanley verzehrte sich so sehr nach dem Mann, der unter ihm lag, dass er nicht einmal die Zeit fand, sich über seine eigene Furchtlosigkeit zu wundern oder über sein forsches, forderndes Vorgehen. Er kniete zwischen Rogers weit gespreizten Beinen und fuhr ihm mit den Lippen über den dicken Schwanz. Tief atmete er den berauschenden Geruch ein, als er sich den Schwanz in den Mund schob. Er genoss saugend den köstlichen Geschmack der klaren Tropfen, die immer noch aus Rogers Schlitz quollen. Er konnte fühlen, wie er selbst zu tröpfeln begann, als er sich über eines von Rogers Beinen hockte und es zwischen seinen eigenen festklemmte. Die rauen Haare kratzten ihm über den Schwanz und ließen ihn erschauern, bis er es nicht mehr aushielt und seinen Schwanz fest an Rogers Bein rieb.

Roger packte ihn an den Haaren und hielt ihn fest, sodass er den Kopf nicht mehr bewegen konnte. Aber Stanley ließ Rogers Schwanz nicht aus seinem Mund entkommen. Zärtlich leckend und saugend stillte er seinen Hunger nach mehr.

Die Hitze von Stanleys Mund und die Beharrlichkeit seiner Zunge brachten Roger um den Verstand. Er rekelte und schlängelte sich wie ein Wurm an der Angel. Seine Hüften schnappten immer wieder von der Matratze hoch und trieben seinen Schwanz noch tiefer in Stanleys Mund. Roger wollte sich befreien, aber er konnte nicht. Er konnte es einfach nicht.

„Oh Gott, Baby ... Ich kann nicht mehr aufhören. Sorry, ich ... ich komme, ich ... *Jaaa!*"

Stanley lächelte um die Spitze von Rogers irre dickem Schwanz, der ihm immer härter in den Mund stieß. Er drückte die Zunge an den Schlitz, genau in dem Moment, als der Samen aus Roger herausschoss, Stanleys Mund füllte und ihm in die Kehle lief. Er spürte die Macht von Rogers Orgasmus auf der Zunge und am Gaumen. Es kam ihm vor, als wäre Rogers Schwanz eine Spritzpistole, die kein Ziel auslieẞ, das sie erreichen konnte.

Es schmeckte so süß und wunderbar, dass Stanley ekstatisch stöhnte und jeden Tropfen auffing, während er seinem Geliebten die Eier massierte und sich Rogers Schwanz hungrig noch tiefer in den Mund schob.

Roger war hin- und hergerissen. Einerseits fühlte er sich so glücklich wie noch nie in seinem Leben, andererseits war es ihm peinlich, so schnell gekommen zu sein. Aber da es Stanley nicht zu stören schien, ließ er sich einfach von der Stimmung mitreißen und genoss jede einzelne Sekunde dieser wunderbaren Erfahrung. Er nahm Stanleys Kopf zwischen die Hände und ergoss sich in seiner Kehle, den Arsch in der Luft und nur noch mit den Füßen und Schultern die Matratze berührend.

Roger fühlte im Augenblick des Höhepunkts, wie Stanley alles gab. Stanley gab alles und er nahm alles. Er kostete Rogers Lust bis zur Neige aus, packte mit der einen Hand Rogers Arsch und fuhr ihm mit einer Fingerspitze der anderen kreisend über den Schließmuskel, um mehr und mehr von dem köstlichen Saft aus Rogers Schwanz herauszulocken, den er so liebte. Stanley hielt sich nicht zurück. Er gab alles für Roger. Und bei jedem neuen Spritzer, den er Roger entlockte und schluckte, schrie Roger laut auf vor Lust.

Als Roger endlich nicht mehr konnte, ließ er sich zurück aufs Bett fallen und hatte gerade noch die Kraft, leise zu lachen. „Mein Gott, Baby. Du hast mich komplett trockengelegt."

Er packte Stanley unter den Armen wie ein Kind und zog ihn zu sich nach oben. Als er Stanleys Mund in Reichweite hatte, küsste er ihn tief und innig. Roger konnte seinen eigenen Samen in Stanleys Mund schmecken. Stanley zitterte wie ein Blatt im Wind in Rogers Armen, zu erregt, sich noch unter Kontrolle zu halten.

„Jetzt bin ich dran", flüsterte Roger und rollte Stanley auf den Rücken. Dann hockte er sich auf ihn, sodass Stanley sich kaum noch rühren konnte. Er küsste eine heiße Spur von Stanleys Mund über seine Kehle und – langsam, oh so langsam – bis auf Stanleys golden behaarte Brust. Sanft rieb er mit einer Hand über Stanleys harten Schwanz und genoss es, Stanley hilflos unter sich stöhnen zu hören. Er knabberte an den kleinen, braunen Nippeln und griff Stanley mit der anderen Hand zwischen die Beine, legte sie ihm unter die Eier und wog ihr heißes Gewicht in seiner Hand.

Mit jedem Reiben über Stanleys Schwanz hoben und senkten sich Stanleys Hüften, gerade so, wie Rogers eigene es eben getan hatten. Und mit jeder Bewegung entrang sich Stanleys Kehle ein tiefes, lustvolles Stöhnen. Aber er lachte auch zwischen seinem Stöhnen, legte die Arme um Roger und zog ihn zu sich herunter, weil er mehr von ihm fühlen wollte. Weil er mehr von allem wollte.

Roger küsste sich über Stanleys glatten, unbehaarten Bauch bis zum Bauchnabel, leckte ihn mit kreisenden Bewegungen seiner Zunge aus. Sie stöhnten beide, als Stanleys Schwanz an Rogers Kinn stieß.

Roger saugte Stanleys Schwanz in den Mund wie einen Lutscher. Die Spitze war schon feucht und schmeckte süß, als er sie ableckte und den langen Schwanz noch tiefer schob. Stanley schrie leise, und als Roger die Zunge in den Schlitz drückte und massierte, packte Stanley ihn vor Erregung an beiden Ohren und riss sie beinahe ab.

„Aua!", rief Roger lachend. Stanley machte erst gar nicht den Versuch, sich bei ihm zu entschuldigen. Er schob den Schwanz tiefer in Rogers Mund, bis er auf Widerstand stieß. Keiner von ihnen hätte sagen können, wem es mehr Spaß machte, so gut fühlte es sich an. Stanley schlang stöhnend die Beine um Rogers Leib und stieß mit dem Schwanz wieder und wieder in Rogers samtweichen, heißen Mund. Er hätte beim besten Willen nicht aufhören können, und wäre der Himmel über ihm eingestürzt.

Kurz darauf grunzte Stanley laut und sein Schwanz explodierte wie der Mount St. Helens. Die Fontäne füllte Rogers Mund bis zum Anschlag und er musste kurz den Kopf heben, um zu atmen. In diesem Moment traf ihn der nächste Strahl mitten ins Gesicht.

Er leckte es so gut wie möglich ab, fasziniert von dem Geruch, dem Geschmack und der reinen Wucht von Stanleys Orgasmus. Sobald er die Lage wieder halbwegs unter Kontrolle hatte, saugte er sich Stanleys Schwanz wieder in den Mund und brachte seinen Job ordentlich zu Ende.

Er streichelte über Stanleys Beine, schob ihm die Hände unter den Hintern und saugte jeden einzelnen Tropfen aus ihm heraus. Stanleys Eier schlugen ihm bei jeder Bewegung ans Kinn und Roger musste innerlich grinsen, so sehr genoss er Stanleys hilflose Leidenschaft.

Was war das für ein Ritt! Stanley gab alles, und Roger war nur zu froh, mitten in der Schusslinie gelandet zu sein.

Als Stanley wieder aufs Bett fiel, erschöpft und ausgelaugt, leckte Roger ihm immer noch den Schwanz, streichelte ihm über die Hüften, den glatten, warmen Arsch und die Brust, die sich unter seinen Händen hob und senkte.

Nach einiger Zeit hob er den Kopf, um zu sehen, wie es Stanley ging. Der hatte einen Arm über die Augen gelegt und schnappte immer noch keuchend nach Luft wie eine Dampfmaschine, während seine Hüften sich im Takt von Rogers Mund bewegten. Dann streckte Stanley eine Hand nach Roger aus und streichelte ihm über die Wange, während Roger nicht aufhörte, ihm den erschlaffenden Schwanz zu bearbeiteten.

Roger legte die Hand auf Stanleys Bauch und streckte den Arm aus, bis er Stanleys Brust erreichte. Er fuhr mit den Fingern in Stanleys Achselhöhlen und erfreute sich an den weichen Haaren und der Hitze. Er liebkoste Stanleys Schwanz mit den Lippen und freute sich, wenn Stanley gelegentlich zusammenzuckte, weil Roger eine besonders empfindliche Stelle berührte.

Nach einiger Zeit, Stanleys Herz pochte immer noch wild, nahm er den Arm von den Augen und schaute nach unten, direkt in Rogers grüne Augen, die seinen Blick erwiderten. Er streckte die Hand nach Roger aus, streichelte ihm über die kurzen Haare und fuhr ihm mit der Fingerspitze um die perfekten Ohren. Dann musste er die Augen wieder schließen, weil Rogers Zunge nicht aufhörte, ihm den Schwanz und die Eier zu liebkosen. Guter Gott, er wollte immer noch mehr. Mehr und immer mehr.

Als Stanley schließlich seine Stimme wiederfand, war sie so tief und heiser, dass er sie selbst kaum wiedererkannte.

„Du bist das Schönste, was ich je gesehen habe", sagte er zu Roger.

Roger ließ Stanleys Schwanz aus dem Mund gleiten und drückte das Gesicht an Stanleys Bauch. „Ich bin zu schnell gekommen."

Damit brachte er Stanley zum Lachen. „Und ich vielleicht nicht?"

Roger rutschte nach oben, bis sich ihre Gesichter fast berührten. Er legte die Arme um Stanley und küsste ihn auf den Mund – sicher, selbstbewusst und besitzergreifend, als ob alles ihm gehören würde, was er berührte.

Stanley schloss die Augen und überließ sich Rogers Kuss. Er streichelte ihm über den Rücken und sie verschlangen ihre Beine ineinander. Ihre schlaffen Schwänze berührten sich wieder. Wie zwei Kampfgenossen, die sich an eine erfolgreich geschlagene Schlacht erinnerten, steckten sie ihre Köpfe zusammen und munterten sich so gut sie konnten auf, während sie ihren nächsten Einsatz abwarteten.

Sie beendeten ihren Kuss und ließen sich mit dem Kopf aufs Kissen fallen. Nur Zentimeter voneinander entfernt, sahen sie sich in die Augen, während ihre Hände immer noch das Terrain erkundeten, das sie gerade erst neu kennenlernten – jede Wölbung, jede Vertiefung und jede Falte. Rogers dichte Körperbehaarung. Stanleys glatte Brust. Die Muskeln und Knochen und das Fleisch.

Die Dämmerung war mittlerweile vorüber und im Zimmer herrschte nahezu komplette Dunkelheit. Nur der Mond warf einen silbernen Lichtstrahl aufs Bett und ihre nackten Körper.

„Ich war noch nie so glücklich", flüsterte Roger leise.

Stanley hörte die Worte, drückte sein Gesicht an Rogers Hals und schmiegte sich in die starken Armen, die ihn warm und wunderbar umschlungen hielten.

„Ich kann es immer noch nicht glauben", flüsterte er Roger ins Ohr. „Ich warte immer noch darauf, aus meinem Traum wieder aufzuwachen." Er hob den Kopf und sah Roger ins Gesicht. „Wenn es nur ein Traum war, will ich am liebsten gar nicht mehr aufwachen. Nie mehr."

Roger zog ihn lächelnd wieder an sich. Er legte ihm die Hand an den Kopf und drückte ihn an seinen Hals, weil es sich so gut anfühlte, Stanleys Gesicht am Hals zu spüren. Und er freute sich über Stanleys Worte. Darüber freute er sich mehr, als über alles andere.

„Es ist kein Traum, Baby. Ich bin verrückt nach dir. Ich … ich kann es mir selbst nicht erklären. Ich schwöre dir, ich habe mich mit den ersten Blick in dich verliebt. Liebe auf den ersten Blick. Es ist auf einmal kein abstraktes Konzept mehr. Ich glaube jetzt daran. Ich kann gar nicht anders. Ich habe es erfahren. Du bist der Beweis dafür. Du und das, was mein Herz mir sagt. Ich liebe dich, Stanley. Das ist kein Scheiß. Ich liebe dich über alle Maßen."

„Schön ausgedrückt", murmelte Stanley. Er drückte einen Kuss auf Rogers Adamsapfel und rieb sich die Wange an den Bartstoppeln. Dieses kratzige Gefühl machte ihn immer wieder halb wahnsinnig. Stanley konnte sich kein sinnlicheres Gefühl an seiner Haut vorstellen. Er wollte nie wieder darauf verzichten müssen. Es war ihm auch vollkommen egal, ob er sich dabei die Haut wundrieb oder nicht, er wollte es nur fühlen.

„Ich auch", sagte er dann, weil er es loswerden musste. Er musste diese Worte sagen, weil man sie nicht oft genug sagen konnte. „Ich liebe dich auch, Roger. Seit das erste Mal dein Gesicht auf der Treppe aufgetaucht ist. Als Arthur da lag wie ein gestrandeter Walfisch und ich eine Heidenangst hatte, dass er tot sein könnte. Und dann bist du aufgetaucht. Ein Blick in deine grünen Augen, und schon war ich verloren. Gaga City."

„Gut", schnurrte Roger. „Ich hoffe, du bleibst verloren. Weil ich alles andere nicht ertragen könnte."

Wieder fanden sich ihre Lippen. Sie küssten sich lange und zärtlich, bis Roger immer langsamer atmete und seine Hand auf Stanleys Rücken nach unten rutschte.

Sekunden später war er eingeschlafen, den kuschelnden Stanley immer noch in den Armen haltend.

Stanley schloss die Augen und sprach ein leises Gebet zu einem Gott, der die Großzügigkeit besaß, einem unscheinbaren Niemand wie ihm ein Geschenk wie Roger Jane zu machen. Stanley konnte sich nicht vorstellen, womit er das verdient hatte. *Aber da es nun geschehen ist, Gott, verspreche ich dir, ein besserer Mensch zu werden. Ich schwöre es, das will ich. Kein Scheiß, Gott. Ganz und gar kein Scheiß.*

Mit Rogers warmem Atem in den Haaren und Rogers warmer Brust an der seinen, überließ sich Stanley ganz diesen gesegneten Armen, muskulösen Beinen und zärtlichen Händen. Er versuchte, sich zu entspannen, weil er eine Heidenangst davor hatte, dass Roger aufwachen könnte und dieser wunderbare Moment verloren ging.

Er schloss die Augen und gab sich dem Gefühl hin, Roger so nahe zu sein. Dem süßen, reinen Geruch des Mannes. Der Hitze seines Bauches. Der Wärme eines harten Bizepses, den er so liebte, an der Wange. Der starken, behaarten Beine, die sich mit seinen verschlangen. Dem beruhigenden Gefühl zweier erschlaffter Schwänze, die sich liebevoll aneinanderschmiegten – Stanleys eigener tröpfelte immer noch auf das Laken, als würde er um das Verlorene weinen.

Doch während der Schlaf Stanley schon zu übermannen drohte, wurde er sich bewusst, dass nichts – aber auch gar nichts – verloren war. Dieser Abend war erst der Anfang. Und er wollte nie wieder an Roger zweifeln. Genauso wenig, wie an sich selbst.

Das war es, was er brauchte. Das wusste er jetzt. Er brauchte diesen Mann. Diese Liebe. Das war es, wonach er sich ein Leben lang gesehnt hatte. Einen Grund, um zu sagen: „Ja, ich bin es wert. Ja, ich verdiene es auch, glücklich zu sein. Und ja, hier in diesen Armen habe ich endlich mein Glück gefunden."

Ein Lächeln stahl sich auf Stanleys Lippen, als Roger sich im Schlaf an ihn kuschelte und leise flüsterte: „Kleine Maus."

Und Sekunden später schliefen sie beide. Sie sollten sich die ganze lange Nacht in den Armen halten und nicht ein einziges Mal loslassen.

12

ALS STANLEY und Roger am nächsten Morgen die Augen aufschlugen, begrüßte sie ein Schlafzimmer voller Licht und Hoffnung. Sie hielten sich nicht zurück. Nach einer gemächlichen, romantischen Runde Oral-Sex, für die sie sich dieses Mal sehr viel mehr Zeit ließen und die sie deshalb auch viel mehr genießen konnten, duschten sie zusammen. Was wieder zu Sex führte. Anschließend lief Roger, in Stanleys Bademantel gekleidet, schnell in seine Wohnung, um sich ein frisches Hemd und Shorts aus dem Schrank zu holen, denn er weigerte sich standhaft, die verdreckte und blutbespritzte Uniform von gestern wieder anzuziehen. Und so begannen sie ihr gemeinsames Leben mit einem Frühstück, das aus kalter Pizza vom Vorabend bestand.

Die letzten Reste von Unsicherheit, Schüchternheit oder gar Bedenken, die diesen Morgen vielleicht hätten belasten können, wurden unter der Dusche weggespült. Tschüss und auf Nimmerwiedersehen. Sie waren viel zu glücklich, um sich noch von derartigen Hindernissen aufhalten zu lassen. Stanleys Selbstbewusstsein hatte durch den gestrigen Abend einen mächtigen Schub erhalten. Zum ersten Mal in seinem Leben verstand er, was Liebe wirklich war. Und es veränderte ihn. Auch das wusste er. Es veränderte ihn zum Besseren.

Diese Veränderung hielt ihn allerdings nicht davon ab, Roger voller Bewunderung beim Essen zu beobachten. Was war dieser Mann, der ihn liebte, nur für ein Augenschmaus! Hatte Stanley Sternbaum mit ihm den Jackpot geknackt oder was?

„Es ist Wochenende, Stanley", sagte Roger kauend. „Du musst nicht zur Uni und ich hatte gestern meine letzte Doppelschicht. Die nächsten beiden Tage habe ich frei. Was wollen wir mit der Zeit anfangen?" Er wackelte mit den Augenbrauen wie Groucho Marx.

„Schmusen?", schlug Stanley vor und schob sich mit dem Finger ein riesiges Stück Pizza in den Mund, weil er zu hungrig war, um kleine Stückchen abzubeißen. Nach Sex gestern Abend und Sex heute früh musste er dringend seinen Energie- und Flüssigkeitshaushalt auffrischen. Er versuchte es mit Pizza und einer Zwei-Liter-Flasche Cola. Das Frühstück der Champions. Und der Verliebten.

Roger zog es vor, seine Pizza mit Kaffee runterzuspülen. Er trank ihn schwarz wie ein echter Mann. Es war Stanley nicht entgangen. Wenn er selbst Kaffee trank, dann nur mit Unmengen Zucker und Vanillesahne.

Während des Frühstücks hielten sie sich an der Hand und sahen sich verliebt in die Augen. Es war unglaublich kitschig, aber Stanley war noch sie so zufrieden gewesen. Noch nie.

Als von den zwei Pizzas nur noch die leeren Kartons – sowie einige Krümel und ein dubioser Pilz, den keiner von ihnen anrühren wollte – übrig waren, drückte Roger Stanleys Hand, um ihn auf sich aufmerksam zu machen. Was nun wirklich nicht nötig gewesen wäre.

„Hast du Bedenken?", fragte Roger. „Oder Fragen, die ich dir beantworten kann? Oder Versprechen, die du von mir hören möchtest?"

Roger hörte sich so ehrlich und demütig an, dass Stanley die Tränen in die Augen stiegen. Seine Brust zog sich schmerzhaft zusammen und es dauerte einen Moment, bis er merkte, dass es *kein* Herzanfall war. Es war nur eine weitere Manifestation der Liebe, die er für den Mann auf der anderen Seite des Küchentisches empfand.

„Keine Bedenken. Keine Fragen."

„Und Versprechen?", wollte Roger wissen und in seinen Wangen bildeten sich zwei kleine Grübchen, als er Stanley lächelnd ins ernste Gesicht sah.

„Nur, dass du mich liebst", krächzte Stanley heiser. „Dass du mich genauso liebst, wie ich dich liebe."

„Wird gemacht", sagte Roger, lehnte sich über den Tisch und küsste ihn auf den Mund. Sie schlossen die Augen und ihre Herzen schlugen im Takt, als sie tief den Geruch des anderen einatmeten. Es störte sie nicht im geringsten, dass der Kuss nach Pizza schmeckte.

Roger setzte sich schließlich wieder hin und öffnete die Augen. „So, damit ist das Geschäft besiegelt. War doch ganz einfach. Ich liebe dich, Stanley Sternbaum."

Stanley schnäuzte in die Papierserviette. Mein Gott, er hatte einen dicken Frosch im Hals. „Und ich liebe dich, Roger Jane", sagte er, als er seine Stimme wiederfand.

Er dachte gerade darüber nach, Roger ins Schlafzimmer zu zerren oder ihn nackt auf den Küchentisch zu werfen, als es an der Tür klopfte. Mist.

„Deine Tür", sagte Roger. „*Du* musst öffnen."

Stanley stand grinsend auf und ging zur Tür.

Es war Arthur. Er trug eine alte Malerhose und ein Spitzenleibchen. Das Leibchen reichte nicht ganz bis zum Hosenbund, sodass sich sein Bauch zwischen Leibchen und Hose vorwölbte. Und dieser Bauch musste in eine ganze Packung Klarsichtfolie gewickelt sein.

Die Zigarre, die in Arthurs Mundwinkel hing, war genauso schweißgebadet wie der Rest von Arthur. Er hätte sie wahrscheinlich selbst mit einem Flammenwerfer nicht mehr zum Glimmen gebracht, wofür Stanley mehr als dankbar war.

Als Arthur Stanleys ungläubigen Blick auf seine Bauchgegend wahrnahm, wurde er feuerrot. „Ich habe gehört, dass es schlank macht, wenn man überflüssige Körperflüssigkeit loswird. Was meinst du? Oder ist das eine dumme Idee?"

„Was immer du meinst", seufzte Stanley. Nach dem gestrigen Tag in der Notaufnahme konnte ihn nichts mehr überraschen, wenn es um Arthurs Garderobe ging. „Und was können wir für dich tun?"

Arthur warf ihm einen neugierigen Blick über die Schulter, in der Hoffnung, einen Blick auf den oder die unbekannten Besucher zu erhaschen. Er lächelte wissend. „Ich war schon bei Roger, aber der scheint nicht zuhause zu sein. Ich dachte, er könnte vielleicht bei dir sein. Vielleicht war er ja sogar die ganze Nacht hier, oder?"

Jetzt war es Stanley, der rot wurde. Er öffnete den Mund und war selbst überrascht über das, was daraus hervorkam. „Ja. Und es war die beste Nacht meines Lebens. Und was ist jetzt der Grund für deinen Besuch? Willst du dir noch Alufolie ausleihen oder was?"

Arthur ignorierte die sarkastische Bemerkung und strahlte Stanley an. „Oh, ich freue mich so für euch! Wirklich. Aber ich fürchte, wir haben ein Problem."

Stanley lächelte, als Roger kam, ihn von hinten umarmte und ihm das Kinn auf die Schulter legte. Es war eine besitzergreifende Geste. Stanley wusste es, Roger wusste es, und Arthur wusste es auch.

„Guten Morgen, Arthur", sagte Roger. Seine grünen Augen glänzten, amüsiert über Arthurs Garderobe. Aber er kannte Arthur. Ihn konnte nichts mehr überraschen. „Was ist denn los?"

Zum ersten Mal schien Arthur sich unbehaglich zu fühlen. „Ich bin ein solcher Feigling. Es tut mir leid, euch zu stören, aber jemand ist in Sylvias Wohnung. Und Sylvia kann es nicht sein. Sie kommt erst heute Nachmittag aus dem Krankenhaus zurück. Ich dachte, ich hole mir lieber Verstärkung, bevor ich nachsehe. Könnt ihr mir den Gefallen tun?"

„Aber sicher", erwiderte Roger furchtlos. „Solange Stanley bei uns ist, kann nichts passieren. Du hättest ihn sehen sollen, wie er die Tür eingetreten hat. Ich bin mir sicher, er kann auch jederzeit die Scheiße aus einem Einbrecher raustreten."

Stanley fand diese Vorstellung nicht sehr ansprechend. „Äh …"

Arthur grunzte. „Ich weiß. Ich habe gerade erst die Rechnung für die Reparatur der Tür bezahlt, die dein Freund eingetreten hat. Und es war nicht damit getan, das Schloss auszutauschen. Ich musste die ganze Tür ersetzen lassen. Und einen Teil des Rahmens. Aber wer will sich darüber beschweren? Es hat Sylvia das Leben gerettet." Er zwickte Stanley spielerisch in die Wange. „Danke, mein Süßer."

„Äh … Nicht der Rede wert."

Arthur zog sein Leibchen gerade und sagte: „Also gut. Kommt ihr dann, Jungs?" Stanley hatte noch nie einen so bizarren Anblick erlebt.

„Schon unterwegs", sagten Roger und Stanley unisono. Dann nahmen sie sich an der Hand und folgten Arthur zur Treppe.

„Arthur", sagte Roger. „Nimm die dämliche Folie ab, sonst kippst du noch wegen Überhitzung um. Was immer du durch Schwitzen auch an Gewicht verlierst, es ist zurück, sobald du das erste Glas Wasser trinkst. Es lohnt sich nicht, dafür sein Leben zu riskieren. Kauf dir einfach einen breiten Gürtel."

Arthur blieb stehen und drehte sich zu ihnen um. Er sah sie an und legte den Zeigefinger ans Kinn wie Shirley Temple. „Ohh. Warum habe ich daran nicht selbst gedacht?"

Sie waren mittlerweile vor Sylvias Tür angekommen. Sylvias *nagelneuer* Tür. Sie war fest verschlossen, aber von drinnen waren Geräusche zu hören. Jemand ... summte. Jemand summte Musical-Melodien.

Stanley fand, es hörte sich vielversprechend an. Wie groß und gemein und verrückt konnte ein Einbrecher schon sein, der Musical-Melodien summte?

Arthur gab Roger den Wohnungsschlüssel und trat zur Seite. Er hatte ganz offensichtlich vor, die Wohnung als letzter zu betreten. Als Stanley ihn überrascht ansah, erwiderte Arthur den Blick bedeutungsvoll, als wollte er sagen: „Ich trage ein Leibchen. Was erwartest du da von mir? Heldentum?"

Stanley schaute Roger über die Schulter, als der die Tür aufschloss und öffnete.

In Sylvias Wohnung roch es nach Reinigungsmitteln. Pinie. Zitrone. Ammoniak. Bleichmittel. Stanley konnte sich nicht erinnern, dass es bei seinem letzten Aufenthalt hier so gerochen hätte. Das Wohnzimmer war leer, aber das Summen war noch zu hören. Es kam aus Sylvias Schlafzimmer.

„Ein Perverser", flüsterte Arthur.

„Nun, dann scheint es ein sehr fröhlicher Perverser zu sein", flüsterte Roger zurück.

Sie legten sich die Hände auf die Schultern wie eine Eisenbahn und schlichen, mit Roger an der Spitze, auf Zehenspitzen durch die Wohnung. Dann drückten sie sich an die Wand und warfen einen verstohlenen Blick durch die offene Tür in Sylvias Schlafzimmer. Sie sahen aus, wie die drei Köpfe eines Totempfahls. Arthur war ganz unten, Stanley in der Mitte und Roger oben.

Was sie sahen, war in der Tat unerklärlich.

Charlie, der rothaarige Kleptomane aus dem dritten Stock, machte sich an Sylvias Bettwäsche zu schaffen.

Als Charlie aufsah und die drei Köpfe erblickte, die um die Ecke ins Zimmer ragten, sprang er erschrocken in die Höhe und kreischte wie eine tote Seele auf dem mitternächtlichen Friedhof. Das Laken flog durchs Zimmer und landete unter der Decke auf dem Lampenschirm.

Arthur war der erste, der die Sprache wiederfand. Und er war wütend. „Charlie, was machst du da? Willst du ihr noch das Laken aus dem Bett stehlen? Das geht wirklich zu weit! Ich will dich in meinem Haus nicht mehr sehen."

Charlie erstarrte vor Schreck und wurde totenbleich. Roger sah sich im Zimmer um. Durch die Tür zum Badezimmer war ein offener Wäschekorb zu sehen und einige Flaschen Reinigungsmittel. Ein Stapel frische Bettwäsche lag auf dem Bett, die alte, schmutzige Bettwäsche hatte Charlie offensichtlich schon in den Wäschekorb gepackt. Charlie hatte sich ein Tuch um den Kopf gebunden, damit ihm bei der Arbeit nicht der Schweiß in die Augen lief. Er putzte Sylvias Wohnung!

Roger legte Arthur eine Hand auf den Arm. „Arthur. Warte. Lass dir von Charlie erst erklären, was er macht."

Charlie zitterte vor Aufregung. „Ich will nur die Wohnung für sie schön herrichten, bevor sie nach Hause kommt. Sylvia ist meine Freundin. Sie backt mir Plätzchen. Ich … ich liebe Sylvia."

„Wow", flüsterte Stanley. „Noch einer."

Charlie schien ihn nicht zu hören. „Ich würde Sylvia niemals bestehlen. Niemals! Sie ist der *letzte* Mensch, von dem ich stehlen würde. Außerdem nehme ich meine Medizin. Ich habe schon seit … Mist … seit zwei oder drei Tagen nicht mehr gestohlen. Und das war nur ein Snickers aus dem Laden an der Ecke. Ich hatte Hunger. Und ich habe dem netten Vietnamesen später das Geld gegeben!" Er warf einen flehenden Blick in Rogers Richtung. „Erkläre es ihm, Roger. Erkläre Arthur, dass ich nicht stehle."

Zu Stanleys und Arthurs Überraschung ging Roger auf Charlie zu, legte ihm einen Arm auf die Schulter, klopfte ihm beruhigend auf den Rücken und drückte ihn an sich. Dann drehte er sich zu Arthur um.

„Er sagt die Wahrheit, Arthur. Sieh dich um. Nichts fehlt und alles ist blitzeblank. Ich finde, wir sollten Charlie jetzt weiterarbeiten lassen. Wir hätten selbst daran denken sollen. Sag ihm jetzt, dass er nicht ausziehen muss, Arthur. Du hast dem armen Kerl eine Todesangst eingejagt."

Also sagte Arthur es dem armen Charlie, und es war richtig süß. „Es tut mir leid, Charlie. Verzeih mir."

Charlie nickte und wischte sich schniefend mit dem Handrücken über die Nase. Er sah immer noch tief verletzt aus.

„Mein Gott, Charlie. Kauf dir endlich Taschentücher", sagte Roger. Stanley kicherte.

Als Stanley, Roger und Arthur sich auf den Weg zur Treppe machten, fing Charlie hinter ihnen wieder zu summen an. Es war grottenfalsch, aber sie erkannten das Lied. Les Misérables. *Building the Barricade.* Stanley musste lächeln. Wenigstens bei der Auswahl seines musikalischen Repertoires war der kleine Kerl absolut furchtlos. Bei dem Lied war es nämlich kein Wunder, dass er den Ton nicht traf.

„Ich hoffe nur, dass er sich die Nase nicht an Sylvias Bettwäsche putzt", grummelte Arthur.

„Halt's Maul, Arthur", sagten Stanley und Roger wie aus einem Mund.

ZURÜCK IN seiner Wohnung, schloss Stanley die Tür hinter ihnen ab und suchte sofort den Weg in Rogers Arme. Er war froh, endlich wieder mit ihm allein zu sein.

„Liebe mich", flüsterte er und küsste ihn am Hals.

Roger drückte ihn an sich und legte ihm den Mund ans Ohr. Stanley lief ein Schauer über den Rücken. „Was meine kleine Maus sich wünscht, ist seiner großen Maus Befehl", flüsterte Roger.

Roger ließ seine Bartstoppeln über Stanleys Wange schaben, küsste ihn auf den Mund und stieß ihm leicht mit der Zungenspitze an die Lippen. Stanley kam der Aufforderung sofort nach und öffnete den Mund. Während sie sich küssten, drückte Roger ihn mit seinen wunderbaren, warmen Armen so fest an sich, dass Stanley zufrieden stöhnte.

Er stieß Roger mit den Hüften an und stöhnte wieder, als ihre harten Schwänze sich berührten.

Roger schob die Hand unter Stanleys Hemd und streichelte ihm mit den Fingerspitzen über den Rücken. Er liebte es, Stanleys heiße Haut zu spüren.

Stanley hatte es mittlerweile geschafft, die Hand in Rogers Hosenbund zu schieben. Da Roger heute früh keine Unterhose angezogen hatte, landete Stanleys Hand direkt auf Rogers hartem, haarigen Arsch. Er ließ die Finger in Rogers Arschspalte gleiten und rieb ihm über den Schließmuskel. Rogers Kuss wurde leidenschaftlicher.

Als Stanley die Hand um Rogers Hüfte nach vorne gleiten ließ und ihm über den Schwanz rieb, stellte Roger sich auf die Zehenspitzen und presste sich noch fester an ihn.

Mehr musste er nicht tun.

Stanley beendete ihren Kuss und kniete sich vor Roger auf den Boden. Er packte den Bund von Rogers Shorts und zog sie in einer einzigen Bewegung nach unten. Rogers Schwanz sprang nach oben und schlug Stanley dabei ins Gesicht.

„Oh Mann", knurrte Stanley. „Schau nur, was ich da gefunden habe."

Er fasste nach unten und schlängelte sich ebenfalls aus seiner Shorts. Dann aus dem Hemd. Als er komplett nackt war, hockte er sich nach hinten auf die Fersen und sah Roger zu, der sich das Hemd über den Kopf zog und es quer durchs Zimmer warf. Er fuhr mit den Händen über Rogers Beine, von unten nach oben, küsste sie und leckte sie und wollte gerade mit Rogers Eiern spielen, als ihm eine andere Idee kam.

Stanley packte Roger an den Hüften und drehte ihn um, bis er den prächtigen, behaarten Arsch direkt vorm Gesicht hatte. Dann streichelte er Roger wieder über die Beine, die jetzt zu zittern begannen. Sie waren so wunderbar, dass Stanley sich einige Minuten Zeit ließ, sie zu massieren, zu erkunden und zu kneten. Sie zu verehren.

Nachdem er sich jeden Quadratzentimeter Bein eingeprägt hatte, legte er die Hand auf Rogers Rücken. Er übte gerade genug Druck aus, um Roger sanft nach vorne zu drücken. Roger schien ihm den Wunsch gerne zu erfüllen, auch wenn er zitterte wie Espenlaub. Er beugte sich nach vorne und Stanley drückte sich mit dem Gesicht an seinen Arsch.

Stanley küsste ihn auf die Arschbacken und ließ sich von den Haaren im Gesicht kitzeln. Als Roger den Arm nach hinten ausstreckte und Stanley näher ziehen wollte, ließ der sich nicht zweimal bitten.

Er presste das Gesicht zwischen die köstlich warmen Arschbacken und suchte mit der Zunge nach Rogers Öffnung. Roger keuchte und packte Stanley mit der Hand an den Haaren, um ihn genau da festzuhalten, wo er ihn haben wollte. Es war vollkommen überflüssige Energieverschwendung. Stanley hatte nicht vor, woanders zu sein. Was ihn anging, war er genau da, wo er sich zuhause fühlte.

Er leckte über Rogers Arschloch. Gleichzeitig schob er eine Hand zwischen Rogers Beinen durch und griff nach oben, wo der steinharte Schwanz seines Geliebten auf und ab wippte. Und was war es doch für ein dicker Schwanz!

Stanley leckte und saugte an Rogers Arschloch, bis Roger vor Erregung beinahe in die Knie gegangen wäre. Er wollte aber nicht die ganze Arbeit Stanley überlassen, deshalb riss er sich zusammen und drehte sich um, um Stanley – zu dessen Enttäuschung – auf die Füße zu ziehen. Stanleys Enttäuschung währte nicht lange.

Ihre Lippen fanden sich zu einem langen, tiefen Kuss.

Stanley tastete nach Rogers Hand und legte sie sich auf den Arsch. Roger erkannte sofort, woher der Wind wehte.

„Das hat meine kleine Maus also im Sinn, ja?"

Stanley brachte kein Wort heraus. Er war zu schwach vor Lust.

Roger zog ihn an der Hand hinter sich her ins Schlafzimmer, wo er ihn, mit dem Gesicht nach unten aufs Bett legte und ihm die Beine auseinanderzog.

Dann kniete sich Roger vors Bett und küsste seinen Weg über Stanleys goldene Beine nach oben. Die blonden Haare waren so weich wie Daunen. Sie bedeckten Stanleys Beine von den Knöcheln bis zum Hintern.

Roger küsste die Waden, deren Muskeln so hart waren wie Granit. Er küsste die himmlischen Oberschenkel und als er an Stanleys Arsch ankam, machte er eine Pause und lehnte sich zurück, um den Anblick zu genießen.

Stanleys Arsch war das Schönste, was Roger je in seinem Leben gesehen hatte. Blass, knackig und rund. Kein einziges Haar war in der Ritze zu sehen, und als Roger die beiden perfekten Arschbacken auseinanderzog, um die Blüte von Stanleys Schönheit zu öffnen, wären ihm fast die Tränen gekommen, so erotisch war der Anblick. Roger fühlte das Herz in seiner Brust flattern und seine Hände zitterten, als er die beiden Arschbacken weiter und weiter auseinanderzog. Sein Schwanz ragte wie ein steinerner Monolith zwischen seinen Beinen auf und schrie danach, sich endlich in dieser wunderbaren Höhle versenken zu dürfen, die Roger zum ersten Mal richtig zu sehen bekam.

Es war nicht mehr als ein kleiner, rosa Schlitz, so seidig und zart wie Sahne unter Rogers Fingern. Er fuhr mit dem Daumen darüber und lächelte, als Stanley nach Luft schnappte und den Hintern hob, um sich fester an Rogers Finger zu drücken.

Roger beugte sich vor und küsste den kleinen Schlitz. Sein Kuss entlockte Stanley einen leisen Schrei und er griff nach Rogers Hand. Dann drückte er sich mit dem Arsch an Rogers Mund, der sofort zu lecken und zu saugen anfing, ganz so, wie Stanley es vor wenigen Minuten noch bei ihm getan hatte.

Stanley war kaum noch zu halten, schlängelte und rekelte sich hin und her und griff immer wieder hinter sich, um nach Roger zu tasten. Er konnte Rogers Haare nicht zu fassen kriegen, weil die viel zu kurz waren. Also beschränkte er sich schließlich darauf, Rogers Hand zu umklammern.

Als Roger mit der Zunge an Stanleys Loch drückte und sie langsam hineinschob, stöhnte Stanley und erhob sich auf die Knie, damit Roger ihn leichter erreichen konnte.

Feucht und entspannt durch Rogers zärtliche Liebkosungen, zog sich Stanleys Loch zusammen und öffnete sich wieder. Roger sah fasziniert zu. Da! Schon wieder. Poch, poch, poch.

Roger leckte sich über den Finger und drückte ihn dagegen. Er konnte spüren, wie sich Stanleys Muskeln entspannten, als wollten sie den Finger einladen, endlich einzudringen.

Roger ließ Stanley nicht länger warten und schob seinen Finger in einer einzigen, flüssigen Bewegung in ihn hinein. Erst bis zum ersten Knöchel, dann bis zum zweiten und dann ganz.

Stanley wimmerte, so gut fühlte es sich an.

Roger streichelte ihm über die langen Beine und den Rücken, während er den Finger hineinschob und wieder herausgleiten ließ. Und jedes Mal, wenn der Finger aufs Neue in dem heißen Quell der Lust versank, hielt Stanleys Arsch ihn fester umklammert, als wollte er ihn nie wieder loslassen.

Als Roger einen zweiten Finger ins Spiel brachte, ihn erst ableckte und dann zusammen mit dem ersten in Stanleys Arsch schob, fing Stanley zu stöhnen an. „Ja, Baby. Ja!" Roger fickte ihn eine Weile mit den beiden Fingern, während Stanley bebend unter ihm lag. Dann griff er nach unten, massierte Stanleys Eier und rieb ihm sanft den harten Schwanz, immer im Takt mit den beiden stoßenden Fingern.

Stanley konnte es nicht mehr aushalten. „Schublade oben", keuchte er. „Oben." Er zeigte auf den kleinen Nachttisch.

Roger zog die Finger aus ihm heraus und kroch aufs Bett, um an den Nachttisch zu kommen. Er riss die Schublade auf, während Stanley, den Arsch in der Luft und die Schultern ins Kissen gepresst, auf der Matratze lag. Er war so unglaublich geil, dass er sich am Schwanz packte und dort weitermachte, wo Roger eben aufgehört hatte.

Roger fand die Kondome sofort, riss eines der Päckchen auf und küsste Stanley in den Nacken, bevor er sich den Gummi auf den Schwanz rollte. „Ist es das, was du willst, Baby? Ist es das?"

Stanley brachte kein Wort heraus. Es wollte einfach nicht funktionieren. Er nickte nur stumm und drehte den Kopf zur Seite, um Roger auf den Mund zu küssen. Er rieb sich immer noch den Schwanz, aber seine Hand bewegte sich jetzt viel schneller, weil es einfach nicht mehr anders ging. Dann fand er doch noch seine Stimme wieder.

„Bitte, Roger. Fick mich. Bitte."

Roger ließ sich nicht zweimal bitten. Nachdem er sich das Kondom übergerollt hatte, stellte er sich wieder ans Bett. Seine Knie zitterten und er konnte sich kaum aufrecht halten. Er packte Stanley an den Knöcheln und zog ihn zu sich heran, bis Stanleys Arsch genau da war, wo er ihn brauchte.

Er beugte sich vor und legte die Hand unter Stanleys Eier, während er ihm das Arschloch leckte, um es auf die Penetration vorzubereiten. Dann nahm er seinen Schwanz und rieb damit über Stanleys Öffnung.

Es war, als wäre plötzlich alle Luft aus dem Raum gesaugt worden. Sie hielten beide für den Bruchteil einer Sekunde den Atem an, als Roger sich langsam, aber unaufhaltsam in Stanley hineinschob.

Stanley zwang sich, die Muskeln zu lockern. Er war zwar schon gefickt worden, aber noch nie von einem Schwanz, der so groß und dick war wie Rogers. Und noch nie von einem Mann, den er liebte. Das machte einen großen Unterschied.

Sein Arsch entspannte sich langsam. Roger hielt ihn an den Hüften und er fühlte den Druck von Rogers Schwanz, der – *Plopp* – den Schließmuskel durchdrang. Dann war er drin.

Und langsam, oh so langsam, schob Roger sich tiefer in ihn hinein. Er ließ sich Zeit und achtete auf jedes Anzeichen von Unwohlsein seitens Stanleys. Roger wollte ihm nicht wehtun, aber er konnte auch nicht mehr aufhören. Gott, diese enge, feuchte Hitze … Es war himmlisch.

Stanley spreizte die Beine noch weiter und fing an zu betteln. Nur einen Augenblick später fühlte er, wie Rogers Schamhaare ihm über die sensible Haut seines Arschs streichelten.

Ein leises Wimmern entfuhr ihm und er griff nach hinten, um Roger noch näher an sich heranzuziehen. Dann fing er an, sich langsam zu bewegen – erst weg von Rogers Schwanz, dann wieder auf ihn zu. Klammern und loslassen. Klammern und loslassen. Und Roger bewegte sich mit ihm.

Roger küsste Stanley in den Nacken. Seine Stöße kamen schneller, fester, tiefer. Es war für sie beide eine vollkommen neue Erfahrung. So etwas hatten sie noch nie erlebt. Und sie wussten auch warum.

Liebe. Liebe war die Geheimzutat. Und – bei Gott! – was machte diese Zutat doch für einen Unterschied!

Roger hielt einen Augenblick inne, den Schwanz bis zum Anschlag in Stanleys Arsch versenkt. Er konnte fühlen, wie Stanley unter ihm am ganzen Leib zu vibrieren begann. Sein Arsch zog sich zusammen und hielt Rogers Schwanz umklammert, als wollte er ihn nie, nie wieder loslassen.

Roger hatte die Lippen immer noch an Stanleys Hals gepresst, bewegte sich aber nicht mehr. Stanley vermutete, dass Roger sich alle Mühe gab, nicht jetzt schon zum Höhepunkt zu kommen. Es war ihm nur recht. Roger hatte offensichtlich mehr Kontrolle über seinen Körper als Stanley selbst, der sich kaum noch beherrschen konnte.

Stanley fing wieder an, sich zu bewegen, vor und zurück, bis Roger es nicht mehr aushielt und auch wieder mitmachte. Und seine Stöße wurden noch schneller, noch fester und noch tiefer. Weil er es anders nicht mehr aushielt. Und Stanley auch nicht.

„Ja, Baby, ja!", schrie Stanley ins Kissen und krallte sich an Rogers Hüfte fest, damit Roger nur ja nicht aufhörte.

Roger zog seinen langen Schwanz raus, bis er nur noch zur Hälfte in Stanleys Arsch steckte. Dann stieß er ihn mit aller Kraft wieder hinein. Wieder und wieder, und jedes Mal keuchte Stanley und bettelte um mehr.

Dann krampfte Stanleys Arsch sich um Rogers Schwanz zusammen. Roger wusste, dass Stanley gleich kommen würde und griff gerade noch rechtzeitig nach Stanleys Schwanz, um den ersten Spritzer an der Hand zu fühlen. Mit jedem Spritzer, der sich über Rogers Hand ergoss, schrie Stanley laut auf vor Lust.

Als Roger merkte, dass er sich auch nicht mehr zurückhalten konnte, zog er seinen Schwanz aus Stanleys Arsch und entfernte den Gummi. Dann schoss er auf Stanleys goldenen Rücken. Stanley spürte, was hinter ihm los war, drehte sich um und nahm Rogers Schwanz in den Mund, bis nichts mehr kam.

Roger schaute lächelnd und mit glänzenden Augen auf ihn herab und streichelte ihm über die Wange, während er Stanleys Mund mit seinem Sperma füllte, bis auch noch der letzte Tropfen dort war, wo er am meisten begehrt wurde.

Stanley beobachtete Roger ebenfalls und während er das tat, streichelte er ihm mit beiden Händen über die behaarte Brust und diese himmlischen Arme, deren Anblick allein ihm weiche Knie bescherten.

Nach einem letzten hilflosen Stoß fuhr Roger Stanley dankbar mit den Fingern durch die Haare und ließ sich auf ihn fallen. Er hatte sich noch nie so ausgelaugt gefühlt. Und noch nie so glücklich.

Nach einer kleinen Weile zog er Stanley weiter aufs Bett, damit sie sich bequem nebeneinanderlegen konnten. Dann schob er Stanley zwei Finger in den Arsch. Einfach nur, weil er es konnte.

Stanley seufzte zufrieden, zog seinen Arsch um die beiden Finger zusammen und hielt sie fest, während sie sich küssten.

Langsam entspannte sich Stanley wieder und stöhnte noch ein letztes Mal, als Roger ihm die Finger wieder aus dem Arsch zog.

Er schmiegte sich in Rogers Arme und schloss die Augen. Sein Herz floss fast über vor Liebe. Er traute sich nicht, auch nur ein Wort zu sagen, drückte das Gesicht in Rogers Halsbeuge und atmete den Geruch seines Geliebten ein, als wäre es eine Droge. Roger war so erschöpft und glücklich und befriedigt, dass seine Stimme nur ein Schatten ihrer selbst war. Aber man konnte ihr trotzdem das Lächeln anhören, das ihm auf den Lippen lag.

„Jetzt weiß ich, was meiner kleinen Maus gefällt", flüsterte er und knabberte sanft an Stanleys Ohrläppchen.

Stanley konnte nur wortlos nicken. Er kniff die Augen zusammen, um im Geiste noch einmal zu erleben, was gerade geschehen war. Er erinnerte sich an jedes Gefühl, jeden Geruch, jeden Geschmack. An die Penetration. Mein Gott, die würde er nie wieder vergessen. Es war ein unbeschreibliches Gefühl, wenn der Mann, den man über alles liebte, das erste Mal in einen eindrang. Stanley wusste, er würde diesen Moment für immer im Herzen tragen.

Während sich ihr Herzschlag beruhigte und ihre Muskeln sich entspannten, hielten sie sich eng umschlungen. Ein warmes Gefühl breitete sich in ihnen aus und schweißte sie fest zusammen. So fest, wie man es sich nur vorstellen konnte.

„Wir gehören zusammen", flüsterte Roger ihm ins Ohr und ließ in Stanley kurz noch einmal Leidenschaft aufflammen. „Ich bin mir noch nie im Leben über etwas so sicher gewesen."

Stanley lächelte, als er Rogers Worte hörte. Er lächelte, weil es genau die gleichen Worte waren, die er selbst gerade gedacht hatte. Aber er konnte immer noch nicht sprechen, nickte nur und drückte Roger noch fester an sich, atmete seinen Geruch ein und sog die himmlische Hitze von Rogers Körper in sich auf. Dann küsste er ihn am Hals, um sich davon zu überzeugen, dass Roger immer noch da war.

Als Roger ihn daraufhin anlächelte und ihm einen süßen Kuss auf die Stirn gab, wusste Stanley, dass alles gut war. Was immer sich ihnen auch in den Weg stellen mochte, ihre Liebe würde ihnen helfen, jedes Hindernis zu überwinden.

Daran zweifelte Stanley nicht eine Sekunde. Weil es genau das war, was die Liebe ausmachte.

Und der spektakuläre Sex war natürlich auch nicht zu verachten.

13

DAS LEBEN der Mieter des Belladonna Arms normalisierte sich nach Sylvias Selbstmordversuch langsam wieder. Jedenfalls wurde es wieder so normal, wie es bei einer derart verrückten Ansammlung an Vertretern der Menschheit überhaupt werden konnte.

ChiChi und Ramon stürzten sich mit einer erstaunlichen Hingabe und Zuneigung in ihre neue Beziehung. Sie wurden oft gesehen, wie sie Hand in Hand das Haus verließen, flüsternd die Köpfe zusammengesteckt oder lachend miteinander turtelnd. Stanley konnte immer noch nicht so recht fassen, dass Ramon ChiChis Vergangenheit so schnell weggesteckt hatte und sein Herz so vorbehaltlos einem Mann anvertraute, der bis vor einer Woche noch seine sexuellen Dienste an den höchsten Bieter verkaufte. Aber sein Erstaunen hielt sich in Grenzen angesichts der unerwarteten Wende in seinem eigenen Leben. Seine neue Beziehung zu Roger Jane wuchs und gedieh und machte ihn über alle Maßen glücklich.

Und dann waren da Pete und Sylvia. Nach Sylvias Entlassung aus dem Krankenhaus wurden die beiden immer öfter zusammen gesehen. Sie standen im Hausflur und unterhielten sich flüsternd, gingen oft zusammen einkaufen oder essen oder ins Kino. Roger und Stanley freuten sich darüber und konnten kaum fassen, wie Pete Ingersol sich vor aller Augen zu einem freundlichen und umgänglichen Mitbewohner entwickelte. Und dazu war nicht mehr nötig gewesen, als die Aufmerksamkeit eines geliebten Menschen. Es war fast, als wäre sein langweiliges, ereignisloses und trauriges Leben der letzten Jahre nur eine Art Winterschlaf gewesen, aus dem Sylvia ihn auferweckt hatte. Sie war gekommen, hatte ihn in den Schatten kauern sehen und ans Licht gezogen. Und Pete war ihr gefolgt, hatte die frische Luft tief eingeatmet und angefangen, an dem Leben teilzunehmen, vor dem er sich so lange versteckt gehalten hatte. Er hatte es riskiert, sein verletzliches Herz für das Leben und – vor allem – die Liebe zu öffnen.

Sylvia betrachtete Petes Interesse an ihr zunächst mit Argwohn, aber im Laufe der Tage ließ ihr Misstrauen nach. Wenn man genau hinsah, erhaschte man ab und zu einen Blick auf eine kleine, unscheinbare Berührung – beispielsweise eine Fingerspitze, die wie zufällig über einen Handrücken fuhr. Oder man sah ein Lächeln, das wie aus dem Nichts zu kommen schien, wenn die beiden sich unbeobachtet glaubten.

Stanley freute sich auch darüber, dass Pete jetzt mit ihm sprach, wenn sie sich im Treppenhaus über den Weg liefen. Früher hatte Pete sich immer in seiner Wohnung verkrochen, aber jetzt hatte er immer Zeit für ein kurzes Gespräch, einen Witz oder einen Steuertipp. Nachdem er erfuhr, dass Stanley gerne das

Kreuzworträtsel in der Sonntagsausgabe der *New York Times* löste, aber keine drei Dollar dafür ausgeben wollte – schließlich war er nur ein armer Student –, kam Pete jeden Sonntagmorgen die drei Stockwerke zu Stanley nach oben gelaufen und schob ihm die Seite mit dem Rätsel unter der Tür durch.

Stanley vermutete, dass Pete Sylvias neugefundenes Interesse an ihm entweder Roger oder ihm selbst zuschrieb. Vielleicht auch ihnen beiden. Und Stanley war stolz darauf, dass Pete mit seiner Einschätzung nicht ganz falsch lag.

Wenn man Pete und Sylvia zusammen sah, fiel immer wieder die altmodische Höflichkeit auf, die Pete ihr entgegenbrachte – wie er ihr die Tür öffnete oder ihr beim Treppensteigen die Hand an den Ellbogen legte, als wäre sie ein Porzellanpüppchen und könnte zerbrechen, wenn sie nicht besonders zart behandelt wurde.

Stanley war allerdings der Meinung, dass Pete sich in Sylvia täuschte. Sylvia mochte zwar zerbrechlich aussehen, aber sie hatte eine innere Stärke, die sie unbeugsam und ohne Angst vorwärts trug, wenn am Horizont mal wieder eine neue Krise auftauchte. Nach dem einen Moment der Schwäche, der damit endete, dass sie ins Krankenhaus eingeliefert wurde und beinahe nicht überlebt hätte, schien sie ihr Leben mit anderen Augen zu sehen. Sie brachte ihrem Leben jetzt die Dankbarkeit und den Respekt entgegen, die es verdiente. *Wie wir alle es viel öfter tun sollten*, dachte Stanley. Er fragte sich aber auch, ob Sylvia vielleicht die Erinnerung an ihren schrecklichen Fehler irgendwo in ihrem Gedächtnis aufbewahrte und immer dann herauskramte, wenn sie eine Extraportion Kraft brauchte.

Und Sylvia brauchte Kraft. Sie brauchte sie hier und jetzt. Der Weg zu ihrem Ziel, endlich die Frau zu werden, zu der sie geboren war, führte steil bergauf. Sie musste sich jeden Meter mühsam erkämpfen.

Pete seinerseits schien fest entschlossen, Sylvia zu akzeptieren – egal wie. Ob als Mann oder als Frau. Für Pete machte das offensichtlich keinen Unterschied. Er liebte Sylvia ohne Wenn und Aber – so, wie sie gerade war.

Das war in Stanleys Augen wahre Liebe. Das war Liebe in ihrer reinsten Form.

Nach Sylvias Rückkehr gab es auch noch eine Reihe anderer Veränderungen im Leben von Stanleys Nachbarn. Selbst der rothaarige Charlie aus dem dritten Stock fand die Liebe in Person eines anderen Kleptomanen, den er während seiner Therapiesitzungen in der Psychiatrischen Abteilung der University of San Diego kennenlernte. Charlies Verehrer war ein süßer, pummeliger kleiner Kerl mit einem unschuldigen Kindergesicht und einer Vorliebe für Cowboystiefel und Cowboyhüte. Er steckte alles ein, was nicht niet- und nagelfest war. Überraschenderweise verstanden sich die beiden prächtig und schienen wirklich sehr aneinander zu hängen. Bedauerlicherweise waren jedoch bisher Roger und Stanley die einzigen, die sie in ihre Wohnung einluden. Alle anderen hatten Angst, dass einer oder beide von ihnen etwas mitgehen ließen, sobald man ihnen den Rücken zukehrte.

Roger wusste es besser. Das hielt ihn jedoch nicht davon ab, den Cowboy genau im Auge zu behalten, wenn er und Stanley mit den beiden in Rogers Wohnung

Pizza aßen, nachdem sie von einem Heimspiel der Padres zurückkamen. Die vier gingen oft zusammen ins Baseball-Stadion.

Arthur war mittlerweile in einem Zustand von Dauerpanik, da der Tag von Sylvias Party immer näher rückte. Er hatte sich offensichtlich damit abgefunden, dass Sylvia in ihm nie mehr als ihren Vermieter sehen würde. Trotzdem stürzte er sich mit vollem Elan in die Vorbereitungen für den Großen Ball, weil er alles tun wollte, um genug Geld für ihre letzte und wichtigste Operation zu sammeln.

Es dauerte nicht lange, da war es Arthur gelungen, Stanley und Roger für die Dekoration des Partykellers zu verpflichten, da er selbst – so sagte er – kein Gefühl für Stil hätte. Da die beiden seine Garderobe kannten, konnten sie ihm schlecht widersprechen.

Sie machten nicht viel Aufhebens um ihre neue Aufgabe. Schließlich taten sie es nicht für Arthur, sondern für Sylvia. Für Sylvia und Pete.

Das erste Mal besichtigten sie den Partykeller am Abend vor dem Großen Ball. Zugegeben, die Zeit wurde langsam knapp, aber nach der Aufregung der vergangenen Tage und Wochen – Sylvias Krankenhausaufenthalt und ihre eigene Liebesbeziehung, die sie immer noch vollauf beanspruchte – waren sie froh, überhaupt endlich mit der Arbeit zu beginnen. Und da ihnen wirklich nicht mehr viel Zeit blieb, überredeten sie ChiChi, ihnen behilflich zu sein.

Arthur übergab ihnen dutzende Kisten mit Dekorationsmaterial und sagte ihnen, sie sollten das Beste daraus machen. Morgen war Sonntag. Das Essen und die Getränke wurden gegen Mittag geliefert und um zwei Uhr begann dann der Große Ball.

Es sollte eine Überraschungsparty werden, aber da Arthur nicht in der Lage war, ein Geheimnis für sich zu behalten, wusste Sylvia natürlich schon seit Monaten Bescheid. Sie hatte Roger versprochen, um Arthurs Willen überrascht zu tun, wenn der große Tag kam.

Stanley, Roger und ChiChi hatten noch nicht mehr geschafft, als die vielen Kisten die fünf Stockwerke aus dem Lagerraum im vierten Stock in den Keller zu schleppen, da waren sie schon schweißgebadet. Sie standen in der Tür zum Partyraum und versuchten, den nötigen Enthusiasmus für ihre Aufgabe aufzubringen. Zuallererst mussten sie die alten Dekorationen entfernen, die von einer Party zum Nationalfeiertag herrühren mussten. Vor ungefähr tausend Jahren oder so. Und deswegen mussten sie den Raum anschließend auch noch gründlich reinigen, bevor sie sich ihrer eigentlichen Aufgabe widmen und die neuen Dekorationen anbringen konnten.

Stanley hätte Arthur am liebsten dafür erwürgt, bis zur letzten Minute gewartet zu haben. Roger, dem Stanleys finstere Miene nicht entgangen war, stieß ihn grinsend mit der Hüfte an. „Komm schon, Babe. So schlimm ist es doch gar nicht."

„Nein", sagte ChiChi. „Es ist schlimmer. Die einfachste Lösung wäre vielleicht, alle Lampen auszuschalten und Matratzen auf den Boden zu werfen.

Dann könnten wir die Geburt von Sylvias neuer Weiblichkeit mit einer großen Orgie feiern. Ich habe da noch einigen Krimskrams, der ...“

„Wo ist Ramon?", fragte Roger, um ihn zum Schweigen zu bringen. „Ich hatte gehofft, dass er uns vielleicht auch helfen würde."

ChiChi rollte mit den Augen. „Ramon hat einen noch viel schlimmeren Job erwischt. Glaube mir, Roger, du willst nicht mit ihm tauschen. Wenn du wüsstest, was es wäre, würdest du dich über alle Maßen glücklich schätzen, dieses Dreckloch dekorieren zu dürfen."

„Nun, Drecklöcher dekorieren sich auf jeden Fall nicht von selbst", sagte Stanley und krempelte seine imaginären Hemdsärmel hoch. „Lasst uns endlich anfangen. Ich will es hinter mich bringen, weil ich nach dem Abendessen vorhabe, meinen neuen Freund nackt ins Bett zu zerren."

„Ohhh", schnurrte Roger. „Das gefällt mir."

„Mir auch", seufzte ChiChi und musterte Roger von oben bis unten. Er hatte in seiner Libido einen speziellen Platz für Männer reserviert, die aussahen wie Roger Jane.

Roger machte sich kopfschüttelnd an die Arbeit. Er war ChiChis unmissverständliche Blicke gewöhnt und ignorierte sie einfach.

Sie rissen die alten roten, weißen und blauen Girlanden aus Krepppapier von der Decke und zerknüllten die verdreckten Papiertischdecken von den zwölf oder mehr Tischen, die im Raum verteilt standen. Überall lagen Mäuseköttel und Kakerlakendreck rum und der Staub, den sie aufwirbelten, brachte sie ständig zum Niesen. Igitt.

Es war so heiß hier unten, dass sie nach einiger Zeit ihre Hemden auszogen und in eine Ecke warfen, weil sie keine Lust hatten, in der Sauerei einen Hitzschlag zu bekommen. Die kleinen Kellerfenster unter der Decke waren verklebt und ließen sich nicht öffnen. Stanley schleppte sich den ganzen Weg in den sechsten Stock, um die zwei Ventilatoren zu holen, damit die Luft hier unten halbwegs erträglich wurde.

Nachdem sie die Ventilatoren angeschlossen hatten und die Luft sich etwas bewegte, wischten sie die Spinnweben von den Wänden und der Decke und fegten den Schmutz zusammen.

Als sie mit dem Ergebnis ihrer Bemühungen einigermaßen zufrieden waren, weil es nicht viel sauberer werden konnte, schauten sie sich in dem Raum um und überlegten, welche Optionen sie hatten.

„Ich bin für Leder", schlug ChiChi vor und klopfte sich mit dem Zeigefinger ans Kinn. Mit der anderen Hand zwickte er sich in einen Nippel. Stanley wollte gar nicht wissen, was gerade in ChiChis Kopf vor sich ging.

Roger wühlte in den Kisten. „Wir haben kein Leder", sagte er. „Was wir haben ist kackhässliches, grünes Krepppapier, tonnenweise Lametta, ungefähr hundert Papiertischdecken mit Weihnachtsmotiven und ... oh, einen Plastikweihnachtsbaum zum Zusammenstecken. Nein, halt … *zwei* Plastikweihnachtsbäume zum Zusammenstecken."

„Und eine Diskokugel", fügte Stanley der Vollständigkeit halber hinzu und musterte den Todesstern, der an der Decke hing.

„Hier sind noch drei Kisten mit Weihnachtskugeln", setzte Roger seine Aufzählung unbeeindruckt fort. „Und bunte Bänder und Schneemänner und eine Tüte voller Jesuskindlein mit süßen Windeln und Mützchen. Was will Arthur nur mit einem dutzend Jesuskindlein?"

Stanley nahm eines der Püppchen aus der Kiste und zog an dem Ring, der am Rücken hing.

„Mama", sagte Jesus.

„Damit wäre das geregelt", sagte ChiChi stöhnend. „Weihnachten ist unser Motto. Lasst uns anfangen."

Stanley und Roger sahen sich ungefähr drei Sekunden lang fragend an und zuckten dann resigniert mit den Schultern.

„Weihnachten ist unser Motto", sagten sie im Chor.

Eine Stunde später war der Partykeller nicht mehr wiederzuerkennen. An jedem Ende des Raums stand ein perfekt dekorierter Weihnachtsbaum. An den Wänden hingen grüne Girlanden aus Krepppapier, die zusätzlich mit Lametta behängt waren. Und in der Mitte über allem schwebte der Todesstern. Kleine weiße Weihnachtskerzen glänzten an den beiden Weihnachtsbäumen und hingen von der Decke. Unter die Tische, die an den Wänden standen, hatten sie Klappstühle geschoben. Auf den bunten Papiertischdecken lagen Pappteller, Plastikgläser und Servietten, alles wunderschön mit Weihnachtsmotiven verziert. Sie warteten nur noch auf die Gäste. Dazu stand in der Mitte eines jeden Tisches noch eine Blumenvase – mit Alufolie umwickelte Scheuerpulverflaschen – mit kunstvoll arrangierten Weihnachssternen aus Plastik. Mitten in jedem der Blumensträuße steckte ein Plapperpüppchen-Jesus – ChiChis Wortschöpfung –, der neugierig mit dem Kopf aus den Plastikblättern hervorlugte und sich wahrscheinlich fragte, was hier um Himmels willen los war. Und da Stanley noch eine *zweite* Kiste mit Jesuskindlein gefunden hatte – die windellos und pudelnackt, Arme und Beine ineinander verschlungen, in der Kiste lagen und an ChiChis Orgie erinnerten –, kam Roger auf die Idee, sie rund um den Todesstern an die Decke zu hängen, wo sie schwebten wie kleine Engelchen und sich im Luftzug der Ventilatoren langsam um sich selbst drehten.

„Guter Gott", sagte Stanley. „Das sieht aus wie die Sixtinische Kapelle auf Trip."

„Stimmt." Roger grinste und knuddelte sich mit dem Gesicht an Stanleys Hals. „Mir gefällt es auch."

Dann war aus dem Luftschacht über ihren Köpfen ein Schrei zu hören, der ihnen fast das Blut in den Adern gerinnen ließ. Die drei sprangen vor Schreck in die Luft.

CHICHI HATTE sich als erster wieder gefangen. Er schüttelte gähnend den Staub aus seinem T-Shirt, das unter einem der Tische gelegen hatte. „Sieht aus, als würde Ramon hart arbeiten", kommentierte er grinsend.

„Hart arbeiten? Um Gottes willen. Was macht er denn?", wollte Roger wissen und starrte erschrocken an die Decke. „Schlachtet er Elefanten?"

ChiChi kicherte. „Nein, viel schlimmer. Er wachst Arthur."

Roger überlegte kurz. „Welchen Teil von Arthur?", fragte er dann.

„Alles."

Wieder drang ein Schrei durch den Luftschacht, bei dem sich ihnen die Nackenhaare aufstellten.

Stanley knirschte mit den Zähnen. „Das ist das grausamste Geschreie, das ich jemals im Leben gehört habe. Warum ist Arthur so ein Jammerlappen?"

ChiChi wackelte vielsagend mit den Augenbrauen. „Bist du schon jemals gewachst worden?"

„Nein."

„Dann mache dich nicht über Dinge lustig, von denen du keine Ahnung hast. Gewachst zu werden ist, wie ein Kind zu bekommen. Es tut höllisch weh. Kennst du auch nur einen Mann, der die Schmerzen einer Geburt überleben würde? Ich nicht. Kein Mann würde es auch nur *versuchen*. Nein und nochmals nein."

Stanley wollte ihn gerade auf die logischen Mängel seines Arguments hinweisen, als der nächste Schrei durchs Haus gellte. Dieses Mal wackelten sogar die Fensterscheiben und es schepperte an der Decke, als hätte jemand eine Bowlingkugel durch den Luftschacht gerollt. Stanley machte sich Sorgen um die Bussarde vor seinem Küchenfenster. Vermutlich beschlossen sie gerade, ihr trautes Nest aufzugeben und sich eine ruhigere Wohngegend zu suchen, weit weg von diesen verrückten Menschen.

Roger warf Stanley sein Hemd zu und nahm ihn am Arm. „Lass uns nachsehen, was da los ist. Wo sind sie, ChiChi?"

„In meiner Wohnung, direkt neben Stanleys."

Bevor sie gingen, sahen sie sich noch einmal den geschmückten Raum an – die beiden Plastikweihnachtsbäume, die flatternden grünen Girlanden, die schwebenden Jesus-Engel mit den Plastikringen am Rücken. Nachdem sie sich davon überzeugt hatten, dass alles so war, wie es sein sollte, löschten sie das Licht. Stanley schnappte sich noch schnell einen der beiden Ventilatoren, ohne die er nicht in seine Wohnung zurückwollte, den anderen nahm Roger mit. Dann schlossen sie hinter sich die Tür.

Auf dem Weg nach oben kamen sie an mindestens zehn oder zwölf Mitbewohnern vorbei, die sich neugierig im Hausflur umsahen und sich wunderten, ob in ihrem Haus gerade jemand ermordet wurde. Einer der Idioten fragte sogar: „Sind wir im Krieg mit Mexiko?" Stanley ignorierte den Spinner und lief an ihm

155

vorbei, den Ventilator in der einen Hand, während er sich mit der anderen das Lametta aus den Haaren zog. Und dabei den knackigen Hintern von Roger im Blick behielt, der vor ihm die Treppe hinaufging. Die Gedanken, die ihm dabei durch den Kopf gingen, waren alles andere als keusch. Selbst die Hitze und die Treppe und Arthurs Geschrei, das immer noch durchs Haus hallte, schafften es nicht, ihn auch nur ansatzweise von seiner Lust auf Rogers Arsch abzulenken.

Der arme Roger. Er hatte ja keine Ahnung, was ihm bevorstand. Und dann schaute Roger zurück in Stanleys Richtung und hatte ein sexy Lächeln auf den Lippen, und Stanley dachte: *Naja, vielleicht ahnt er es ja doch. Was weiß ich schon über seine Gedanken?*

Als sie sich dem sechsten Stock näherten, gellte ein weiterer Schrei durchs Haus und Stanley fragte sich, wie lange das noch so weitergehen mochte, bis endlich das letzte Härchen entfernt war.

Sie ließen die beiden Ventilatoren vor Stanleys Tür stehen und folgten ChiChi in dessen Wohnung. Kaum waren sie durch die Tür getreten, hörten sie den nächsten ohrenbetäubenden Schrei, aber dieser war einige Oktaven höher als die vorherigen. Weil dieser Schrei offensichtlich von Ramon kam.

„Warum zwickst du mich? Das tut weh!"

„Weil du mich umbringst!", zischte Arthur wütend.

„Mache ich nicht!"

„Doch!"

„Nein!"

„Kleines Früchtchen!"

„Großes Früchtchen! Großes, *gewachstes* Früchtchen!"

Die beiden funkelten sich wütend an. Wenn Blicke töten könnten ...

Arthur lag flach auf dem Rücken in ChiChis Bett und trug nichts als einen String-Tanga. Und der war nicht sehr groß. Auf den ersten Blick war er kaum zu erkennen, weil er nahezu komplett in Arthur-dichtem, dunklen Pelz und den Fettrollen verschwand. Stanley dachte erst, der Mann wäre nackt. Gott sei Dank stellte sich diese Befürchtung als voreilig heraus.

Dafür bestätigte sich ein anderer erster Eindruck bis zum i-Tüpfelchen. Arthurs dichter Fellteppich war nur noch an etwa achtzig Prozent seines Körpers unversehrt erhalten. Ein Arm, ein Schienbein und ein viereckiges Areal mitten auf seinem dicken Bauch waren unberührte Haut ohne ein einziges Härchen. Unberührte und feuerrote Haut.

Überall auf seinem restlichen Körper lagen an allen möglichen und unmöglichen Stellen Stoffstreifen auf der Haut, die mit heißem Wachs getränkt waren, den Ramon aus einem Metallgefäß löffelte, das auf dem Nachttisch stand. Momentan war er gerade dabei, einen Löffel voll Wachs auf Arthurs linker Titte zu verteilen.

Und sobald er den Stoffstreifen auf besagter Titte eingeschmiert hatte, griff er nach unten und riss einen wachsgetränkten Streifen von Arthurs Oberschenkel ab.

Arthur bog den Rücken durch und heulte wie eine Feuersirene. „Heilige Mutter Gottes voller Gnaden, du verschwuchtelter Hurensohn! Kannst du mich nicht wenigstens vorher warnen?"

„Okay", fauchte Ramon und zog den nächsten Streifen von Arthurs linkem Arm ab. Wieder ohne Vorwarnung.

Arthur brüllte wie ein Bulle. Dann drehte er sich um und sah Roger, Stanley und ChiChi, die glotzend an der Schlafzimmertür standen.

Ja, glotzend. Man konnte es nicht anders nennen.

Arthur schnaufte erleichtert, als er sie dort stehen sah. „Gott sei Dank! Ihr seid meine Rettung! Könnte ihr den Kerl erschießen? Bitte?"

Ramon gab ihm einen Klaps auf die Stirn und drückte ihn aufs Bett zurück. Sollte ein Teil seiner Ausbildung sich damit beschäftigen, wie man Kunden bediente und ihr Vertrauen gewann, so hatte dieser Kurs bisher noch nicht in seinem Stundenplan gestanden.

„Jammerlappen", schimpfte er.

„Folterknecht", schimpfte Arthur zurück.

Ramons Geduldsfaden war offensichtlich zum Zerreißen gespannt. „Weißt du was, Arthur? Du bist die jämmerlichste Dragqueen, die ich jemals erlebt habe. Schönheit muss leiden, das ist doch bekannt."

Arthur kniff die Augen zusammen, während er sich abwesend über den malträtierten linken Arm rieb. „Und du bist die schwuchteligste, tuntigste Knalltüte, die *ich* jemals erlebt habe! Willst du dich etwa als Mann bezeichnen?"

Ramon konnte mit konstruktiver Kritik offensichtlich nicht sehr gut umgehen. Er packte den Stoffstreifen auf Arthurs linker Titte. „Der sollte mittlerweile abgekühlt sein", sagte er und grinste boshaft, als Arthur die Augen aufriss. Dann zog er den Streifen mit einer schwungvollen Handbewegung ab. Kichernd. Eines musste man Ramon lassen – er schien an seiner Arbeit Freude zu haben.

Stanley hielt sich die Ohren zu und vergrub das Gesicht an Rogers Brust, als er Arthurs Schrei hörte. Verdammte Scheiße, was für ein Aufruhr!

„Mein Nippel!", brüllte Arthur. „Du hast mir meinen Nippel abgerissen!"

„Oh, halt schon den Mund."

Ramon drehte sich zu den drei Männern um, die in der Tür standen. Er wackelte fröhlich mit den Fingern, als er ChiChi sah, dann lächelte er Roger und Stanley glücklich an.

„Hallo, Jungs", sagte er grinsend und zwinkerte ihnen zu. „Ich habe so viel Spaß. Wie sieht es bei euch aus? Ich hoffe, wir haben euch nicht gestört. Arthur ist ziemlich laut. *Ay, Dios.* Es ist, als würde man ein Lama wachsen. Ich habe schon mindestens einen viertel Liter Wachs verbraucht und genug Stoff, um eine ganze Jacht neu zu polstern. Dabei haben wir mit dem Rücken noch gar nicht angefangen."

Arthur hob ebenfalls den Kopf und schaute sie an. „Ein schulterfreies Kleid. Es wird so lieblich aussehen, falls ich diese Tortur überlebe."

Stanley zog Roger am Hemd. „Nun, dann wollen wir euch nicht weiter stören." Und damit verschwanden die beiden aus dem Zimmer, als Ramon gerade den nächsten Streifen abzog, während Arthur schrie und fluchte, dass die Fensterscheiben klirrten.

„Oh, sei schon still", schnurrte Ramon und zog den nächsten Streifen ab.

Dieses Mal schrie Arthur nicht. Er heulte. Vor Schmerz und Angst. „Nein! Halt! Nicht! Ich bin noch nicht so weit!"

Und beim nächsten Steifen war das herzzerreißende Weinen eines Mannes zu hören, der sich anhörte wie ein Krabbelkind, dem man gerade seinen Lieblingsteddy abgenommen hatte, um ihn vor seinen Augen in die Mülltonne zu stopfen.

Stanley zog Roger so schnell er konnte aus ChiChis Wohnung und nach nebenan, stieß ihn durch die Tür und hoffte, Arthurs Qualen rechtzeitig entkommen zu sein, bevor ihn der Wahnsinn einholte.

Roger musste von ähnlichen Erwägungen heimgesucht worden sein, denn er konnte die Tür nicht schnell genug hinter sich zuschlagen.

Sobald sie sicher in Stanleys Wohnung *ein*geschlossen waren – und die Welt *aus*geschlossen hatten –, zog Roger Stanley in die Arme und drückte ihn an sich.

Stanley lächelte und ließ es mit sich geschehen.

Endlich zuhause.

14

S<small>IE</small> D<small>USCHTEN</small> zusammen und trockneten sich gegenseitig ab. Durch die Küchenwand waren immer noch Schreie und Flüche zu hören.

Roger zog Boxershorts an und fläzte sich vor einem Ventilator aufs Sofa, um sich abzukühlen. Stanley, immer noch nackt, stand am Kühlschrank und goss Limonade in zwei mit Eiswürfeln gefüllte Gläser.

Er kam zum Sofa, kniete sich vor Roger auf den Boden und reichte ihm eines der beiden Gläser. Die Papierservietten, die er aus der Küche mitgebracht hatte, legte er auf den Couchtisch. Sie tranken ihre Limonade und warfen sich verliebte Blicke zu. Stanley stellte sein Glas ab, als er die Liebe in Rogers Blick sah. Er legte die Hände auf Rogers Beine und stützte sich mit dem Kinn auf Rogers Knie, um ihm von unten in sein hübsches Gesicht sehen zu können, während er ihm über die langen Beine streichelte. Aus dieser Position hatte er einen hervorragenden Blick auf Rogers Boxershorts, die etwas außer Form gerieten durch den Ständer, der sich unter dem Stoff langsam aufrichtete.

Stanley legte lächelnd eine Hand auf die Shorts. „Zieh das aus", sagte er. Die Lust in seiner Stimme war unüberhörbar.

Roger hob den Hintern vom Sofa und überließ Stanley die Ehre, ihm die Shorts runterzuziehen. Sein Schwanz sprang aus dem engen Gefängnis wie eine Klapperschlange kurz vor dem tödlichen Biss. Nur natürlich viel gutartiger. Erfreut über seinen Fund, warf Stanley die Shorts über die Schulter nach hinten. Sie sollten sie drei Wochen später hinter dem Fernseher wiederfinden.

„Verdammt, sieht das köstlich aus." Stanley musterte lächelnd Rogers harten Schwanz.

Roger grinste. „Deine Brille beschlägt."

„Kein Wunder", meinte Stanley und legte sie auf den Tisch.

In diesem Augenblick war von nebenan wieder ein lauter Schrei zu hören. Stanley nahm eine der Servietten vom Tisch und zerriss sie in Streifen, die er zusammenknüllte und sie sich in die Ohren steckte.

Mit den Serviettenbüscheln, die ihm aus den Ohren ragten, saß er zwischen Rogers Beinen auf dem Boden und drückte ihm die Lippen an die Eier. Roger spreizte stöhnend die Beine, um mehr Platz zu machen für Stanley und die Serviettenbüschel, die rechts und links etliche Zentimeter zusätzlichen Platz beanspruchten. Stanley zog eine Tube Gel aus einem Versteck und tröpfelte sich davon auf die Hand. Dann rieb er sich damit den Arsch ein und schob einen Finger hinein. Er schloss genießerisch die Augen, lehnte sich vor und nahm Rogers Schwanz in den Mund.

Roger hob die Hüften und drückte sich fester an Stanleys zärtliche Lippen. „Das ist so gut", murmelte er. „Aber ich glaube, mein Baby will mehr."

Stanley hob den Kopf. „Was? Was hast du gesagt?" Er war kaum zu verstehen, weil er immer noch Rogers Schwanz im Mund hatte.

Roger lachte und zog ihm die Serviette aus den Ohren. „Dass mein Baby mehr will."

Stanley nickte nur und widmete sich wieder seiner Arbeit. Er liebte den Geschmack dieses köstlichen Schwanzes, liebte den Anblick von Roger, dessen Mund leicht offenstand, während er zusah, wie sein Schwanz in Stanleys hungrigem Mund verschwand und wieder zum Vorschein kam. Er biss sich auf die Unterlippe und beobachtete, wie Stanley nach hinten fasste und sich mit seinem eigenen Arsch beschäftigte. Roger wusste nicht, was schöner war und Stanley schien ebenfalls beides aus vollem Herzen zu genießen.

Dann zog Stanley seinen Finger aus dem Arsch, schnappte sich eine Handvoll Servietten von dem Stapel auf dem Tisch und wischte das Gel ab. Erst jetzt präsentierte er Roger das zweite Geheimnis, das er aus seinem Versteck gezogen hatte. Es war ein Kondom.

Roger lief ein leichter Schauer über den Rücken, als Stanley den Mund fester um seinen Schwanz schloss. Er wollte Stanley über die Wange streicheln, aber der ließ Rogers Schwanz aus dem Mund gleiten, senkte den Kopf und leckte ihm über den Schwanz nach unten. Dann drückte er die Lippen auf Rogers Eier und leckte sie, bis Roger nicht mehr still sitzen konnte. Er rutschte stöhnend hin und her, weil es sich so gut anfühlte. Und kitzelte. Roger riss das Päckchen mit dem Kondom auf und rollte den Gummi sanft über Rogers Schwanz, eng und perfekt.

Als Roger wieder die Hüften hob, weil er nicht auf eine einzige Berührung verzichten wollte, stand Stanley auf, nackt und erregt, und hockte sich über Rogers Schoß auf die Couch.

Roger streichelte ihm mit glänzenden Augen über die goldene Brust und die goldenen Beine. Er legte ihm lächelnd die Hand unter die Eier und drückte spielerisch zu. „Meine kleine Maus hat ihre Schüchternheit überwunden."

Stanleys Stimme war heiser vor Begehren. „Bei dir", sagte er und brachte sich in Position. Er griff nach unten und schob die Spitze von Rogers steifem Schwanz dahin, wo er sie haben wollte. Sie drückte an Stanleys Loch und bat um Einlass. Stanley schloss die Augen und entspannte sich. Dann ließ er sich nach unten sinken auf den eisenharten Schwanz, bis er ihn tief in sich spürte.

Roger packte Stanley an der Taille und drückte sich mit dem Gesicht an seine Brust. Dann fing er langsam zu stoßen an. Sein Schwanz glitt in Stanley hinein und wieder raus, bis sie beinahe getrennt worden wären. Dann wieder hinein – so langsam, so unerträglich langsam – und wieder raus, bis Stanley am ganzen Leib zu zittern anfing und Roger anbettelte: „Härter, fester! Bitte!" Aber Roger gab nicht nach. Er wollte sie beide bis an die Grenze treiben, bis sie es nicht mehr aushielten und verrückt wurden vor Lust. Ja, das war eine prima Idee.

Stanley ließ den Kopf in den Nacken fallen, während Rogers dicker Schwanz ihn wieder und wieder und ganz, ganz langsam durchbohrte. Als Roger damit anfing, Stanleys Schwanz zu reiben, während er selbst sich in den warmen, seidigen Arsch versenkte, schrie Stanley laut auf vor Wonne.

Stanley erschauerte, so liebevoll und aufreizend fühlten sich Rogers Finger um seinen Schwanz an. In Rogers perfektem Gesicht lag ein so überwältigendes Begehren, dass Stanley den Kopf senkte und ihn zärtlich auf den Mund küsste. Roger drückte ihn mit dem freien Arm noch fester an sich. Er ließ sich dabei nicht für eine Sekunde aus seinem Rhythmus bringen.

Sie waren wie eine Einheit, ein Takt und eine Seele. Und während Arthur in 6D schrie und jammerte, stöhnte und japste Stanley in 6C mit Roger, der unter ihm ruckte und zuckte.

„Ich komme gleich", hauchte Roger Stanley ins Ohr und hielt ihn fest an sich gedrückt, das Gesicht an Stanleys Hals gepresst und den Schwanz in Stanleys Arsch.

„Ich auch", hauchte Stanley zurück und küsste Rogers lächelnden Mund. Und während sie sich küssten, rieb Rogers Schwanz über Stanleys Prostata und Stanley kam. Stöhnend schoss er in Rogers Hand und auf dessen Brust, an Rogers Hals und in sein Gesicht bis ganz oben, an die Stirn. Roger lachte und leckte sich die Lippen, immer noch Stanleys Schwanz streichelnd, bis er auch noch den letzten Tropfen Sperma herausgelockt hatte. Er schloss die Augen und stöhnte ekstatisch bei dem Geschmack von Stanleys Sperma auf der Zunge. Seine kleine Maus war so süß.

Roger hätte gerne Stanleys Schwanz im Mund gefühlt, aber so lange sein eigener noch in Stanleys Arsch steckte, war das unmöglich. Dazu hätte er den Hals einer Giraffe haben müssen. Also drückte er keuchend das Gesicht an Stanleys Brust, als er spürte, dass es bald soweit war. Getrieben von seiner Lust ließ er sich gehen und pumpte Stanleys Arsch voll. Laut fluchend vor Freude füllte er das Kondom, während Stanleys Arsch ihn in einen Klammergriff nahm und massierte, bis Roger nichts mehr zu geben hatte.

Nachdem er sich vollkommen verausgabt hatte, gab er Stanley einen Kuss an den Hals. Stanley drückte ihn an sich, immer noch mit ihm verbunden, immer noch sanft die Hüften wiegend.

Nach einiger Zeit öffnete Stanley träge die Augen. Roger sah ihn mit einem befriedigten Lächeln auf den Lippen von unten an.

„Du bist unvergleichlich, Baby", flüsterte er und streichelte Stanley über den Rücken. „Das bist du wirklich."

Stanley konnte noch nicht wieder reden, also drückte er sich mit dem Gesicht von oben in Rogers Haare und atmete seinen Geruch ein. Roger würde seine Antwort auch so verstehen.

So blieben sie lange sitzen, Rogers Schwanz in Stanleys Arsch geborgen und Stanleys Gesicht in Rogers Haaren, die ihm an den Lippen kitzelten.

Und währenddessen schrie und tobte Arthur nebenan immer noch wie ein Wahnsinniger.

Stanley fragte sich, ob Ramon mittlerweile Kopfschmerzen hatte von dem Lärm. Und wenn nicht, warum wohl nicht.

SIE NAHMEN eine zweite Dusche, um sich abzukühlen und zu waschen. Stanley warf das Handtuch in die Ecke und Roger aufs Bett. Der Ventilator kühlte ihre nackte Haut. Stanley konnte sich nicht erinnern, jemals glücklicher gewesen zu sein als in diesem Moment. Er und Roger umarmten sich und kuschelten sich aneinander, ohne einen Gedanken an die Welt zu verschwenden, die sich da draußen, vor der Schlafzimmertür, auch ohne sie weiterdrehte. Sie lagen Seite an Seite und sahen sich an. Roger streichelte Stanley über die schlanken Beine und massierte ihm die Oberschenkel. Stanley fuhr mit den Fingern durch den Pelz auf Rogers Brust und drückte ab und zu das Gesicht dagegen, weil er der Versuchung einfach nicht widerstehen konnte. Die Haare waren immer noch etwas feucht von der Dusche und dufteten nach Seife. Sie fühlten sich so gut an.

„Du hast keine Angst mehr vor mir", sagte Roger lächelnd.

Stanley wurde rot und musste über sich selbst lachen. „Nein. Nein, das habe ich nicht."

„Dann vertraust du mir jetzt?"

„Ja, ich vertraue dir. Wie kann ich dem Mann, den ich liebe, nicht vertrauen?" Er sah Roger tief in die grünen Augen. Die Strahlen der Nachmittagssonne schienen durchs Fenster an die Schlafzimmerwand und in Rogers Augen, in denen viele kleine Sonnen golden aufblitzten. Es war wunderschön. Stanley konnte kaum glauben, wie sehr er sich im Verlauf des letzten Monats geändert hatte. Er sagte jetzt Dinge, die er sich damals noch nicht zu träumen gewagt hätte. „Du hast jetzt alle Macht über mich, Roger. Du kannst mich mit einem Blick vernichten oder mit einem Kuss wieder aufrichten."

„Wow, kleine Maus. Wie poetisch. Hast du dir das selbst ausgedacht?"

Stanley wurde noch röter. „Keine Ahnung. Vielleicht habe ich es irgendwo gelesen. Es ist mir einfach so rausgerutscht. Du sprichst meine schmalzige Seite an."

Roger fuhr ihm sanft mit der Fingerspitze über die langen Wimpern. Stanley blinzelte nicht einmal. Roger wiederholte die Geste an Stanleys anderem Auge. „Du bist so romantisch", schnurrte er. „Du glaubst es zwar nicht, aber es stimmt. Das gefällt mir."

Stanley vergrub verlegen das Gesicht an Rogers Brust, musste aber trotzdem lächeln über dessen Worte. „Bevor ich dich kannte, war ich alles andere als schmalz... äh, romantisch. Ich hatte auch nie einen Grund, romantisch zu sein."

Rogers Blick wurde noch zärtlicher. Er legte Stanley einen Finger unters Kinn, holte ihn aus seinem Versteck und sah ihm ins Gesicht. Es war ein so süßes

Gesicht, und es war so voller Sehnsucht. Roger konnte ihm ansehen, dass er ihn liebte. Stanleys Augen konnten nicht lügen, hatten es nie gekonnt. Wie konnte Roger ihn da nicht lieben? *Sage es ihm*, dachte er. *Sage es ihm jetzt. Es macht nichts, dass du es ihm erst vor zwei Minuten gesagt hast. Sage es ihm wieder und wieder.*

„Ich liebe dich, Stanley. Ich glaube, das weißt du jetzt. Ich will bei dir bleiben. Ich will dich nie wieder verlieren. Du bist das Beste, was mir je begegnet ist. Und du fickst wie ein Wilder."

Stanley brach in lautes Gelächter aus. Und dann merkte er, dass er offensichtlich nicht nur wie ein Wilder ficken konnte, sondern auch wie ein Esel wiehern. Er musste noch lauter lachen. Und Roger lachte mit ihm.

„Dieses Lachen! Mein Gott, was für ein Ton!" Roger grölte und hatte Lachtränen in den Augen. „Im Vergleich zu deinem Lachen hört sich Arthurs Gebelle wie eine Arie an!"

„Oh ja?"

Immer noch lachend, krabbelte Stanley auf Roger und drückte ihn in die Matratze. Er presste sich mit der Brust an ihn und küsste ihn, um ihn zum Schweigen zu bringen. Der Sauerstoffmangel tat seine Wirkung und Rogers Lachen verstummte langsam.

Roger legte die Arme um Stanley und hielt ihn fest, weil er es liebte, Stanleys Gewicht auf sich zu fühlen. Er liebte es, wenn Stanleys Gewicht ihn in die Matratze drückte, bis er kaum noch atmen konnte. Und er liebte das Gefühl von Stanleys halbhartem Schwanz, der ihm in den Bauch pikste. Das Gefühl von Stanleys langen Beinen, die seine eigenen Beine umklammerten. Und ganz unten, am Ende des Bettes, schmusten sogar ihre Fußzehen miteinander.

Je mehr ihr Lachen verstummte, umso mehr erwachte die Leidenschaft wieder in ihnen. Stanley setzte sich plötzlich auf und umklammerte mit den Beinen Rogers Hüften, wie er es vorhin auf dem Sofa getan hatte. Sein Gesicht war ernst. Roger starrte ihn von unten an und fragte sich, was wohl mit ihm los war.

Dann sagte Stanley etwas, das für Roger nicht überraschend kam, weil ihm selbst auch schon seit einiger Zeit ähnliche Gedanken durch den Kopf gegangen waren.

„Was passiert, wenn ich mein Studium abgeschlossen habe?", fragte Stanley. „Ich habe keine Ahnung, wohin mich mein Beruf führen wird. Ich weiß noch nicht, welcher Job mir angeboten wird und wo. Aber ich kann nicht wählerisch sein. Ich bin dem Schicksal ausgeliefert. Was ist, wenn ich dich verlassen muss? Wenn du nicht mit mir kommen kannst? Was soll ich dann tun, Roger? Wie soll ich das überleben?" Stanleys Ängste platzten nur so aus ihm heraus. Seine Augen glänzten und seine Stimme war so angespannt und scharf wie Stacheldraht.

Roger legte ihm die Hand an die Wange, um ihn zu beruhigen. „Aber dein zukünftiger Job wird irgendwo in den USA sein, richtig?"

Stanley nickte. „Sicher. Ich werde vielleicht ab und zu auf Ausgrabungen im Ausland arbeiten, aber ich werde immer hier im Land leben."

Roger lächelte. „Und ich bin mir sicher, dass dort auch Krankenpfleger gebraucht werden. Ich kann überall arbeiten. In jeder Stadt des Landes. Und es ist mir vollkommen egal, wo das sein wird. Hauptsache, ich bin bei dir. Wir finden schon eine Lösung. Wir sind ein Team, Stanley. Wir lieben uns. Ich werde nicht zulassen, dass wir wieder getrennt werden. Okay?"

Stanley nickte. Wortlos. Und mit glänzenden Augen. Dann fand er seine Stimme wieder. „Außerdem dauert es noch fast zwei Jahre, bis es soweit ist", sagte er ruhig, nachdem Roger ihm seine Ängste genommen hatte. „Es ist noch viel zu früh, sich schon darüber Sorgen zu machen. Richtig? Das ist doch richtig, oder?"

„Absolut richtig." Roger hob ihn grinsend hoch und warf ihn neben sich aufs Bett. Dann rollte er sich auf ihn und drückte ihn in die Matratze, ganz so, wie Stanley es eben noch mit ihm selbst gemacht hatte. Er schaute Stanley in die Augen, ihre Gesichter nur wenige Zentimeter voneinander entfernt. Stanley hob grunzend den Kopf und drückte ihm einen Kuss auf den Mund. Roger erwiderte den Kuss. Stanley roch so süß. Sein Atem war genauso süß wie sein Samen. Roger musste lächeln, als er sich an den süßen Geschmack auf seiner Zunge erinnerte.

Stanley runzelte die Stirn, weil er sich an ein anderes Problem erinnerte, über das er in letzter Zeit nachgegrübelt hatte. Es betraf den Großen Ball.

„Arthur redet ständig davon, Geld für Sylvias Operation zu sammeln. Aber ich habe noch keine Details darüber gehört, wie er das überhaupt machen will."

Roger ließ stöhnend den Kopf auf Stanleys Brust sinken. „Soll ich es dir verraten?"

Stanley versuchte, einen Blick auf Rogers Gesicht zu erhaschen. „Ja. Warum? Was hat er denn vor?"

Roger setzte sich auf und presste die Beine an Stanleys Hüften. Stanley streichelte ihm die muskulösen Oberschenkel und zog zärtlich an den Haaren um Rogers Bauchnabel. Gott, was war sein Mann doch für ein Prachtkerl! Stanley konnte die Hände nicht von ihm lassen.

„Aber du darfst nicht ausrasten", sagte Roger. „Arthur wollte mich nämlich versteigern."

„Dich?"

„Ja. Als Sklaven für eine Nacht oder so ähnlich. Jedenfalls wollte er das. Ich habe ihm gesagt, ich mache nur mit, wenn es höchstens um ein gemeinsames Abendessen mit dem Gewinner geht. Und Sex darf damit nichts zu tun haben. Ich bin doch nicht ChiChi. Ich mache das nicht für Geld. Nicht einmal dann, wenn das Geld für Sylvia ist. Und schon gar nicht jetzt, nachdem ich dich habe. Ich dachte mir, du würdest von dem Plan vielleicht nicht allzu begeistert sein, auch wenn es sich nur um ein Abendessen handelt. Deshalb habe ich Arthur gesagt, er müsste sich einen anderen suchen. Ich habe es ihm schon vor einer Woche gesagt. Ich bin jetzt offiziell nicht mehr auf dem Markt."

„Nein, das bist du ganz sicher nicht mehr", grummelte Stanley, als wäre allein schon die Vorstellung absurd, Roger könnte mit einem anderen Mann essen gehen. Gar nicht zu reden von der Idee, Roger könnte aus *Wohltätigkeit* mit einem anderen Mann *schlafen*. Das war nun wirklich so absurd, dass Stanley gar nicht erst darüber nachdenken wollte. Das würde Roger selbst dann nicht tun, wenn er *nicht* mit Stanley zusammen wäre. Weil Roger nämlich ein viel zu ehrenhafter Mann war. Jawoll. „Und was hat Arthur zu deiner Absage gemeint?"

Roger kicherte. „Er war zutiefst verletzt. Jedenfalls hat er so getan, als ob er das wäre. Dann hat er mir mitgeteilt, er hätte sowieso eine viel bessere Idee, um an Geld für Sylvias Operation zu kommen. Er will alle Mieter Lose für eine Lotterie verkaufen lassen. Wer die meisten Lose verkauft, braucht ein Jahr lang keine Miete zu bezahlen."

Stanley wirkte nicht sehr überzeugt. „Kann er das überhaupt versprechen? Er ist doch nur der Hausverwalter, nicht der Eigentümer des Belladonna Arms."

Roger sah ihn ungläubig an. „Na ja, er ist tatsächlich …"

Stanley blinzelte. „Du willst doch nicht sagen, das Haus gehört ihm wirklich? Gott, ich dachte immer, er arbeitet nur hier."

„Nein", sagte Roger. „Es gehört alles ihm."

Stanley überlegte. „Aber könnte er Sylvia dann nicht einfach das Geld direkt geben, anstatt es einem anderen Mieter zu erlassen? Das wäre doch viel mehr, als durch die Lose reinkommt. Oder – noch besser – Sylvia selbst die Miete für ein Jahr erlassen? Dann könnte sie von dem Ersparten den Arzt bezahlen. Arthur spinnt."

Roger nickte. „Er ist ein alter Fuchs. So kann er ihr das Preisgeld geben plus dem Geld vom Verkauf der Lotterielose. Einer von uns muss ein Jahr keine Miete zahlen und Sylvia ist einen guten Schritt weiter, endlich die Operation bezahlen zu können. Arthur ist kein Narr, auch wenn er sich manchmal so aufführt", meinte Roger, als wüsste er genau, worüber er sprach. „Und er ist verrückt nach Sylvia. Er kann ihr das Geld nicht direkt geben, weil sie es niemals annehmen würde. Aber so bekommt sie es trotzdem. Sie kann sich glücklich schätzen, einen Freund wie Arthur zu haben. Er versucht alles, um ihr zu helfen. Er liebt sie. Er liebt sie sogar sehr. Und wir wissen alle, wie traurig unerwiderte Liebe sein kann." Roger wackelte mit den Augenbrauen. Stanley wurde daran erinnert, wie lächerlich er sich verhalten hatte, als er die Treppe hoch und runter schlich und Roger gewissermaßen um seine Aufmerksamkeit betteln musste.

„Sorry", sagte Stanley.

„Sorry", wiederholte Roger. „In der Tat. Meine kleine Maus, der Herzensbrecher."

„Aber jetzt nicht mehr", protestierte Stanley.

Roger schaute ihn liebevoll an. „Nein, jetzt nicht mehr."

„Da wir gerade von Arthur reden …", sagte Stanley und hielt sich die Hand hinters Ohr. „Ich kann ihn nicht mehr schreien hören. Hör dir nur diese gesegnete

Stille an. Ramon muss ihn komplett geschält haben. Oder er hat ihm die Zunge rausgerissen."

Roger schnalzte mit der Zunge. „Der arme Kerl."

„Welchen von ihnen meinst du?"

„Alle beide."

Roger beugte sich vor und küsste ihn, aber dieses Mal schien er es ernst zu meinen mit seinem Kuss. Er schob Stanley nicht nur die Zunge in den glücklichen, kleinen Mund, er spielte auch mit Stanleys Schwanz, während er weiter oben noch mit dem Kuss beschäftigt war. Stanleys Schwanz reagierte mit ungetrübtem Enthusiasmus auf so viel Aufmerksamkeit.

Und gerade, als Stanley so richtig in Stimmung kam, klopfte es an der Tür. Natürlich.

STANLEY UND Roger waren immer noch dabei, sich wieder präsentabel herzurichten, als Stanley die Tür öffnete.

Es war Arthur. Oder zumindest das, was noch von ihm übrig war. Er trug einen weißen Frotteebademantel, hatte sich aber nicht die Mühe gemacht, ihn zuzubinden. Oder konnte vielleicht nicht ertragen, ihn zuzubinden und den Stoff zu eng an der Haut zu spüren.

Arthur trug immer noch den lächerlichen String-Tanga. Glücklicherweise. Aber der Rest von ihm – vom Hals bis zu den Füßen – war rosa und roh wie ein ungebratener Heilbutt. Stanley musste an die alten Bilder denken von Büffeln, deren Kadaver in der Prärie verrotteten, nachdem die Büffeljäger sie erschossen und gehäutet hatten. Er meinte auch fast, Arthurs Nervenenden bitzeln und pulsieren zu hören aus Protest, so ungeschützt den Elementen ausgesetzt worden zu sein.

Arthur stand vor ihnen, die Beine gespreizt, die Arme ausgestreckt und den Mund offen, als wäre er in der Sonne eingeschlafen und hätte sich bei lebendigem Leib braten lassen. Auf seinem ganzen Körper war nicht ein einziges Härchen zu finden. Beine, Arme, Brust – alles vollkommen haarlos. Er sah aus wie eine dieser Sexpuppen aus Gummi, die man zu stark aufgeblasen hatte.

Und auch ohne seinen Pelz war er nicht gerade der Anmutigste.

Aber trotz seines bedauernswerten Zustands war er ganz bei der Sache.

„Wie sieht der Partykeller aus? Ist er schön dekoriert?"

Roger trat verlegen von einem Fuß auf den anderen. Stanley befürchtete schon, dass ihm wegen der fliegenden Jesuskindlein Bedenken gekommen wären. „Na ja, wir haben das Beste aus dem Deko-Material gemacht, das du uns gegeben hast." Er zog einen Stoffstreifen ab, der an Arthurs Ellbogen hing und offensichtlich übersehen worden war.

Arthur lächelte dankbar und eine Träne stahl sich aus seinem Auge auf die Wange. „Autsch", sagte er. „Ich bin noch etwas empfindlich."

„Du siehst gut durchgegart aus", meinte Stanley. Arthur drehte sich zu ihm um wie eine Vogelscheuche, die sich um den Stock dreht, auf dem sie aufgespießt ist.

„Vielen Dank", sagte er. „Das ist genau das, was ich hören wollte."

Dann wandte er sich wieder Roger zu, dieses Mal mehr wie ein Drehkreuz, nur etwas stämmiger. „Darf ich reinkommen?"

Höflich wie immer, traten Stanley und Roger zur Seite und winkten ihn in die Wohnung. Roger schloss die Tür und hörte zu seiner Überraschung, wie Stanley Arthur aufforderte, den Bademantel auszuziehen. „Ich glaube, ich kann dir helfen, dich wieder etwas besser zu fühlen."

Während Arthur Stanleys Aufforderung Folge leistete, ging der ins Badezimmer und kam kurz darauf mit einer großen Flasche Aloe Vera Lotion zurück. „Das sollte helfen", sagte er und verteilte die Lotion vorsichtig auf Arthurs Haut.

Arthur schloss lächelnd die Augen, während Stanley ihm den geschälten Unterarm einrieb. „Ja, das tut gut", seufzte er.

Roger nahm Stanley die Flasche ab, drückte sich einen Klacks von der Lotion auf die Hand und machte sich damit an Arthurs Rücken zu schaffen, während Stanley sich um Arthurs armen, ausgedörrten Bierbauch bemühte. Es musste sich so gut anfühlen, dass Arthur sich sämtliche Anspielungen verkniff – oder sie vergaß –, die man unter normalen Umständen von ihm erwartet hätte. Stanley kniete sich vor ihm auf den Boden und rieb ihm die Vorderseite der gerupften Beine ein. Roger widmete sich derweil der Rückseite.

Als Stanley den Kopf hob, sah er die Tränen, die Arthur über die Wangen liefen. Erschrocken hörte er sofort auf, ihn einzucremen. „Entschuldige. Habe ich dir wehgetan?"

Arthur schniefte. „Nein. Du bist so süß. Ihr seid beide so süß. Das ist auch der Grund, warum ich gekommen bin."

Roger beugte sich von hinten über Arthurs Schulter und sah ihm ins Gesicht. „Du bist hier, weil wir süß sind?"

Arthur nahm seinen Bademantel und zog ihn wieder an. „Ja." Er tätschelte ihnen die Wangen. „Vielen Dank, Jungs. Ihr seid wirklich gute Freunde."

Stanley fühlte sich schuldig bei so viel Lob. Er hielt sich nicht für Arthurs Freund. Natürlich konnte er nicht für Roger sprechen.

Arthur zog einen großen Umschlag aus der Tasche seines Bademantels. Einen sehr großen und dicken Umschlag.

„Das ist mein Testament", sagte er. „Ich brauche eure Unterschriften als Zeugen. Ist euch das recht?"

„Sicher", erwiderte Roger. „Natürlich tun wir das für dich. Aber warum jetzt? Warum ist es dir plötzlich so eilig?"

„Es ist nicht eilig", sagte Arthur. „Aber ich habe es gestern von meinem Anwalt zugeschickt bekommen. Er schreibt, ohne die Unterschriften wäre es wertlos. Er meint, ich sollte es so schnell wie möglich bezeugen lassen. Also bin ich hier. So schnell wie möglich. Ich kenne sonst niemanden, der normal genug wäre, um auch nur ein Parkticket zu bezeugen. Von einem Testament gar nicht zu reden. Deshalb bitte ich euch beide um die Ehre."

Stanley grinste. „Roger und ich bekommen also das ganze Trara?"

Arthur lächelte schwach. „Wie lustig."

Er zog einen Kugelschreiber aus der anderen Tasche. „Auf Seite 6", sagte er. „Unterschreibt auf der gestrichelten Linie unten."

Sie gingen an den Küchentisch, weil Stanleys Schreibtisch von seinem Computer und einer Tonne Lehrbücher bedeckt war.

Während Arthur – immer noch etwas derangiert durch seine Enthaarung – das Testament durchblätterte, studierte Roger ihn misstrauisch.

„Du alter Softie", sagte er. „Du hast es wirklich getan, nicht wahr?"

Arthur hielt inne und blickte ihn mit Unschuldsmiene an. Stanley fand, Arthurs Gesicht sah genauso geschält aus, wie der Rest von ihm. Wahrscheinlich lag es daran, dass er ausnahmsweise nicht geschminkt war.

„Ich weiß wirklich nicht, wovon du redest", sagte Arthur.

„Ich auch nicht", sagte Stanley verwirrt.

Roger legte ihm einen Arm um die Schulter und flüsterte ihm ins Ohr: „Das erkläre ich dir später."

Arthur wackelte tadelnd mit dem Zeigefinger. Er hätte tödlich beleidigt gewirkt, wären da nicht seine dicken Lippen gewesen, die sich kaum ein Grinsen verkneifen konnten. „Das wirst du nicht tun, junger Mann", sagte er zu Roger. „Es ist ein Geheimnis. Ich hätte es dir niemals verraten dürfen."

Stanley hatte nicht den Hauch einer Ahnung, worüber die beiden sprachen. Aber er war sich sicher, dass er Roger später noch danach fragen und es aus ihm herauskitzeln konnte. Am besten, wenn Roger ihn gerade um den Verstand fickte. In solchen Momenten war es erwiesenermaßen schwer, ein Geheimnis für sich zu behalten.

Als sie beide unterschrieben hatten, Arthur wieder gegangen war und Roger ihn tatsächlich um den Verstand fickte, sollte sich herausstellen, dass Stanley an viele Dinge dachte. Arthurs Geheimnis gehörte nicht dazu.

15

UM ZWÖLF Uhr am nächsten Tag wurde das Büffet geliefert. Arthur hatte keine Kosten gescheut. Ein Rollwagen nach dem anderen wurde voll beladen durch die Haustür geschoben – Fleisch, Gemüse, Snacks für jeden Geschmack. Eine Mischung der köstlichsten Düfte zog durchs heiße Treppenhaus bis in den hintersten Winkel des Hauses. Nicht eine Nase blieb davon verschont. Das Belladonna Arms hatte seit Jahren nicht mehr so gut gerochen.

Kurz nach dem Essen wurden auch die Getränke geliefert. An einer Kellerwand wurde eine Bar aufgebaut. Auf einem langen Tisch vor der Bar standen Flaschen, Gläser und silberne Bierkrüge. Die beiden muskulösen, braun gebrannten Barkeeper trugen nicht mehr als Manschetten, einen Schlips und String-Tangas. Sie warteten nur darauf, die Gäste zu bedienen und mit dem Hintern zu wackeln, so lange die Party auch dauern mochte. Und da Arthur die Rechnung bezahlte, würde sie dauern, bis er sie offiziell für beendet erklärte. Während sie auf die ersten Gäste warteten, wackelten die Barkeeper sich langsam warm und lieferten jedem, der zufällig und aus Neugier den Kopf durch die Tür steckte, eine Extra-Show.

Im ganzen Haus – vom Keller bis zur Nasenspitze des Ungeheuers aus Gips, das auf der Südostecke des Daches hockte – herrschte aufgeregte Stimmung und Vorfreude breitete sich unter den Bewohnern aus.

Dann war es endlich soweit. Eau de Cologne und Deospray mischten sich unter die Essensdüfte. Die Mieter übertrafen sich gegenseitig bei dem Versuch, besser zu riechen als alle anderen. Das war besonders deshalb so überraschend, weil einige von ihnen nicht gerade dafür bekannt waren, übertriebenen Wert auf Hygiene zu legen.

Nachdem sie Rührei und sich gegenseitig gefrühstückt hatten, warfen Stanley und Roger sich in ein zwangloses, aber schickes Party-Outfit, bestehend aus Hosen mit Bügelfalten und einem ordentlichen Hemd mit Krawatte. Stanley musste sich eine Krawatte von Roger ausleihen. Er hatte seit der achten Klasse keine mehr getragen. Mangels Übung war keiner der beiden in der Lage, das dumme Ding vernünftig zu binden. Sie machten sich deshalb auf den Weg in den vierten Stock, um sich von Sylvia einen Crashkurs geben zu lassen.

Sylvia war ein totales Nervenbündel, weil sie der Ehrengast auf ihrer eigenen Überraschungsparty sein sollte. Sie wirkte auch niedergeschlagen und die beiden fragten sich, ob zwischen ihr und Pete etwas vorgefallen war. Hoffentlich nicht. Pete wäre am Boden zerstört. Zu ihrer Erleichterung besserte sich Sylvias Stimmung beträchtlich, als sie sah, wie glücklich und zufrieden Roger und Stanley miteinander waren. Sie kicherte, scherzte und flirtete, während sie den beiden die

Krawatten zu perfekten Windsorknoten um den Hals band. Dann drückte sie ihnen einen unschuldigen Kuss aufs Kinn und scheuchte sie aus der Wohnung, damit sie sich umziehen konnte.

Um ein Uhr kam die Band. Es war die zusammengewürfeltste Ansammlung von Musikern, die Stanley jemals erlebt hatte. Sie hatten allerdings einen guten Ruf und rühmten sich damit, Musik für jede Gelegenheit spielen zu können – vom Bark Mitzwa für den Haushund bis hin zur Goldenen Hochzeit für die Urgroßeltern. Ein Mietshaus voller besoffener Schwuler sollte für sie also keine allzu große Herausforderung darstellen.

Um zwei Uhr standen Stanley und Roger Arm in Arm an Stanleys Wohnzimmerfenster. Sie beobachteten die Bussarde im Eukalyptusbaum. In den Ästen des Baumes herrschte reger Trubel. Das Weibchen saß im Nest und plusterte sich kreischend auf, während das Männchen gackernd und zeternd von einem Bein aufs andere hüpfte und einfach nur lästig war. Das Weibchen ignorierte ihn hochnäsig, wie Weibchen aller Arten von Lebewesen es gelegentlich taten, wenn sich ihre Männchen wie Idioten aufführten.

Als das Weibchen die Schwingen ausbreitete und – einen Wirbel von Staub und Federn hinter sich zurücklassend – genervt abhob, um am Himmel über der Stadt zu verschwinden, machte sich das Männchen auf die Verfolgung. Erst jetzt erkannten Stanley und Roger die Ursache für die ganze Aufregung.

Im Nest lagen drei braungefleckte Eier.

Stanleys Bussarde erwarteten kleine Bussardbabys.

Das kleine Wunder war auch Roger nicht entgangen, ebenso wenig wie Stanleys Reaktion auf den Anblick der drei dicken Eier. Er war aufgeregt. Und wenn Stanley aufgeregt war, war auch Roger aufgeregt.

Er zog Stanley fest an sich. „Ich liebe dich", flüsterte er ihm ins Ohr.

Stanley drehte sich lächelnd zu Roger um und knuddelte sich mit dem Gesicht an Rogers perfekte Brust. „Ich liebe dich auch", flüsterte er Rogers Herz zu. „Ich hätte nie gedacht, dass ich jemals so fühlen könnte, für niemanden. Aber du hast mich geheilt und zu einem ganzen Menschen gemacht."

Roger strich ihm die rotblonden Haare aus der Stirn, um besser in die blauen Augen sehen zu können, die er so sehr liebte. Und wie immer, pochte sein Herz wie wild, als er in die unendlichen Tiefen dieser liebenswerten Augen blickte. Roger war so stolz darauf, dass Stanley ihm gehörte, dass er sein Mann war. Er hätte am liebsten das Fenster aufgerissen und es hinausgebrüllt in die Stadt und zu den armen, hilflosen Eiern.

„Wir ergänzen uns. Wir passen perfekt zusammen", sagte Roger. „Du bist der wunderbarste Mann, den ich jemals gekannt habe."

Stanley wurde zwar rot, aber er widersprach mit keinem Wort. Er hatte sich in den vergangenen Wochen, seit er Roger Jane liebte und von ihm geliebt wurde, sehr verändert, weil er es jetzt auch glaubte. Er glaubte, dass der kleine Stanley Sternbaum in Rogers Augen *wirklich* wunderschön war. Er glaubte, dass Roger in ihm einen ganz besonderen Menschen sah. Und wenn Roger ihm sagte, dass er ihn liebte, hatte Stanley nicht den geringsten Zweifel daran, dass Roger die Wahrheit sagte. Roger liebte ihn. Das glaubte Stanley aus tiefstem Herzen.

Manchmal wunderte er sich immer noch über sein großes Glück, einen Mann wie Roger gefunden zu haben. Aber an der Wahrheit zweifeln? Nein, auf diesen Gedanken kam er nicht mehr. Stanley vertraute Roger. Und Roger liebte ihn. Er liebte Stanley mehr als alles andere.

Draußen in der Welt wurde Stanley manchmal noch von seinen Minderwertigkeitskomplexen eingeholt, aber hier, allein mit Roger, war davon nichts mehr zu spüren. Sie waren wie weggewischt. Wie konnte sich ein Mensch minderwertig fühlen, wenn er einen Roger Jane in den Armen hielt, der ihm seine unsterbliche Liebe gestand? War das überhaupt möglich? Nein, das war es nicht.

„Bist du bereit für die Party?", fragte Stanley und zog Roger die Krawatte gerade, die vom Schmusen verrutscht war.

„Nein. Ich hasse Partys."

Stanley lachte. „Nun, um diese Party kommen wir nicht herum. Lass uns gehen."

Roger fuhr ihm mit der Fingerspitze über die Lippen. „Erst will ich einen Kuss von dir."

„Mit Vergnügen."

Wie komisch, dachte Stanley, als sich ihre Lippen berührten. *Jedes Mal, wenn wir uns küssen, kommt es mir vor wie das erste Mal. Es ist immer noch atemberaubend. Ist es das, was Liebe wirklich bedeutet? Sollte es so einfach sein?*

Roger leckte sich lächelnd Stanleys Geschmack von den Lippen und steckte seine Hand in Stanleys hintere Hosentasche. „Dieser Arsch gehört heute noch mir", flüsterte er ihm ins Ohr und drückte zu.

Stanley überlief ein Schauer der Erregung. Er konnte sich genau erinnern, wie er sich das letzte Mal gefühlt hatte, als Roger von seinem Arsch Besitz ergriff. *Tiefen* Besitz ergriff.

„Ja, bitte", flüsterte er zurück und wurde rot, so sehr begehrte er diesen Mann. „Oh ja."

DIE BAND fing gerade zu spielen an, als Stanley und Roger im Keller ankamen. Die Musik war so laut, dass sie erschrocken stehenblieben. Schlagzeug, E-Gitarre, Keyboard, Bass, Gesang. Plus ungefähr zwei Billionen Gigawatt Verstärker. Selbst das Treppengeländer, an dem Stanley sich festhielt, vibrierte. Aber wenigstens konnten sie den Ton halten und hatten schöne Stimmen. Merkwürdigerweise spielten sie eines von Stanleys Lieblingsliedern, ein altes Stück von Creedence Clearwater Revival. Er hätte nicht gedacht, dass die heutzutage noch gespielt wurden.

Die Tür zum Partyraum stand offen und es war schon ziemlich voll. Es hörte sich an, als würden da drin ungefähr tausend Gänse schnattern, lachen und tröten. Die Gäste waren so laut, dass sie beinahe die Musik übertönten. Aber nur beinahe. Stanley schaute durch die Tür. Er hatte keine Ahnung, wer die Leute alle waren. Die meisten von ihnen waren jedenfalls keine Mieter des Belladonna Arms. Arthur musste die Party auf nahezu jeder Social Media Site gepostet haben, die er finden konnte.

Wahrscheinlich würde er diese Entscheidung spätestens dann bereuen, wenn er die Getränkerechnung bekam. Die halb nackten Barkeeper schufteten sich jedenfalls den halb nackten Arsch ab, mixten Cocktails, gossen Wein nach und zapften Bier. Und sie schafften es sogar irgendwie, dabei noch sexy auszusehen und mit jedem einzelnen ihrer Gäste zu flirten. Und die Zeit, sich gegenseitig anzustarren und zu begrapschen, wenn sich auch nur die geringste Chance bot, hatten sie auch noch. Stanley war gebührend beeindruckt von ihrer Leistung. Die beiden Kerle hatten wirklich eine bewundernswerte Arbeitsmoral.

Stanley kicherte, als Roger zur Bar ging, um zwei Bier zu bestellen und den Barkeepern wie auf Kommando die Kinnladen runterklappten. Voller Bewunderung musterten sie Roger von oben bis unten. Es war nicht zu übersehen, dass sie ihn offensichtlich für den bestaussehendsten Mann des Abends hielten. *Stimmt ja auch*, dachte Stanley. *Das ist er. Und er ist* mein *Mann, also packt eure Augen wieder dahin, wo sie hingehören. In euren Kopf nämlich, ihr armen Arschlöcher.* Dann musste er wieder kichern.

Roger ignorierte die bewundernden Blicke der beiden, die sich nahezu überschlugen, ihm behilflich zu sein. Er reichte ein Bier an Stanley weiter und weil er sich danach fühlte, drückte er ihm auch noch einen Kuss auf den Mund. Sie suchten sich eine ruhige Ecke und fanden sie. An einer der Wände war noch ungefähr ein viertel Quadratmeter ungenutzten Platzes. Von hier aus beobachteten sie das Geschehen um sich herum und nippten ab und zu an ihrem Bier.

„Ich komme mir vor wie auf einem Familientreffen der Addams Family", sagte Roger. „Wo steckt eigentlich Cousin Itt?"

Stanley lachte. „Du bist gemein."

„Die Dekoration ist grauenhaft", sagte Roger und verdrehte die Augen. „Was haben sie sich dabei nur gedacht?"

„Ist doch egal. In einer Stunde sind alle so besoffen, dass es ihnen sowieso nicht mehr auffällt." Er warf einen Blick an die Decke. „Obwohl ich zugeben muss, dass die plappernden Jesuskindlein wirklich hart an der Grenze sind. Dafür landen wir wahrscheinlich im Fegefeuer."

„Aber ich habe die Gelegenheit, vor einer Horde Fremder mit meinem Mann anzugeben. Dafür ist mir kein Preis zu hoch."

Roger schob die Hand wieder in Stanleys Hosentasche. Stanley sprang vor Stolz fast das Herz aus der Brust. Roger wusste, wie man einem Mann ein gutes

Gefühl gab. Er war ein Meister aller Klassen, wenn es darum ging, dass Stanley sich geliebt fühlte.

„Ich muss dir etwas gestehen", sagte Roger ihm ins Ohr, um die laute Musik zu übertönen. „Sie haben alle für mich gearbeitet. Haben mir alle geholfen, dich zu bezirzen. Seit du ins Belladonna Arms gezogen bist, habe ich jeden einzelnen von ihnen überredet, mir dabei zu helfen, dein Herz zu erobern. Die nebensächlichen Bemerkungen, die du ständig von allen gehört hast? Wie wunderbar ich wäre und so? Die habe ich alle selbst geschrieben."

Ein breites Grinsen stahl sich auf Stanleys Gesicht. „Du willst mich verarschen."

Roger zuckte mit den Schultern. „Ich fürchte, nein. Ich wusste nicht, was ich sonst noch tun sollte. Und du warst ein ziemliches Arschloch."

Jetzt wieherte Stanley wieder vor Lachen wie ein Esel. „Das war ich wirklich, nicht wahr?"

„Ja", sagte Roger. „Das warst du." Er wischte Stanley mit dem Daumen den Bierschaum von der Oberlippe. „Ich habe sogar den armen Charlie überredet, die Tüte mit den Büchern an meinem Türgriff zu klauen. Ich habe dich nämlich beobachtet und gesehen, wie du sie dort hingehängt hast. Ich war mir sicher, dass du einen Rückzieher machst, sobald dir klar wird, dass du mich in deine Wohnung eingeladen hast. Und ich hatte recht. Dass ich Charlie die Pille in den Mund geschoben habe, war natürlich nicht abgesprochen. Das hat ihn auf dem falschen Fuß erwischt. Aber es war nur zu seinem Besten. So hat er seinen Job wieder zurückbekommen."

„Dann bist du also doch ein Held."

Roger hielt sich das kalte Bierglas an die Stirn. In dem überfüllten Keller musste es mindestens tausend Grad heiß sein und die Luft hätte nicht ausgereicht, um einen Wellensittich mit Sauerstoff zu versorgen. „Vermutlich schon. Und es hat mich in deinen Augen noch besser aussehen lassen. Eine ungeplante Beschleunigung des Verfahrens gewissermaßen. Es wäre dumm gewesen, die Gelegenheit nicht beim Schopf zu packen."

„Hinterhältiger Bastard." Stanley grinste.

„Worauf du dich verlassen kannst."

Stanley dachte an den Tag zurück. Er erinnerte sich daran, wie ein aufgeschrecktes Karnickel durch den Hausflur davongestürmt zu sein und, als er sich noch einmal umdrehte, die beiden Männer grinsend in der Tür stehen zu sehen.

„Was hast du zu ihm gesagt?", erkundigte sich Stanley. „Als ich gegangen bin. Was hast du zu Charlie gesagt, um ihn so zum Grinsen zu bringen?"

„Ich habe ihm gesagt, du wärst der Mann für mich und ich würde nie ohne dich glücklich werden. Charlie hielt das für wahnsinnig romantisch."

Roger sah ihn zärtlich an und fuhr ihm mit dem Finger übers Kinn. Und das fand Stanley nun wirklich wunderbar romantisch.

Roger grinste, als er Stanleys Reaktion auf seine Zärtlichkeit sah. „Ich wollte dir schon ein richtiges Ständchen bringen, aber ich kann nicht singen. Und außerdem wohnst du im sechsten Stock. Ich hätte ein Megafon gebraucht, um bis dort oben gehört zu werden. Deshalb *mussten* sie mir einfach helfen."

„Wir hatten uns doch gerade erst kennengelernt."

Roger zuckte mit den Schultern. „Was spielt das schon für eine Rolle. Ich wusste es einfach. Die Liebe hat mir einen Wink mit dem Zaunpfahl gegeben. Sie musste ihn mir nicht erst über den Schädel hauen, um sich verständlich zu machen. Ich wusste gleich, als ich dich zum ersten Mal sah, was ich wollte. Und jeder, der behauptet, Liebe auf den ersten Blick wäre ein Ding der Unmöglichkeit, kann seinen Arsch nicht von einem Baseball unterscheiden. Es gibt sie nämlich. Und sobald mir das klar war, wollte ich dich einfangen. Ob mit Netz oder Haken – es war mir egal. Und was bist du für ein Fang! Ich habe meinen eigenen, ganz persönlichen Stanley Sternbaum. Und meine Freunde haben mir dabei geholfen."

„Du spinnst."

„Danke."

„Und Sylvias Plätzchen?", wollte Stanley wissen. „Haben die auch zu eurem Plan gehört?"

„Jawoll. Obwohl sie sich bei ihrem ersten Besuch auch sofort in dich verliebt hat, genau wie ich. So ist es allen gegangen."

„Na klar. Das war schon immer mein größtes Problem." Stanley kuschelte sich an Roger und legte ihm den Kopf an die Schulter. Roger legte den Arm um ihn und zog ihn noch näher an sich.

„Schau nur", sagte Stanley. „Da ist Charlie mit seinem neuen Freund."

Charlie, der extraordinäre Dieb, tanzte einen Blues mit dem pummeligen kleinen Kerl. Der Pummel trug seine übliche Ausrüstung, bestehend aus Jeans, Cowboystiefeln und einem riesigen Cowboyhut. Fehlten nur noch der Sechsschüsser, die Chaps und vielleicht eine Kuh, um das Ensemble komplett zu machen. Die beiden waren offensichtlich dicke Freunde. Roger musste lächeln, als er sie sah. Sie hatten beide zwei linke Füße und konnten nicht tanzen, ließen sich dadurch aber keineswegs beirren.

„Ich bin froh, dass Charlie einen Freund gefunden hat", sagte Roger. „Vielleicht duscht er jetzt öfter."

Stanley brüllte vor Lachen.

In diesem Augenblick schob Charlies Cowboyfreund ihm vor ihren Augen eine Hand hinten in die Hosentasche. Stanley fand das süß. Jedenfalls so lange, bis er sah, dass der Pummel Charlies Portemonnaie aus der Tasche zog.

„Verdammt, was …", rief Roger.

Der Texasritter grinste und wedelte Charlie mit dem Diebesgut vor der Nase herum. Charlie drückte seinen neuen Liebsten lachend an sich, während er sich das Portemonnaie schnappte und wieder in die Hosentasche steckte, wo es hingehörte.

Kurz darauf beobachteten Stanley und Roger, wie Charlies Hand sich auf Irrwege begab und langsam der Hosentasche des Cowboys näherkam. Charlie pfiff dabei unschuldig vor sich hin und richtete die Augen himmelwärts, wo die plappernden Jesuskindlein ihre Runden flogen. Aber jeder Narr konnte sehen, wohinter er wirklich her war.

Stanley und Roger schüttelten ungläubig den Kopf. Verliebte Kleptos. Was für eine Vorstellung.

In diesem Moment wurden sie hinterrücks von zwei Paar Armen umschlungen. Das Bier schwappte in alle Richtungen.

Als Stanley und Roger sich umdrehten, standen sie Ramon und ChiChi gegenüber. Die beiden lachten prustend wie Kleinkinder und schwenkten zwei Flaschen Champagner, aus denen sie sich mit großen Schlucken bedienten. Gläser wären nur unnötiger Ballast gewesen.

„Wie geht es unseren Turteltauben?", rief ChiChi. „Es sieht aus, als hätte unser Mr. Wunderbar endlich sein passendes Gegenstück gefunden." Er boxte Stanley freundschaftlich an den Arm. „Gut gemacht, Stanley. Du hast den Kerl festgenagelt."

„Mir blieb keine andere Wahl", sagte Stanley und gähnte theatralisch vor Langeweile. „Der Kerl wollte mich nicht in Ruhe lassen."

Roger lachte und zog ihn an sich. „Dafür wirst du nachher teuer bezahlen."

„Bestens", erwiderte Stanley wahrheitsgemäß.

Ramon legte einen Arm um ChiChis Hals und beobachtete grinsend, wie Stanley und Roger vor ihren Augen knutschten. Dann breitete er plötzlich die Arme aus. „Ist die Liebe nicht wunderbar!", rief er aus voller Kehle und hielt seine Champagnerflasche in die Luft.

„Tut mir leid, Jungs. Ramon ist schon etwas angeheitert", sagte ChiChi entschuldigend.

„Wen interessiert das schon?", rief Stanley. „Ramon hat recht. Die Liebe *ist* wunderbar! Jede verdammte Minute davon!"

„Ich wusste vor Ramon gar nicht, was Glück wirklich ist", gestand ChiChi. „Ist das nicht unglaublich?"

Stanley hätte nie gedacht, ChiChi jemals so reden zu hören. Ramon vielleicht ... aber ChiChi? „Du liebst ihn wirklich, nicht wahr, Cheech?"

ChiChi zog Ramon in die Arme, der – wie Stanley bemerkte – sich nicht gerade dagegen wehrte. „Ich liebe ihn mehr als die Hamburger-Würzmischung. Und die *liebe* ich."

„Ist er nicht romantisch?", sagte Ramon errötend.

ChiChi küsste ihn hinters Ohr. „Komm, lass uns tanzen, Zuckerpüppchen."

Sie stolperten auf die Tanzfläche, wo sie mehr bumsten als tanzten, aber dabei so glücklich waren, wie es ein frisch verliebtes Paar nur sein konnte.

Stanley sah ihnen kopfschüttelnd zu. „Ich hätte nie gedacht, dass die beiden es schaffen. Ich hätte ChiChi nicht weiter getraut, als meine Nasenspitze lang ist. Aber Ramon hat nie an ihm gezweifelt."

„Ramon liebt ihn. Welche Wahl hatte er da? Und schau sie dir doch an … Sie sind füreinander bestimmt." Roger zog ihn an sich und küsste ihn in den Nacken. Er atmete Stanleys Geruch ein und sehnte sich so sehr nach ihm, dass er es bis in die Haarspitzen spüren konnte. „Ramon und ChiChi sind wie wir. Sie gehören zusammen."

Wie aus dem Nichts tauchte in diesem Augenblick der rothaarige Charlie auf und drückte ihnen zwei Gläser frisches Bier in die Hand. „Hier", sagte er. „Ihr seht aus, als könntet ihr einen Schluck vertragen."

Sie bedankten sich für das Bier und stellten ihre leeren Gläser auf einem der Tische ab.

Roger musterte Charlie, der über alle Backen strahlte vor Glück. „Nimmst du deine Pillen noch?"

Charlie nickte. „Wir beide nehmen sie. Er ist nämlich bei mir eingezogen. Bald sind wir ein altes Ehepaar, so wie ihr."

Es war das erste Mal, dass Stanley diese Bezeichnung für sich und Roger hörte. Und es gefiel ihm. Ihm fiel auch auf, dass Charlie absolut recht hatte. Genau das waren sie nämlich. Ein altes Ehepaar.

„Wir sollten das auch machen", platzte es aus ihm heraus.

Roger sah ihn fragend an. Dann breitete sich ein unschuldiges Grinsen auf seinem Gesicht aus.

„Und was, bitte, meinst du damit?"

„Du weißt schon."

„Mag sein", neckte ihn Roger. „Aber ich werde nicht derjenige sein, der es zuerst sagt. Ich will es von dir hören."

„Dann sage ich es eben." Stanley lachte. „Ich denke, wir sollten zusammenziehen. Jetzt. Heute."

„Dann werden wir das tun", sagte Roger. „Ich warte schon lange genug darauf, dass du es endlich sagst."

Stanley strahlte ihn an. „Wirklich?"

„Ja, zum Teufel."

Stanley packte ihn am Arm. „Komm jetzt. Wir müssen umziehen. Welche Wohnung wollen wir nehmen? Deine oder meine? Wie wäre es mit deiner? Deine Möbel sind schicker."

Roger lachte. „Oh, du bist so romantisch. Aber vielleicht sollten wir warten, bis die Party zu Ende ist. Arthur hat sich so viel Mühe gegeben. Wir können jetzt nicht einfach verschwinden."

Stanley sah ihn enttäuscht an, merkte aber schnell, dass Roger recht hatte. „Na gut, wir warten. Aber nicht lange."

Roger lachte wieder und wuschelte ihm durch die Haare. Stanley machte das Gleiche mit ihm. Zumindest versuchte er es. Aber Rogers Haare waren zu kurz. Sie küssten sich.

„Ihr solltet euch wirklich wieder vertragen", stöhnte Charlie sarkastisch. „Es ist deprimierend, in eurer Nähe zu sein."

Und damit schlenderte er davon, um seinen Cowboy zu suchen.

Stanley sah ihm nach. Dann fiel ihm etwas ein.

„Was hat es eigentlich mit Arthurs Testament auf sich? Du hast versprochen, es mir zu erklären. Ich will es jetzt wissen."

Sie hatten die Arme umeinander gelegt und nippten gelegentlich an ihrem Bier. Dabei bewegten sie sich zur Musik, ohne richtig zu tanzen. Bewegten sich nur auf der Stelle. Rieben die Hüften aneinander. Und ihre Ständer. Ja, selbst umgeben von einer Horde fremder Menschen ließen ihre Schwänze sich nicht vorschreiben, wie sie sich zu verhalten hatten. Sie waren eine unaufhaltsame Macht mit eigenem Willen.

Roger trank einen Schluck Bier, während er überlegte, was er Stanley antworten sollte. „Arthur ist schon seit ewigen Zeiten wie verrückt in Sylvia verliebt", sagte er dann. „Er hinterlässt ihr das Haus für den Fall, dass ihm etwas passieren sollte."

Stanley war sprachlos. „Das Haus? Das Belladonna Arms?"

„Ja, so steht es in seinem Testament. Jeden Stein, jedes Brett und jede Kakerlake."

„Warum macht er dann ein solches Getöse wegen dem Geld für ihre Operation?"

„Weil er noch nicht tot ist, wie du vielleicht bemerkt hast. Was mich daran erinnert … Wo steckt Arthur eigentlich? Er sollte schon längst hier sein."

Stanley dachte immer noch über Rogers Worte nach. „Das ist verdammt großzügig von Arthur. Damit hat Sylvia für den Rest ihres Lebens ausgesorgt. Das Haus und das Grundstück müssen ein Vermögen wert sein."

Roger zeigte auf die andere Seite des Kellers. „Oha. Das hat sie vielleicht jetzt schon."

„Hä?"

Stanley drehte sich um und schaute in die Richtung, in die Roger zeigte.

„Oh, hey! Da sind Sylvia und Pete!" Stanley strahlte. „Komm, wir wollen sie begrüßen."

Roger hielt ihn am Arm zurück. „Warte. Sie sehen nicht so aus, als wollten sie gestört werden."

Und da merkte Stanley, dass Roger recht hatte. In der Ecke auf der anderen Seite des Raums ging offensichtlich etwas Bedeutsames vor sich. Stanley konnte es fühlen.

Pete trug einen der beiden Anzüge, in denen er immer ins Büro ging. Sylvia trug ein hübsches, schwarzes Cocktailkleid und Stöckelschuhe. Das Kleid ließ ihre Schultern frei. Stanley merkte plötzlich, dass er sich in Sylvia getäuscht hatte. Sie war nicht hübsch. Sie war mehr. Sie war wunderschön.

Sylvia stand in der Ecke, eingefangen zwischen Petes Armen, der sich recht und links von ihr an der Wand abstützte. Pete stand vor ihr, stocksteif und mit geradem Rücken. Nur den Kopf hatte er gesenkt, um Sylvia, die viel kleiner war als er, in die Augen sehen zu können, während er auf sie einredete. Und was immer er ihr auch sagte, es kam aus dem Herzen. Man konnte es an Petes Haltung erkennen und an den Händen, mit denen er sich an der Wand abstützte. Sie waren zu Fäusten geballt.

Sylvia stand vor ihm und versuchte, seinem Blick auszuweichen. Sie starrte auf ihre Hände und es kam Stanley so vor, als würde sie weinen.

Dann zog Pete etwas aus seiner Jackentasche. Eine Schatulle. Eine kleine Schatulle.

Sylvia riss die Augen auf und schlug die Hände vors Gesicht.

Und dann wäre Stanley fast das Herz aus der Brust gesprungen, als Pete vor Sylvia auf die Knie fiel und einen kleinen, glänzenden Gegenstand aus der Schatulle nahm, den er ihr hinhielt. Einen Ring. Pete hatte einen Ring in der Hand. Für Sylvia.

Roger beobachtete die Szene wie gefesselt und krallte sich an Stanleys Arm fest. Stanley musste ihn schließlich abschütteln, um seinen Arm zu retten. „Guter Gott, Roger. Du brichst mir noch den Arm."

„Sorry", murmelte Roger, ohne richtig zuzuhören. Er war wie gebannt von dem, was sich da auf der anderen Seite des Raumes abspielte.

Sie beobachteten fasziniert, wie Sylvia zögernd die Finger einer Hand ausstreckte und sie weit spreizte. Pete streichelte sie am Arm, nahm ihre Hand in seine und schob ihr den Ring über den Finger. Dann, immer noch vor ihr kniend, schaute er zu ihr auf und lächelte glücklich. Stanley konnte die Tränen sehen, die ihm über die Wangen liefen. Und über Sylvias. Sie weinten beide.

Sylvia legte Pete die Hand mit dem Ring an die Wange. Er drehte den Kopf zur Seite und küsste ihre Hand.

Und dann – und immer noch kniend – legte er ihr die Arme um die Hüften, zog sie an sich heran und drückte das Gesicht an ihren Bauch. Er streichelte ihr über den Rücken und drückte sie so fest an sich, wie er nur konnte.

Sylvia beugte sich zu ihm hinab und küsste ihn auf den Kopf. Stanley und Roger standen auf der anderen Seite des Raums, hielten sich an den Händen und den Atem an. Dann – endlich – nickte Sylvia. Es war anfangs ein zögerliches, kaum wahrnehmbares Nicken, das aber zusehend enthusiastischer wurde. Und dann fing Sylvia zu lachen an.

Pete sprang auf die Beine, nahm sie in die Arme und schwang sie im Kreis.

Stanley sah Roger an. In Rogers Augen schwammen Tränen.

„Gott", sagte Stanley. „Das war so wunderschön."

Roger nickte stumm und wischte sich die Tränen aus dem Gesicht. „Schau mich nur an. Ich bin das heulende Elend."

Stanley schnäuzte in eine Papierserviette. „Ich auch."

„Willst du mich heiraten?", fragte Roger.

Stanley schniefte. „Nein. Ich will Pete heiraten."

„Halt den Mund."

Zwei dicke, fette Hände mit langen, orangelackierten Fingernägeln legten sich auf ihre Schultern und ließen sie fast in die Knie sinken vor Schreck. Sie drehten sich um und sahen Arthur hinter sich stehen, der offensichtlich auch Sylvia und Pete beobachtet hatte, denn in seinen Augen glänzten Tränen. Er trug das orangefarbene Taftkleid, in dem Stanley ihn kennengelernt hatte. Aber nachdem das Gestrüpp auf seinen Schultern und seiner Brust entfernt worden war, wirkte das Ensemble wesentlich weniger befremdlich als bei ihrem ersten Zusammentreffen.

Arthur sah sogar ziemlich gut aus. Für ein kräftig gebautes Mädel. Ein *sehr* kräftig gebautes Mädel. Ein Mopp roter Locken türmte sich auf seinem Kopf auf, in dem kleine Zweige Schleierkraut steckten. Sein Make-up war kunstvoll aufgetragen. Er hatte sich wohl ausnahmsweise von jemandem helfen lassen, der wusste, was er tat. Seine Füße steckten in zwei riesigen Satin-Pumps (Arthur war clever genug, keine Stöckelschuhe anzuziehen, wenn er tanzen wollte) und seine Wimpern waren so lang, dass Stanley sich fragte, wie Arthur bei dem Gewicht die Augen offenhalten konnte.

„Du siehst wunderbar aus!", rief Roger überschwänglich. „Wirklich, das tust du!"

Arthur wurde möglicherweise rot, aber das war unter dem dick aufgetragenen Make-up nicht zu erkennen. Er tätschelte Roger dankbar die Wange. Dann drehten die drei sich wieder zu Sylvia und Pete um, die jetzt auf der Tanzfläche waren. Pete war ein verdammt guter Tänzer. Wer hätte das von ihm gedacht? Wer hätte gedacht, er würde das tun, was er gerade getan hatte, und dann auch noch das Tanzbein schwingen wie Fred Astaire höchstpersönlich?

Sylvia drehte sich in seinen Armen zur Musik, ein stolzes, zärtliches Lächeln auf den Lippen.

Pete schwang sie über die Tanzfläche, eine Hand liebevoll in ihren Nacken gelegt und die Augen geschlossen. Kleine Glückstränen glänzten immer noch auf seinen Wangen.

Es war das erste Mal, dass Stanley ihn rundum zufrieden sah.

„Der bessere Mann hat gewonnen", sagte Arthur seufzend. „Ich freue mich für sie. Pete wird gut zu ihr sein."

„Er liebt sie sehr", sagte Roger und nahm Stanley an der Hand. „Und ich glaube, sie liebt ihn auch. Es tut mir leid für dich, Arthur. Aber ihr wart nicht füreinander bestimmt."

Arthur nickte. „Ich weiß."

Er tupfte sich mit einem Taschentuch vorsichtig eine Träne aus dem Augenwinkel. Schließlich wollte er sein Make-up nicht ruinieren. „Pete hat ihr gesagt, dass es ihn nicht kümmert, wer oder was sie ist", sagte er, während er Pete und Sylvia beim Tanzen zusah. „Er liebt sie als Mann und als Frau. Aber er weiß auch, was sie will und was sie *braucht*. Er wird ihr helfen, es zu bekommen, weil er sie glücklich machen will. Und Sylvia wird ihm eine gute Frau sein. Sie weiß, wie wichtig Loyalität ist. So, wie ihr beiden auch."

Arthur drehte den Kopf zu ihnen um. „Sieht aus, als hättet ihr euch auch ein Versprechen gegeben. Oder täusche ich mich da?"

Stanley hakte sich bei Roger unter. „Nein, du täuschst dich nicht."

Roger küsste ihn auf die Stirn. „Ein Happy End. So sind wir."

Arthur tätschelte ihnen die Wangen. „Das freut mich. Ihr habt es verdient, glücklich zu werden."

Er zog sein Kleid gerade, richtete seine Frisur und das überquellende Mieder und zeigte mit dem – ausnahmsweise glattrasierten – Kinn zur Bar, wo die beiden halb nackten Barkeeper alle Hände voll zu tun hatten.

„Und jetzt bin ich an der Reihe. Wünscht mir Erfolg." Er überlegte kurz. „Ich glaube, ich versuche es mit dem rechts. Vielleicht stellt er sich ja als Hauptpreis für die Lotterie zur Verfügung."

„Und was wird aus der freien Miete für ein Jahr?", erkundigte sich Roger.

Arthur zuckte mit den Schultern. „Das kann ich mir wahrscheinlich nicht mehr leisten. Ich nehme an, ihr beiden zieht zusammen, so wie Ramon und ChiChi. Pete und Sylvia werden wohl auch zusammenziehen. Mein Gott, ich habe gerade in zwanzig Minuten drei Mieter verloren, weil ihr alle plötzlich anständig werdet. Diese verdammte Liebe treibt mich noch in den Ruin."

Stanley und Roger sahen beschämt zu Boden. Nicht, dass sie ihre Meinung ändern würden, und das schien Arthur auch nicht von ihnen zu erwarten.

„Nun, Jungs, ich muss jetzt los." Er zog Stanley spielerisch an der Nase. „Vergiss nicht, mir einen Tanz zu reservieren, mein Süßer."

Dann rückte er noch mal seine Bohnenbeutel-Titten gerade, winkte ihnen à la Mae West zum Abschied zu und flanierte mit wackelndem Arsch davon, dass sein Taftkleid nur so flatterte. Er machte sich schnurstracks auf den Weg zu dem halb nackten Barkeeper rechts.

„Der arme Kerl", sagte Roger.

„Wen meinst du?", fragte Stanley. „Arthur oder den Barkeeper?"

Roger trank grinsend sein Bier aus. „Beide."

Arthur verschwand in seinem orangefarbenen Kleid in der Menge wie die untergehende Sonne hinter den mächtigen Stämmen alter Bäume.

„Und wer ist der wunderschönste Mann auf der Welt?", fragte Roger und warf einen verstohlenen Blick auf die plappernden Jesuskindlein, die über ihnen schwebten.

„Ich", antwortete Stanley und wurde rot.

„Und wer ist der zweitwunderschönste Mann auf der Welt?"

„Der Barkeeper links?"

„Falsche Antwort, du Depp."

Und damit zog Roger Stanley lachend hinter sich her auf die Tanzfläche.

Als Tyler Powells Leben von einem furchtbaren Verbrechen erschüttert wird, sehnt er sich nach Rache. Während er sich bemüht, die Trümmer seiner Existenz zusammenzusetzen, kann er kaum an etwas anderes denken. Rache. Wird er diesem Verlangen nachgeben und zu dem werden, was er am meisten hasst? Zu einem Mörder?

Erst mithilfe von Detective Christian Martin, der in Tylers Fall ermittelt, sieht er die Möglichkeit eines neuen Lebens – durch die verblüffende Enthüllung einer Liebe, mit der Tyler niemals wieder gerechnet hatte.

Wird es ihm gelingen, diese Liebe in sein Leben zu lassen, oder ist es bereits zu spät? Ist Rache ihm wichtiger als sein Glück – und das Glück des Mannes, der ihn liebt? Auch wenn Tyler entschlossen ist, seinen Rachedurst zu stillen, ohne dabei jede Hoffnung auf eine Zukunft mit Christian zu opfern, weiß er, dass es sich um ein schweres oder gar unmögliches Unterfangen handelt. Möglicherweise wird er am Ende gezwungen sein, eine unerträgliche Entscheidung zu treffen.

www.dreamspinner-de.com

JOHN INMAN schreibt Geschichten, seit er alt genug ist, um einen Bleistift zu halten. Er und sein Partner leben im wunderschönen San Diego, Kalifornien. Sie teilen die Leidenschaft fürs Theater und für Bücher, fürs Wandern und Radfahren in den Bergen und Canyons rund um San Diego und – wenn ihnen danach ist – fürs Faulenzen mit einer Flasche Bier und einem guten Film. Johns Rat an alle angehenden Schriftsteller? „Nimm dir jeden Tag Zeit, um zu schreiben. Zeige anderen, was du geschrieben hast. Feedback ist wichtig. Wenn du ein Ablehnungsschreiben bekommst, zerreiße es und fang von vorne an. Schicke das Manuskript an alle und an jeden. Schreibe deinen Text und bearbeite ihn. Und dann bearbeite ihn noch einmal. Gib nicht auf, weil jede Minute, die du damit verbringst, sich auszahlt. Vergiss nicht, dass Verlage viel mit einem Geliebten gemeinsam haben. Manchmal muss man lange suchen, bis man den richtigen findet.“

John ist erreichbar unter jolin492@att.net, auf Facebook unter www.facebook.com/john.inman.79 sowie auf seiner Website www.johninmanauthor.com/.

Von JOHN INMAN

Payback
Ein Ständchen für Stanley

Veröffentlicht von DREAMSPINNER PRESS
www.dreamspinner-de.com